dtv

»Junge, was du brauchst, ist ein Tapetenwechsel, etwas anderes sehen und etwas Entspannung. Ihr Künstler seid doch so, oder? Und ob du nun in deiner Küche hockst oder in der Karibik am Strand, wo ist der Unterschied, abgesehen von fünfundzwanzig Grad mehr und einer Schicht Sonnenöl?«

Da mag was dran sein, denkt Torsten Brettschneider. Aber Entspannung in Gegenwart seines Vaters Gerd? Andererseits würde ihm eine kleine Auszeit tatsächlich guttun und könnte sogar die Schaffenskrise vertreiben, in der er sich gerade befindet. Kurzerhand bucht Torsten Hotel und Flug nach Costa Rica, wo seine Freunde Bjørn und Rainer sowie Gerd mitsamt esoterischer Freundin ihn bereits im Club Mucho Gusto erwarten. Dass Gerd noch eine Kleinigkeit erwähnt hatte, stört Torsten nicht weiter: Rainer sei seltsam, *noch* seltsamer als sonst. Er wolle eine »oberstkrass zwanglose Gesellschaftsform und die naturmäßige Ordnung der Individuen und so, ne« errichten. In einem All-inclusive-Club? Lächerlich. Meint Torsten. Doch im Dschungel herrschen eigene Gesetze ... Und Torsten muss erkennen: Erholung sieht anders aus. Na dann: *Pura vida!*

Lars Simon ist Jahrgang '68 (das erklärt vielleicht einiges, aber nicht alles) und hat nach seinem Studium zuerst lange Jahre als Marketingleiter einer IT-Firma gearbeitet, bevor er als Touristen-Holzhaus-Handwerker mit seiner Familie mehr als sechs Jahre in Schweden verbrachte. Heute lebt er in der Nähe von Frankfurt am Main.

Lars Simon

Kaimankacke

Roman

Deutscher Taschenbuch Verlag

Von Lars Simon
ist im Deutschen Taschenbuch Verlag erschienen:
Elchscheiße (21508)

Alle Personen und Ereignisse in diesem Buch sind frei erfunden. Ähnlichkeiten mit lebenden oder verstorbenen Personen oder realen Ereignissen sind entweder rein zufällig oder vollkommen beabsichtigt.

Ab Seite 317 findet sich ein kleines Spanisch-Kompendium.

Ausführliche Informationen über unsere Autoren und Bücher finden Sie auf unserer Website www.dtv.de

MIX
Papier aus verantwortungsvollen Quellen
FSC® C019821
FSC
www.fsc.org

Originalausgabe 2014

Dieses Werk wurde vermittelt durch die Literarische Agentur Thomas Schlück GmbH, Garbsen
Umschlagkonzept: Balk & Brumshagen
Umschlaggestaltung: Susanne Böhme
Satz: Greiner & Reichel, Köln
Gesetzt aus der Sabon 10/12,75˙
Druck und Bindung: Druckerei C.H.Beck, Nördlingen
Gedruckt auf säurefreiem, chlorfrei gebleichtem Papier
Printed in Germany · ISBN 978-3-423-21554-1

caca vulg. ['kaka] *(-as) f;* Substantiv, feminin – 1. **Kacke** *f; fig.* **Mist** *m* – unangenehme Wendung eigentlich als positiv vorhergesehener Abläufe; 2. **Scheiße** *f* – Exkremente oder Kot; verdaute Ausscheidung oder *fig.* wie 1.

caimán zool. [kai:man] *(-es) m;* Substantiv, maskulin – **Kaiman** (Caimaninae) *m* – Gruppe der Alligatoren. Verbreitungsgebiet: Südamerika; eine Ausnahme bilden die Krokodilkaimane, die man auch in Mittelamerika findet.

caca del caimán vulg.zool. ['kaka del kai:man] *(-es) f;* Substantiv, feminin – **Kaimankacke** *f* – 1. Kot eines bisweilen mächtigen Exemplars besagter Gruppe der Alligatoren; 2. Wundermittel, hergestellt aus der unter 1. beschriebenen Masse, wobei man zu allem Überfluss auch noch von einem Klugscheißer gesagt bekommt, dass das Quatsch sei, weil Kaimane nämlich ausschließlich in Süd- und nicht in Mittelamerika vorkämen; 3. der größte anzunehmende Mist, der einem im Gandoca-Manzanillo-Regenwald passieren kann.

WAS BISHER GESCHAH

Torsten Brettschneider ist Mitte dreißig und führte bis vor Kurzem ein durchschnittliches Leben in Frankfurt a. M. Sein Job befriedigte ihn genauso wenig wie seine kriselnde Beziehung, was er durch eine Ur-Mann-Therapie vergeblich in den Griff zu bekommen versuchte.

Als er völlig überraschend den Bauernhof seiner Großtante Lillemor im mittelschwedischen Kaff Gödseltorp erbt, beschließt er, sein Leben grundlegend zu ändern; Er kündigt seinen Job und zieht ins Land der Elche, um Schriftsteller zu werden.

Leider entwickelt sich seine Vision zum Albtraum. Die gute Nachricht: Alle Beteiligten überleben diese Elchscheiße irgendwie.

Die schlechte: Nur weil man nach all den Strapazen und nervenaufreibenden Erlebnissen gemeinsam Urlaub macht, muss das noch lange nicht heißen, dass der Irrsinn ein Ende hat – er bekommt nur in einem anderen Land ein anderes Gesicht.

Alles, was Torsten sich von einem Urlaub erhofft, sind Erholung, Entspannung und Ruhe. Ist das denn wirklich zu viel verlangt?

Scheint so …

ETT

Eine ziemlich fette, grünlich schimmernde Fliege klatschte gut hörbar gegen das einen Spaltbreit geöffnete Fenster. Wahrscheinlich hatte sie sich direkt von einem dicken Kuhfladen auf den Weg in meine Küche gemacht, in der festen Absicht, mir das Essen zu versauen. Das hatte sie jetzt davon.

Ich blickte nach draußen. Die Sonne schien fahl, und die Vögel hatten auch keine Lust zu zwitschern, ganz so, als würden sie dafür nur unterdurchschnittlich bezahlt werden und daher lediglich Trällern nach Vorschrift machen. Mürrisch strich der frühherbstliche Wind durch die Wipfel der Birken, deren Blätter sich bereits zu verfärben begannen. Es war nicht eben warm für Anfang Oktober. Nicht einmal für Schweden.

Gedankenverloren starrte ich den vor mir stehenden Kaffee an, als würde er mir weiterhelfen können. Der Notizblock neben meiner Tasse, auf dem ich Ideen für die weitere Handlung meines zweiten Romans sammelte, war nämlich leider genauso leer wie mein Kopf. Immerhin schien die Fliege draußen noch am Leben zu sein. Sie summte irgendetwas Unverständliches, wahrscheinlich Kaskaden schwedischer Schimpfwörter, bevor sie sich hochrappelte, um taumelnd davonzufliegen.

Ich seufzte. Selbstmitleid kann so herrlich sein, und als Schriftsteller konnte man sich das ja wohl mal erlauben.

Das Klingeln des Telefons riss mich aus meinen Gedanken. Mechanisch ging ich in den Flur und nahm ab, ohne auf die Nummer im Display zu achten, was ich schon im nächsten Augenblick bereute.

»Hallo, Herr Brettschneider. Schön, dass ich Sie erwische. Geht es Ihnen gut?«

Meine Agentin. Ich hatte mir eine gesucht, nachdem der FunnyTimes-Verlag aus München netterweise beschlossen hatte, mein Manuskript *Elchscheiße* zu veröffentlichen. Für einen Folgeroman wollte ich eine professionelle Unterstützung an meiner Seite wissen. Schließlich hatte ich vor, in erster Linie zu schreiben und nicht um Prozente zu feilschen oder ständig mit Lektorinnen essen zu gehen.

Frau Dr. Schmidt-Heinemann hatte die Angewohnheit, die Tonlage ihrer Stimme in ungeahnte Höhen zu schrauben, je dringlicher ihr das besprochene Thema erschien, bis sie wie ein schlecht gelaunter Zahnarztbohrer klang. Sie hätte nicht viele Bewerbungsgespräche absolvieren müssen, um eine Stelle als Top-Verhörspezialistin in einer gefürchteten Sondereinheit der Polizei angeboten zu bekommen, davon war ich schon länger überzeugt. Wer so summt, dem sagt man alles, dem macht man nichts vor. Sonst war sie mehr als nur umgänglich, eigentlich richtiggehend nett, aber ich wollte lieber nicht erfahren, auf welche Drehzahlen sie noch beschleunigen konnte, wenn man einen Abgabetermin nicht einhielt. Doch leider ging es genau darum, befürchtete ich, denn es wäre nicht unser erstes Telefonat in dieser Sache. Ich ging mit dem Hörer in der Hand in die Küche zurück und setzte mich.

»Gut so weit, danke der Nachfrage«, antwortete ich. Es erschien mir verdächtig, dass sie anrief, um sich nur nach meinem Wohlbefinden zu erkundigen – das war so gar nicht ihre Art.

»Das ist schön«, surrte sie. »Und bitter nötig, denn Sie wissen ja: Der zweite Roman ist bekanntlich der schwerste. Die Vorbestellungen für *Elchscheiße* sind zwar mehr als zufriedenstellend, das muss ich schon sagen, aber auf seinen Lorbeeren darf man sich als Autor niemals ausruhen. Deshalb brauchen wir spätestens im Januar das neue Manuskript fürs Lektorat und am besten schon einen Monat vorher eine Leseprobe.« Sie lief auf achthundert Touren, schätzte ich. Irgendetwas war im Busch.

»Jaja, schon klar! Mir ist bewusst, wie dringend es ist. Haben dem Verlag denn meine ersten hundertfünfzig Seiten vom Manuskript nicht gefallen?« Mit einem virtuellen Geschirrtuch tupfte ich mir kleine Schweißtropfen von der Stirn.

»Genau deswegen rufe ich Sie an. Nein.«

Ich erstarrte.

»Öööh, aber das war doch witzig und auch irgendwie abgedreht und skurril, so wie der erste ...«

»Schön, dass er Ihnen gefällt, Herr Brettschneider. *Ich* hingegen hatte da ein wenig mehr erwartet.« Dreitausend Umdrehungen.

Zum Glück war in diesem Moment von draußen Motorengeräusch zu hören, der Kies knirschte, und Lindas dunkelblauer Volvo erschien in meinem Küchenfenster-Blickfeld. Sie hupte zweimal kurz, stellte den Motor ab und stieg aus.

»Ach, Frau Dr. Schmidt-Heinemann, wie ärgerlich! Entschuldigen Sie bitte vielmals. Der Klempner ist eben gekommen wegen der ... defekten Wasserpumpe.« Ich schämte mich in Grund und Boden, aber da musste ich jetzt durch. »Sie können sich gar nicht vorstellen, wie schwer es ist, hier in Schweden einen Klempnertermin zu erwischen. Das ist mein Glückstag.«

»Hören Sie, Herr Brettschneider«, fuhr meine Agentin ungerührt fort, »ich brauche ein neues Konzept und eine neue Geschichte von Ihnen. Die Story, die Sie da abgeliefert haben, richtet sich nach Einschätzung des Verlags nur an echte Fans«, kam es schneidend zurück. »Eine Wikingersekte in Lappland, die die Weltmacht übernehmen will? Was soll das denn für ein Schwachsinn sein?«

»Asen«, korrigierte ich sie, »eine Asensekte.«

Ich lauschte in den Hörer. Meine Agentin sagte nichts, aber ich bildete mir ein, sie summen zu hören. Leise. Gefährlich. Hochfrequent. Fünfundzwanzigtausend Touren – ein Zahnarztbohrer kurz vorm Lagerschaden.

»Ob Asen oder Wikinger ist mir wurscht!«, rief sie. »Geschichten über Typen mit gehörnten Helmen will keiner lesen.«

Ich überlegte eine Millisekunde lang, ob ich ihr erklären sollte, dass weder die Wikinger noch deren Gottheiten, die Asen, jemals Hörner an den Helmen getragen hatten und dass diese zugegebenermaßen pittoreske Vorstellung von den Nordmännern lediglich einer Romantisierung des neunzehnten und zwanzigsten Jahrhunderts entsprungen war. Aber angesichts ihrer hohen Drehzahl verzichtete ich darauf und sagte schlichtend: »Ich melde mich bei Ihnen, sobald ich Ihnen eine neue Leseprobe zuschicken kann. Wollen wir so verbleiben?«

Drehzahl: Dreißigtausend – ein Durchschnittskiefer wäre bereits zu einem matschigen Klumpen organischen Materials mutiert.

»Herr Brettschneider!«, schleuderte Frau Dr. Schmidt-

Heinemann mir durch den Hörer entgegen. »Es gibt jede Menge aufstrebende Autoren, die nur darauf warten, einen Programmplatz in Ihrem Verlag zu ergattern, und ich muss auch mein Geld verdienen. Ich will bis Ende Januar eine neue Geschichte, und diesmal werde ich sie mir gut durchlesen, bevor ich sie in blindem Vertrauen an den Verlag weiterreiche, das können Sie mir glauben. Auf Wiederhören!«

»Auf Wiederhören, Frau Dr. Schmidt-Heinemann, und vielen Dank für Ihr …«

Doch sie hatte bereits aufgelegt.

Ich seufzte wieder. Jetzt hatte ich ein Problem.

Falsch.

Eigentlich waren es zwei.

Das zweite kam gerade zur Küchentür herein und stand einen Augenblick später bildhübsch und mit zwei ICA-Tüten im Raum: Linda. Sie stellte ihre Einkäufe vor mich auf den Tisch. Wie beiläufig blies sie sich eine Strähne aus dem Gesicht. »Ich habe alles bekommen, sogar ein tolles Stück Lachs«, sagte sie. »Wir können uns also nachher etwas richtig Schönes zu essen machen.« Sie strahlte dabei weitaus heller als der Herbsttag draußen.

Ich musste lächeln und gab ihr zwei zaghafte Begrüßungsküsse auf die Wangen, bevor ich ihr dabei half, die Sachen aus den Plastiktragetaschen zu räumen.

»Danke fürs Einkaufen«, entgegnete ich möglichst unbeschwert, aber der Versuch, meine innere Anspannung über das soeben geführte Telefonat mit Lockerheit zu überspielen, war vergeblich. Ich war einfach kein guter Darsteller.

»Ist doch selbstverständlich«, sagte Linda, während sie den frischen Fisch, der in einem ölgetränkten *Aftonbla-*

det eingeschlagen war, in den Kühlschrank legte. Dann drehte sie sich um und verschränkte die Arme. Sie schaute mich mit einem Blickcocktail an, den nur Frauen in einer solchen Situation mixen können: ein bisschen Überlegenheit, ein klein wenig Mitleid, eine Spur Forderung, ein Barlöffel Verständnis, Eiswürfel rein, rühren, abseihen. Dann mal Prost!

»Was ist denn los? Ich dachte, du freust dich genauso auf diesen Abend wie ich?«

»Nein … äh … ja … doch … natürlich … will sagen: Klar freue ich mich«, druckste ich überrumpelt herum und versuchte mich an einem unbefangenen Lächeln.

Lindas Blick wandelte sich. Stirnrunzelnd fragte sie: »Und? Weiter?«

»Ich meine, die Vorbestellungen für mein Buch sind prima, es könnte ein echter Verkaufserfolg werden«, führte ich aus, »und der Verlag ist mehr als zufrieden. Gerade eben hatte ich mit meiner Agentin ein Gespräch dazu. Aber genau das macht mir Angst, denn ich habe den Eindruck, dass meine Kreativität momentan im Urlaub ist.«

»Dir fällt nichts ein? Oder was meinst du?« Lindas Mundwinkel bewegten sich versöhnlich nach oben.

»Doch, doch, eingefallen ist mir schon etwas. Eine ganze Menge sogar«, antwortete ich. »Aber das, was ich bis jetzt abgeliefert habe, hat dem Verlag nicht gefallen und deshalb auch nicht meiner sensiblen und einfühlsamen Agentin. Irgendwie habe ich mir das leichter vorgestellt mit einem zweiten Roman. Jetzt soll ich bis Januar eine komplett neue Geschichte abliefern. Seit drei Wochen hocke ich Tag für Tag am Rechner und schreibe an meiner Geschichte, und nun soll das alles für die Autorenschublade gewesen sein? Wie soll ich in so kurzer Zeit etwas Neues und gleichzeitig Gescheites zustande bekommen? Ich glaube, ich kriege eine Schreibblockade!«

»Es sind noch gute dreieinhalb Monate bis zur Abgabe«, versuchte Linda mich zu beruhigen. »Bis dahin wird dir bestimmt etwas Grandioses einfallen, davon bin ich überzeugt. Hat doch schon mal geklappt.«

Ich war mir da nicht so sicher. Beim ersten Roman war es etwas anders gelaufen. Schließlich hatte ich ursprünglich einen Ratgeber für Männer in der Midlife-Crisis schreiben wollen, doch dann war mir diese Sache mit Gödseltorp dazwischengekommen, die mir eine Bombengeschichte geliefert hatte. Besser hätte es nicht laufen können. Eine Story mit irren Figuren, einer gewaltigen dramaturgischen Kurve und einem anständigen, biblischen Inferno. Konnte man sich so etwas überhaupt ausdenken? Konnte *ich* das? Schließlich hatte doch das Leben Regie geführt, nicht ich, der Autor – ich hatte es nur protokolliert, wie eine Art Schicksalstippse. Oder musste ich alles selbst erleben, um es zu Papier zu bringen? Wenn ja, war ein einsames Ferienhaus in der Nähe von Leksand der denkbar ungünstigste Ort dafür, denn hier passierte nicht viel – außer ich schrieb einen Roman über das Leben einer fetten Stubenfliege, die gegen verschiedene Küchenfenster klatschte und dann herummeckerte. Frau Dr. Schmidt-Heinemann wäre sicherlich entzückt!

Ich verwarf den Fliegenromangedanken und ließ mich auf meinen Platz vor den mittlerweile eiskalten Kaffee fallen.

»Wie bist du denn das letzte Mal auf die Geschichte gekommen?«, fragte Linda, als hätte sie meine Überlegungen mitverfolgt, während sie Dill- und Petersilienstängel kürzte und die Kräuter in ein mit Wasser gefülltes Glas stellte.

»Als ich mit Rainer auf dem Hof des Storegården stand, glaube ich …«

»Nein, das meine ich nicht«, unterbrach sie mich. »Ich meine nicht den Zeitpunkt, an dem du auf die Idee gekommen bist, nicht diesen Männerratgeber, sondern einen Roman zu schreiben, vielmehr mit welchem Ereignis die ganze Geschichte *insgesamt* begonnen hat. Den absoluten Anfang sozusagen.« Dabei wusch sich Linda die Hände und trocknete sich anschließend mit einem Handtuch ab, auf dem unzählige grinsende Elche zu sehen waren. Durch das Geknuddel, das Linda mit dem bedruckten Stoff zwangsläufig veranstaltete, verzerrten sich die Gesichter der geweihtragenden Tiere zu Fratzen, die mich zu verspotten schienen: »Na, doofer Autor! Dir fällt wohl nix ein, was? Muss dir erst wieder einer von uns in die Gummistiefel kacken! Elchscheiße, Elchscheiße! Hä, hä!«

Ich wich ihren hämischen Blicken aus. Selber doofe Elche!

Ich dachte nach und sagte schließlich: »Wenn ich es mir recht überlege, ging alles mit diesem Telefonat damals im Büro in Frankfurt los.«

Linda hängte das Handtuch zurück an den Haken. Die Elche baumelten wortlos und schlaff herab und sahen dadurch ein wenig ungesund aus. Das gönnte ich ihnen.

»Na, also!«, freute sich Linda. »Ein Anfang.«

»Was für ein Anfang? Soll ich vielleicht mit Block und Stift vorm Telefon sitzen und warten, bis irgendwer anruft, der eine gute Idee für meine neue Geschichte hat?«, fragte ich verwirrt.

Linda zuckte die Achseln, faltete die Einkaufstüten ordentlich zusammen und legte sie neben die Spüle. Dann sagte sie: »Nein, natürlich sollst du nicht in der Küche sitzen und tatenlos den Hörer anstarren. Ich meine nur, du müsstest vielleicht mal etwas länger das Haus verlassen. Das Leben findet draußen statt und nicht hier drin. Du brauchst neue Ideen, und wenn die nicht zu dir kommen, was so zu sein scheint, dann musst du eben zu ihnen. Ist doch klar, oder?«

So unrecht hatte sie damit nicht, das musste ich zugeben.

Da läutete schon wieder das Telefon. In Anbetracht dessen, dass es in der ganzen letzten Woche – außer dem Gespräch mit Frau Dr. Schmidt-Heinemann von eben – nur ein einziges Mal geklingelt hatte, war das heute der reinste Callcenter-Ansturm. Dazu kam, dass der andere Anruf nicht einmal für mich gewesen war. Ein Bauer hatte mich angemotzt, und ich konnte ihn nur mit Mühe davon überzeugen, dass ich weder einen schlechten Service bot noch hinter seinem Geld her war. Der Grund dafür, dass ich seinen Traktor noch nicht repariert hatte, war schlicht derjenige, dass ich prinzipiell keine Traktoren reparierte.

Diesmal schaute ich sicherheitshalber aufs Display, bevor ich abnahm. Es war eine ellenlange Nummer, aber immerhin nicht die von Frau Dr. Schmidt-Heinemann.

Deshalb ging ich dran.

TVÅ

Die Verbindung war grottenschlecht. Es knackste, und ab und zu hatte ich den Eindruck, im Hintergrund eine ganze Horde wild plappernder Spanier zu hören, die sich redlich bemühten, das Gespräch noch schwieriger zu gestalten. Wieso eigentlich Spanier? Und wo kamen die her?

»Brettschneider?«, fragte ich in den Telefonhörer hinein und hörte meinen Namen als fernes, zeitverzögertes Echo. »Hallo? Wer ist denn da?«

»Brettschneider!«

»Brettschneider?«

»Ja, hier auch, du Tölpel.«

»Papa?«

»Stell dich doch nicht noch blöder, als du ohnehin schon bist!«, kam es durch den Äther zurück. Das war mein Vater Gerd. Unverkennbar. Renate fiel ihm ins Wort. Ich konnte nicht verstehen, was sie sagte, ahnte es aber, denn seine an sie gewandte Antwort war: »Wieso? Ich bin nicht unwirsch und schon gar nicht wie immer! Was kann ich dafür, wenn mein Sohn etwas länger braucht, um selbst einfachste Sachen zu verstehen? Außerdem ist es hier zehn Uhr morgens, und ich habe nicht mal gefrühstückt.«

»Danke, Papa, mir geht es gut, und nein, du bist absolut nicht unwirsch«, sagte ich. »Ganz im Gegenteil, du bist so liebenswert wie sonst auch.«

»Na, also. Auch Torsten findet, dass du wieder mal

maßlos übertreibst!«, rief mein Vater in Richtung Renate und brachte sie damit anscheinend zum Schweigen.

»Läuft's gut bei euch?«, wollte ich grinsend wissen.

»Klappe! Das frage ich dich. Kommst du voran?«

»Nicht so«, antwortete ich wahrheitsgemäß. Hatte er heimlich Kontakt mit meiner Agentin und sich mir ihr gegen mich verschworen?

»Schreibblockade, was?«, stichelte er.

»Sehr witzig.«

»Das trifft sich gut.«

»Was soll daran gut sein?«, fragte ich ihn leicht empört.

»Na ja, damit gibt es zwei Möglichkeiten.«

»Wofür?« Mein Vater sprach in Rätseln.

»Siehst du, genau das meine ich. Du brauchst immer etwas länger …«

»Papa!«

»Ja, ja, schon gut. Ich meine, es gibt in dieser Situation genau zwei Möglichkeiten. Möglichkeit eins: Ich schicke dir ein Päckchen Taschentücher.«

»Wieso das denn?«

»Dann kannst du in deinem Selbstmitleid verharren und dir ab und zu die Tränen abwischen. Oder aber …« Mein Vater legte eine Kunstpause ein.

»Oder aber was?«

»Oder Möglichkeit Nummer zwei: Komm her!«

»Wie, komm her?«

Ich hörte ein verächtliches Schnaufen am Ende der knacksenden Leitung und aufgrund der schlechten Verbindung wieder die ätherischen Spanier im Hintergrund, die lauthals lachten. Machten die sich auch über mich lustig? Belauschten die uns? Und wenn ja, woher konnten die überhaupt Deutsch sprechen?

»Mann, Torsten, hierher nach Costa Rica, meine ich«, erklärte mein alter Herr. »Es ist wirklich nett. Sonne, Meer und so weiter. Der Clubchef ist zwar etwas komisch, und kochen können die genauso wenig wie die Schweden, aber zumindest ist das Obst frischer, und es gibt keinen verrotteten Fisch in Dosen.«

»Würde ich ja gern, aber ich kann hier nicht weg. Ich muss in etwas mehr als drei Monaten mein zweites Manuskript abliefern.«

»Und, kommst du voran?«

Ich stöhnte.

»Ich habe dir doch eben erklärt, dass ich …«

»Siehste? Schon wieder!« Mein Vater lachte lauthals über meine Begriffsstutzigkeit und fuhr dann fort: »Genau das meine ich ja. Nimm dir mal ein Beispiel an Bjørn, dem alten Norweger. Der ist mehr als doppelt so alt wie du, aber immer noch auf Zack. Im Gegensatz zu dir. Junge, was du brauchst, ist ein Tapetenwechsel, etwas anderes sehen und vielleicht etwas Entspannung. Ihr Künstler seid doch so, oder? Und ob du nun in deiner Küche hockst oder in der Karibik am Strand, wo ist der Unterschied, abgesehen von fünfundzwanzig Grad mehr und einer Schicht Sonnenöl?«

»So etwas Ähnliches hat Linda vorhin auch gesagt«, gestand ich.

»Linda? Ist sie bei dir? Schnapp sie dir! Eine Klassefrau.«

»Stimmt.«

»Die will aber sicher auch lieber einen Freund, der weiß, was zu tun ist, und der sein Leben im Griff hat, als einen Jammerlappen.«

»Danke für das Kompliment und deine aufbauenden

Worte. Ganz abgesehen davon: So weit sind wir noch lange nicht«, widersprach ich, auch wenn ich meinem Vater lieber eine andere Wahrheit erzählt hätte.

»So wird das auch nichts mit euch.«

»Das ist alles nicht so unkompliziert. Aber wir unternehmen viel. Heute kochen wir zum Beispiel zusammen …«

»Kochen? Super! Wie aufregend. Wart ihr schon zusammen im Bett?«

»Papa!«, rief ich entrüstet.

»Renate und ich zum Beispiel haben uns erst zwei Tage gekannt, da haben wir in der Küche nicht gekocht, sondern auf der Arbeitsplatte neben dem Herd richtig ordentlich …«

»Ja, ist gut!«, schnitt ich ihm das Wort ab. Mir stand nicht der Sinn nach Details. Seitdem mein Vater mit der gut eine halbe Generation jüngeren Renate zusammen war, glaubte er, sein zweiter Lenz sei ausgebrochen und er sei der strammste Deckhengst im Frührentnerstall. Und leider ließ er keine noch so unpassende Gelegenheit aus, diese Tatsache auch seiner Umwelt kundzutun.

»Jetzt mal echt, Torsten, ich wollte dich nur ärgern …«

»Hat geklappt. Danke.«

»Doch Taschentücher?«

Ich verdrehte die Augen.

»Außerdem ist es, glaube ich, gar nicht schlecht für Rainer, wenn du mal vorbeischaust«, fuhr mein Vater fort. In seiner Stimme schwang etwas Befremdliches mit, das ich von ihm gar nicht kannte.

»Rainer? Wieso? Was ist denn mit dem los?«, wollte ich wissen. »Ist er krank?«

»Gewissermaßen schon, aber du kennst ihn ja, das ist

nicht mehr heilbar. Doch das meine ich nicht. Er hat sich die letzten drei Wochen über etwas eigenartig benommen.«

»Eigenartig?«

»Noch eigenartiger als sonst«, präzisierte mein Vater.

»Wie meinst du das?«

»Am Anfang des Urlaubs und während unserer gesamten Rundreise hat er nur Unfug gefaselt und das eine oder andere Fiasko angerichtet, zum Beispiel als er versucht hat, zu surfen, und ihn die Küstenwache retten musste. Also im Prinzip wie immer. Aber seitdem wir hier angekommen sind, hat er sich äußerlich und politisch von der Umgebung etwas sehr ... wie soll ich sagen ... beeinflussen lassen.«

Ich schüttelte den Kopf. Rainer studierte mittlerweile im elften Semester Sozialpädagogik und trug ständig einen ausgeleierten Bundeswehrparka. Er war liebenswert, aber vollkommen lebensfern. Ich sah ihn vor mir, wie er grinste, seine Brille mit den extrem dicken Gläsern nach oben schob und sagte: »Oberstkrass, ne?« Ging es *noch* eigenartiger?

»Mal ernsthaft, Papa. Kannst du mir das ein ganz klein wenig genauer erklären? Jetzt mache ich mir schon Gedanken, denn wo Rainer auftaucht, da kann es ja schnell ...«, ich suchte nach einem passenden Begriff, der das chaotische Inferno der jüngsten Vergangenheit beschrieb, dessen Mitverursacher Rainer gewesen war, »... etwas *ereignisreich* werden.« Das war nur maßlos untertrieben, aber nicht falsch.

»Ich denke, du schaust dir das lieber selbst an. Noch ist ja nichts passiert, aber ich fürchte, er liest die falschen Bücher und sieht überall Ausgebeutete und Unterdrückte. Ihm schwebt da eher so eine oberstkrass zwanglose Gesellschaftsform und die naturmäßige Ordnung der Individuen und so vor, ne.« Er imitierte Rainer mittlerweile relativ überzeugend, was nach der wochenlangen gemeinsamen Zeit auch nicht verwunderte. »Jedenfalls«, fuhr mein Vater in seiner eigenen Stimmlage fort, »hat der einen immer größer werdenden Knall.«

»Du magst ihn sehr, nicht wahr?«

»Red doch nicht so einen Stuss!«, kam es aus dem Telefonhörer geschossen. »Ich will nur nicht schuld sein, wenn dieser verweichlichte Öko-Drogen-Fuzzi Probleme bekommt, das ist alles.«

»Aha«, gab ich zurück und dachte mir meinen Teil, denn mein Vater neigte nicht nur zu leichten Übertreibungen, sondern litt auch an einer gewissen Unfähigkeit, Gefühle auszudrücken. »Ihr kriegt das schon ohne mich hin«, erklärte ich.

»Außerdem glaube ich, etwas Ruhe und Entspannung würden dem Herrn Schriftsteller ganz guttun, oder nicht?«

Das mochte stimmen, aber ob ich in der Gesellschaft von Rainer, meinem Vater, Renate und Bjørn besonders viel Entspannung abbekommen würde, bezweifelte ich stark.

»Tut mir leid, aber ich kann nicht kommen«, sagte ich daher. »Ich denke, da müsst ihr alleine durch. Ich muss wirklich mein Buch fertig schreiben. Danke für deinen Anruf, und grüß mir die anderen. Ich melde mich die Tage mal wieder.«

»Du musst es ja wissen«, entgegnete mein Vater. »Tschüss!«

TRE

»Aber das ist doch eine tolle Idee von deinem Vater«, meinte Linda nach unserem Essen, während sie Spülmittel in die benutzte Fischpfanne spritzte. »So hättest du ein Auge auf Rainer, und du könntest endlich richtig ausspannen, und zwar in anderer Umgebung. Danach fliegen dir die Ideen für dein neues Manuskript bestimmt nur so zu. Und außerdem ...« Sie zögerte und machte ein paar kreisende Bewegungen mit der Geschirrbürste, die weniger an einen Abwasch als an das konzentrierte Betätigen einer tibetanischen Gebetsmühle erinnerten. Endlich drehte sie sich um, sah mir entschlossen in die Augen und vollendete ihren Satz: »... Torsten, das geht nicht mit uns.«

Batsch! Ohrfeige.

Irgendwie war mir das Frauenglück nicht hold. Erst eine ständig unzufriedene Freundin, die mich mit meinem eigenen Therapeuten betrogen hatte, einem Hochstapler, wie sich bald herausstellte, was sie aber nicht davon abgehalten hatte, mit ihm nach Frankreich durchzubrennen.

Und jetzt das.

»Es ist Olle, oder?«, fragte ich etwas gereizt, denn ich kannte die Antwort.

»Ach, Torsten, ich sage dir das nicht, weil ich dich nicht mag, im Gegenteil! Aber das mit Olle hast du doch gewusst.«

»Na, ja, ich weiß, dass ihr mal eine Zeit lang zusammen gewesen seid …«

»Vier Jahre«, korrigierte sie mich. »Das ist mehr als nur *eine Zeit lang*.«

»Und ich wusste, dass es Olle noch gibt, aber nicht, dass es so ernst ist.«

Linda senkte den Blick.

»Trefft ihr euch?«, hakte ich nach.

»Nein, aber er hat mich letzte Woche angerufen«, erklärte sie. »Vielleicht fahre ich ihn mal besuchen.«

»Er meldet sich nach Monaten einmal bei dir, und schon stehst du Gewehr bei Fuß?«

»Natürlich nicht!«, wehrte sich Linda vehement.

»Sieht aber ein klein wenig danach aus«, sagte ich und nippte lässig an meinem Weinglas, bevor ich bemerkte, dass es leer war. Ich schenkte mir nach und trank.

»Nein, so ist es nicht. Wir haben zwischendurch schon ein paar Mal gemailt. Er hat sich verändert, ist sensibler geworden. Olle ist … er ist …«

»Er ist eine Arschgeige«, vollendete ich den Satz. »Er hat dich sitzen lassen und ist nach Lappland gezogen, und du warst ihm dabei vollkommen egal.«

»Das war wegen seines Kulturprojektes«, versuchte Linda ihn zu verteidigen.

»Und das ist jetzt vorbei, und nun kann er dich wieder brauchen, oder was?«

»Nein, das Projekt scheint gut zu laufen.« Linda sah mich an. »Er schlug vor, dass ich daran mitarbeiten kann. Ich soll einfach zu ihm kommen, wenn es mir zeitlich passt.«

»Nach Lappland?«, entfuhr es mir. »Und was ist mit deinem Job und deiner Wohnung?«

»Es ist ja nicht für ewig, nur ein paar Monate, bis sein Kulturprojekt abgeschlossen ist, sagt er, dann komme ich ja wieder hierher zurück«, behauptete sie und fügte leise hinzu: »Torsten, ich mag dich wirklich gern, sehr gern sogar, aber ich bin total verunsichert. Vielleicht sollte ich es mit Olle noch einmal versuchen, sonst würde ich mich immer fragen, ob ich zu früh aufgegeben habe. Ich glaube, es ist besser, wenn wir beide etwas Abstand halten.«

Spätestens in diesem Augenblick beschloss ich, nie, nie, nie wieder zu versuchen, Frauen zu verstehen.

Olle Olofsson war ein pfeifenrauchender Typ, der bei jeder Gelegenheit ein blödes Tuch mit Retromuster trug oder einen Seidenschal, den er sich kulturbetriebsaffin um den Hals schlang, um zu unterstreichen, dass er dazugehörte. Seht her, schien er allen vermitteln zu wollen, ich bin kein Mechaniker, kein Gärtner, kein simpler Angestellter – oh nein, ich mache was mit Kultur!

Ich hatte nur einmal ein Foto von ihm gesehen, als ich Linda unlängst zum Kaffeetrinken besucht hatte. Auf dem Sideboard neben dem Bilderrahmen standen Seidenblumen (wahrscheinlich aus seinen abgetragenen Kulturschals von ihm selbst gefertigt) – hätte mich das schon stutzig machen müssen? Olle jedenfalls hatte grau melierte Haare, die er sich mit Gel an den Kopf klatschte, um den Rest zu einem Pferdeschwanz zu binden. Außerdem trug er eine schwarze Intellektuellenbrille mit Horngestell, aber wahrscheinlich mit Fensterglas, weil er in Wirklichkeit gar keine Brille brauchte. Doch zusammen mit dem Halstuch wirkte das eben wesentlich kultureller.

Während ich über ihn nachdachte, beschlich mich irgendwie die Ahnung eines Gefühls, dass ich Olle möglicherweise nicht sonderlich leiden konnte. Schließlich sagte ich: »Dann ist es vielleicht wirklich besser, wenn wir uns erst mal nicht mehr sehen.« Ich gab mir die allergrößte Mühe, wahnsinnig locker und souverän rüberzukommen, auch wenn ich mir innerlich vor Verzweiflung die ganze Faust in den Mund steckte und wie wild darauf herumkaute. »Ich hoffe, dass du glücklich wirst.«

Wortlos und betreten erhoben wir uns. Ich half Linda in ihren Mantel und begleitete sie noch bis zur Tür, wo wir uns einen Augenblick zu lang anschauten.

»Schlaf gut, Torsten.«

»Du auch.«

Ich sah zu, wie sie ihren Volvo in der Einfahrt wendete und schließlich langsam davonfuhr. Der kalte Wind trieb leichten Nieselregen durch die Nacht, dennoch wartete ich, bis die Rücklichter von Lindas Auto in der Dunkelheit verschwunden waren. Dann erst schloss ich die Tür, ging in die Küche, schenkte mir Rotwein nach und setzte mich vor meinen Rechner.

Frauen sind die Meister der Sehnsucht.

Aber ich wusste, dass man Probleme systematisch abarbeiten muss. Ich stellte eine geistige Aufgabenliste auf: 1. Rasch und elegant einen ganz üblen Korb verdauen. 2. Träume komplett überarbeiten. 3. Küche aufräumen. 4. Bombenmanuskript schreiben. Eigentlich ganz einfach.

Ich nahm einen kräftigen Schluck vom fruchtigen Cabernet und dachte nach. Schließlich öffnete ich den Webbrowser, gab www.clubmuchogusto.cr ein und drückte die Enter-Taste.

FYRA

»So machen wir es.« Ich wiederholte noch mal die Abflugzeiten der Verbindung, die mich von Göteborg über Frankfurt nach San José bringen würde. »Soll ich mir die Unterlagen abholen?«, erkundigte ich mich bei der sympathischen Frau Lindström, die im Reisebüro von Leksand arbeitete.

»Nein, ich brauche bestimmt noch ein, zwei Stunden dafür. Ich wohne nicht weit entfernt von Ihnen, nur knapp zwanzig Kilometer. Es liegt quasi auf meinem Nachhauseweg. Ich werfe Ihnen die Sachen heute Abend ein. Dann bekommen Sie auch gleich die Vouchers für den Club.«

Als Deutscher aus dem Rhein-Main-Gebiet würde ich mich wohl nie daran gewöhnen, welche Distanzen man in Schweden als »nicht weit« bezeichnete, aber das kam mir natürlich entgegen. Dann konnte ich schon mal anfangen, Koffer zu packen, und vor allem musste ich mir vor der Abreise im ebenfalls nicht weit entfernten Einkaufszentrum Badesachen zulegen. Ich hatte mir aus Deutschland seinerzeit keine mitgenommen, was in Anbetracht meines aktuellen Wohnortes auch nicht sonderlich verwunderte.

»Das ist aber nett von Ihnen. Vielen Dank! Meine Kreditkartendaten für die Buchungen haben Sie ja.«

»Habe ich, Herr Brettschneider. Alles in Ordnung, und

nichts zu danken. Das mit dem Apartmenthäuschen hatte ich Ihnen aber erzählt, oder?«

»Nö. Was gibt es denn?«

»Hoppla, dann habe ich das wohl verschwitzt. Die gute Nachricht ist, dass Sie zwanzig Prozent Rabatt bekommen. Klasse, oder?«

»Das ist ja dufte! Aber wo ist der Haken?«

Bei Rabatten über der Höhe eines ordinären Barzahlungsskontos gab es meiner Erfahrung nach immer einen Haken.

»Na, ja«, druckste Frau Lindström herum, »der Club ist vollkommen ausgebucht, und es ist in diesem Zeitraum nur noch ein Hüttchen frei, das sich jedoch ein ganz klein wenig außerhalb des clubüblichen Niveaus befindet.«

»Das heißt?«

»Es ist noch nicht ganz fertig renoviert.«

»Ich soll meinen gesamten Urlaub in einem unsanierten Rohbau verbringen? Wissen Sie, ich möchte mich während meines Aufenthalts wirklich entspannen und ...«

»Nein, nein«, fiel mir Frau Lindström lachend ins Wort, wobei ich allerdings zu bemerken glaubte, dass ihr Lachen nicht ganz echt war. »Dem steht gar nichts im Wege. Wirklich. Alles bestens, hat mir der Clubchef persönlich versichert. Außer das mit der Toilette.«

»Was ist damit?«

»Es gibt keine.«

»Wie bitte? Und wo soll ich hingehen? In den Dschungel vielleicht?« Ich sah mich schon umgeben von farbenfrohen Pfeilgiftfröschen und beißwütigen Kriechtieren im feuchten Unterholz des costa-ricanischen Sekundärwaldes hocken.

»Nein, um Gottes willen!«, widersprach sie mindestens genauso vehement wie künstlich erheitert. »Der Hotelmanager Mister Silberman, ein sehr eloquenter Typ übrigens, hat mir persönlich versichert, dass es neben dem Apartment eine Sanitäreinheit gibt, die jedem Anspruch genügt.«

»Eine Sanitäreinheit?«, platzte es aus mir heraus. »Ein Dixi-Klo?«

»Ein was?« Ob es in Schweden keine Dixi-Klos gab?

»So ein Aufstellklo für Bauarbeiter«, erklärte ich.

»Ach so. Das kann ich Ihnen natürlich nicht sagen, aber ich bin mir sicher, dass sich Mister Silberman etwas Angemessenes hat einfallen lassen.«

Davon war ich ebenfalls überzeugt. Vielleicht ein selbst gemaltes Holzschild mit der Aufschrift »Torstens Klo«, das direkt in den Dschungel wies. Augenblicklich wurde mir klar, weshalb die Gute mir alles persönlich nach Hause bringen wollte. Das war eine Art präventive Wiedergutmachung.

»Habe ich eine Wahl?«, fragte ich.

»Nun, es ist wirklich die allerletzte Unterkunft …«

»Also nein. Okay, dann ist das eben so.«

»Wie schön!« Sie hörte sich erleichtert an. »Dann bleibt mir nur, Ihnen eine angenehme Reise und einen erholsamen Aufenthalt zu wünschen.«

Ich beendete das Telefonat und sah auf die Uhr. Vier. Ich rechnete zurück. Sechzehn minus acht macht acht. Zu früh für meinen Vater im Urlaub, aber hoffentlich spät genug für die Rezeption. Ich klingelte im Mucho Gusto durch, dem nunmehr gebuchten Club an der Karibikseite Costa Ricas. Er lag in der Nähe eines Ortes namens Santa Dolores im Landesteil Limón. Und ich hatte

Glück. Eine des Englischen mehr oder weniger mächtige Dame nahm meine Nachricht entgegen und versprach, sie meinem Vater zukommen zu lassen. Das sei gar kein Problem. Ich gab ihr meine Reisedaten durch und ließ mir bei dieser Gelegenheit gleich mein Zimmer bestätigen, sicher war sicher.

Das Onlinesystem schien sogar in den Tropen gut zu funktionieren, denn sie hatte meine Buchung bereits vorliegen. Außerdem erfuhr ich, dass mich am Flughafen in San José ein Hotelshuttle nebst Fahrer abholen werde. Der Transportservice sei selbstredend inbegriffen. Da die Reisedauer inklusive Warte- und Flugzeiten etwa zwanzig Stunden betrug und der Urlaub trotz Rabattierung alles andere als günstig gewesen war, empfand ich das als angemessen, bedankte mich aber trotzdem und wünschte ihr einen guten Tag.

Danach rief ich bei Linda an. Mit einem komischen Kloß im Hals. Aber ich musste ihre Stimme unbedingt noch mal hören.

»Ich habe den Flug nach Costa Rica gebucht.«

»Gut! Du wirst sehen, dass es dich weiterbringt, wenn du etwas ausspannst. Und vielleicht auch unser Verhältnis«, fügte sie halblaut an.

Ich überhörte das geflissentlich, denn ich hatte keine Lust, über etwas zu sprechen, das nach dem Gespräch genauso unlösbar sein würde wie vorher.

»Ich wollte mich nur verabschieden.«

»Das ist nett von dir. Wann geht dein Flug?«

»Dienstag.«

»Komm mir gesund zurück und …«

Linda zögerte.

»Was?«, wollte ich wissen.

»Ach, nichts. Eine schöne Zeit, und grüß mir die anderen. Wenn du Lust hast, kannst du mir ja eine Karte schreiben. Mach's gut.«

Sie legte auf.

Prima! Das Gespräch war so locker und luftig verlaufen wie drei Tage alter Tapetenkleister. Ich überlegte, ob ich in dieser Situation seufzen durfte, und kam zu dem Schluss: Wenn nicht jetzt, wann dann? Also gab ich einen hingebungsvollen Seufzer von mir.

Dann fuhr ich los, um mir zwei Badehosen zu kaufen. Das hatte jetzt oberste Priorität, denn sonst lief ich Gefahr, am Ende in den Tropen ganz ohne dazustehen. Kurz hatte ich überlegt, dass es doch am Flughafen auch welche geben müsse, hatte aber beschlossen, mich lieber im hiesigen und für seine Produktvielfalt berühmten Mega-Einkaufszentrum danach umzusehen; Badehosen an Flughäfen waren in der Regel überteuert und hatten furchtbare Muster.

Gegen den ungebetenen, aber dafür umso massiver vorgetragenen Ratschluss meines Vaters besaß ich noch immer meinen alten VW-Bus, den ich Lasse getauft hatte. Er hatte zwar bereits ein paar Jahre auf dem Buckel, Lackierung und Interieur waren inzwischen recht mitgenommen, und dass mir seine technischen Raffinessen immer und zu jeder Zeit treue Dienste geleistet hätten, konnte ich nun wirklich nicht behaupten. Aber er hatte mich – zumindest was die Basisfunktion »Bring mich von A nach B« anging – noch nie im Stich gelassen. Gut, der Fensterheber der Fahrertür war schon nach wenigen Kilometern verreckt, die Batterie war kaputt gewesen, er hatte einige Einschusslöcher in die Windschutzscheibe abbekommen, und der Spritverbrauch war relativ üppig. Das mit den Löchern war allerdings nicht die Schuld meines Busses gewesen. Die hatte unter anderem Bjørn mit seinem Weltkriegskarabiner da hineingeballert, als wir uns noch in einer eher frühen Kennenlernphase befunden hatten.

Und was Lasses Benzindurst betraf, hatte ich meinem Vater gegenüber gekontert: »Wenn du mal nicht mehr so gut kannst und etwas zu viel säufst, dann stecke ich dich ja auch nicht gleich ins Altenheim.« Daraufhin war er tatsächlich kurz nachdenklich geworden und argumentierte fortan nicht mehr gegen mein Vehikel, sondern stichelte nur noch, wenn ihm danach war.

Kurz und gut: Mein Auto hatte Charakter und trug deshalb auch einen Namen. Auf eine seltsame, fast magische Art passte der Name Lasse zu ihm. Und der Wagen zu mir.

Nach etwa einer halben Stunde Fahrt bogen Lasse und ich auf den weitläufigen Parkplatz eines Einkaufszentrums unweit von Leksand ein. Hier gab es alles, wenigstens wenn man den unzähligen Werbewänden von der Größe einer durchschnittlichen Einzimmerwohnung Glauben schenken wollte, die den Besucher des Konsumtempels mit ihren Botschaften fast erschlugen. Es wurden Dinge angepriesen, die ich kannte und von Zeit zu Zeit auch benötigte, wie etwa Toilettenpapier, das, wie ich durch die Werbung erfuhr, nun noch eine Lage mehr pro Blatt hatte, mehr Blätter sowieso und außerdem viel billiger und besser war als sein Vorgänger, quasi Klopapier zwei Punkt null.

Es wurden auch Dinge angepriesen, die ich zwar ebenfalls kannte, aber dafür mit Sicherheit niemals brauchen würde, wie zum Beispiel das 48-teilige Kaffeeservice namens *Jakt & Nöje* – »Jagd & Vergnügen« – mit aufgedruckten Elchköpfen über gekreuzten Flinten und

Jagdhörnern. Mein Bedarf an diesen Tieren war nach den jüngst zurückliegenden Erlebnissen in Gödseltorp mehr als gedeckt, obwohl diese in der Regel gutmütigen Geschöpfe nichts dafür konnten. Außerdem hatte ich den blöd grinsenden Artgenossen des Kaffeeservices, die auf meinem Küchenhandtuch lebten, noch nicht verziehen, dass sie mich gestern wegen meiner Schreibblockade verspottet hatten. Ich beschloss, sie zur Strafe in die Garage zu verbannen und zu einer Tätigkeit als Öllappen zu verurteilen, sobald ich wieder daheim wäre.

Dann wurden noch Dinge beworben, von denen ich mir durchaus vorstellen konnte, sie irgendwann mal brauchen zu können, auch wenn ich bis jetzt noch nie Bedarf gehabt hatte. Dazu zählte mit Sicherheit der stark rabattierte Schneidbrenner *Hellburner*, welcher angeblich selbst zehn Millimeter dicken Stahl wie Butter zu durchtrennen vermochte. Mir fiel zwar ad hoc keine Anwendungsmöglichkeit ein, aber so etwas im Haus zu haben schadete ganz bestimmt nicht. Vielleicht würde mich mal jemand mit einem Panzerfahrzeug besuchen kommen, bei dem die Hecktür klemmte?

Ob es hier auch Badehosen gab?

Ich platzierte Lasse zwischen einem Volvo und dem Unterstand für die Einkaufswagen, stieg aus und überquerte den Parkplatz. Über dem Eingang des Einkaufszentrums prangte eine bunte Auflistung der einzelnen Geschäfte. Gleich sprang mir der vielversprechende Name *Sports Paradise* ins Auge. Im Eingangsbereich des Ladens schickte mich eine für meinen Geschmack etwas zu verhungert aussehende Blondine auf meine Nachfrage hin in den Keller zur Abteilung *Water, Holiday & Fun*. Sie sei sich zwar auch nicht sicher, ob es noch Badehosen gebe, sagte sie, aber wenn überhaupt, dann da. Ich bedankte mich und bahnte mir einen Weg durch Ständer und Regale mit Pudelmützen, Thermounterwäsche und den neuesten Skimodellen zur Rolltreppe, die mich ins Untergeschoss beförderte.

Kaum war ich unten angekommen, schoss ein junger Kerl von etwa Mitte zwanzig dynamisch auf mich zu.

»Hej«, grüßte er. »Alles klar? Wie kann ich dir helfen? Was suchst du? Boards oder Iceskating-Equipment?« Seine Augen funkelten umsatzlustig. Sein Mund kaute unflätig Kaugummi.

Wieso redete der mit mir, als wären wir schon mal zusammen betrunken die Treppe runtergefallen? Ich überlegte kurz, ob ich nicht einfach behaupten sollte: »Gern von jedem etwas und dazu zwei passende Badehosen«, damit dieser selbstgefällige Typ die ganzen Sachen erst mal anschleppen musste, um ihm anschließend zu eröffnen, dass ich nur die Badehosen wollte, doch das war nicht meine Art.

Also sagte ich nur: »Hej! Und: *No thanx!* Ich searche nur simple Badetrousers.«

Sein verwirrter Blick entlohnte mich. »Was …?«

»Badehosen«, übersetzte ich. »Ich möchte Badehosen. Zwei Stück.«

»Ach so.« Das Umsatzfunkeln war aus seinen Augen verschwunden. »Was genau?«

»Äh, Badehosen«, entgegnete ich überfordert.

»Slip, Pants, Shorts, Long, Surf, Beach?« Mein ratloses Gesicht veranlasste ihn, die Produktvielfalt und die Einsatzmöglichkeiten viertel- bis halblanger Freizeitbeinkleider etwas vereinfachter zu gruppieren: »Ich meine mehr so Sports and Activity oder mehr so Beach and Fun?«

Kurz fragte ich mich, ob in diesen Optionen ein Widerspruch verborgen war. Konnte man nicht auch am Strand sportlich sein und Spaß haben, oder durfte man, wenn man sportlich oder lustig war, erst gar nicht dahin? Anders gefragt: Musste man zwangsläufig unsportlich aussehen und traurig sein, wenn man an den Strand ging?

»Ich dachte mehr so einfach an Bade & Hose. Aber vielleicht mache ich am Strand auch mal lustigen Sport. Beach-Volleyball oder so«, wandte ich ein. »Ausschließen kann ich das nicht.«

»Aber du hast nicht vor, einen Triathlon zu absolvieren, oder?« Er betrachtete mich von Kopf bis Fuß, dann sagte er: »Nee, hast du nicht.«

Subtil vorgebrachte Komplimente gehen am tiefsten unter die Haut.

»Dann wird es eher knapp mit der Auswahl. Wir haben eigentlich nur echte Sportswear, also figurbetonte Hosen, die eng am Körper anliegen«, fuhr er mit seinen Demütigungen fort. »Aber Moment mal. Ich meine, wir haben noch ein paar Leisure-Modelle von der Sommerkollektion da. Ich bin gleich zurück. Die fallen *extreme leisure* aus. Größe L dürfte gerade noch passen.«

Er wartete meine Reaktion gar nicht erst ab, sondern verschwand zwischen den Auslagen. Ich sah an mir herab. Was konnte diesen Schnösel dazu veranlasst haben, zu denken, ich würde *nicht* für einen Triathlon trainieren? Könnte doch gut möglich sein. Ich wusste keine Antwort darauf.

Einige Minuten später kam er mit zwei eingeschweißten Artikeln zurück, öffnete die Verpackungen und legte zwei Badehosen vor mich auf den Tisch.

»Mehr haben wir im Moment leider nicht mehr im Leisure-Bereich«, entschuldigte er sich. Er hatte allen Grund dazu. Vor mir lagen zwei halblange, weit geschnittene Badehosen. Die Qualität schien mir in Ordnung zu sein, aber das Muster ...

»Meinst du das ernst? Habt ihr wirklich nichts anderes mehr im Sortiment?«

»Nein, das sind die allerletzten.«

Da hatte er recht. Diese Hosen *waren* das Allerletzte. Konnte ich dieses Muster riskieren?

»Ich mache dir ein Extra-Super-Mega-Sale-Pricing«, warb er um mich.

Ich war komplett verunsichert. In Costa Rica gab es bestimmt auch Badehosen. Oder doch nicht? Die hatten immerhin nicht mal Dixi-Klos! Am Ende stünde ich vollkommen ohne Schwimmbekleidung da und müsste mir wie ein Trottel die Jeans abschneiden, um baden gehen zu können, oder meine Scham notdürftig und verhältnismäßig traditionell mit Palmwedeln und Kokosnusshälften bedecken.

»Was sollen die kosten?«

»Normalerweise siebenhundertneunundneunzig Kronen, aber du kriegst sie für vierhundertneunundneunzig.«

»Zusammen?«

»Nein, pro Stück natürlich.«

Ich suchte angestrengt nach eingewebten Goldfäden im Stoff. Vergeblich.

»Die sind nämlich von Easy Seashore«, sagte er stolz und in einer Tonlage, in der man einem Schimpansen den Unterschied zwischen Ameiseneiern und Beluga-Kaviar klarzumachen versucht. »Die bekommt man in Schweden sonst nur in Stockholm. Das ist *die* Beachware aus den Staaten. Maui, Hawaii, verstehst du?«

Ich verstand nicht. Und egal war es mir auch. Ich nahm die beiden Designwunder aus Maui in die Hand. Die Größe schien zu passen, Material und Verarbeitung wirkten solide, aber es gab einen offensichtlichen Grund, warum diese Ladenhüter noch zu haben waren, obwohl sie von *Easy Seashore*, *der* Beachware aus den Staaten, waren: das Muster. Das wusste ich, das wusste der Verkäufer, und vermutlich wussten das auch die Badehosen selbst. Doch es gab keine anderen. Zumindest nicht in diesem Geschäft, und ich hatte keineswegs vor, den ganzen Tag im Auto zu verbringen, um vielleicht woanders hübschere zu finden. Und womöglich würde ich nach Ladenschluss dann ganz ohne dastehen.

Schließlich nickte ich resigniert. »Pack sie mir meinetwegen ein.«

FEM

Wie versprochen hatte mir die umtriebige und kundenfreundliche Frau Lindström die Reiseunterlagen in den auf dem Land üblichen Briefkasten an der Straße eingeworfen. Angeklingelt hatte sie nicht. Wahrscheinlich wollte sie dem Mann nicht in die Augen blicken, dem sie in Ermangelung von Alternativen einen Clubaufenthalt ohne standesgemäße sanitäre Anlagen verkauft hatte. Doch das Wichtigste war, dass ich am Montagmorgen meine Reisedokumente beisammenhatte.

Nachdem ich aus Rache für ihr Geläster und ganz so, wie ich es mir im Einkaufszentrum spontan vorgenommen hatte, die Elche auf dem Küchenhandtuch als Schmutzlappen in die Garage verbannt hatte, wurde es Zeit für den Aufbruch. Es war bereits Mittag vorbei. Ich schloss alle Fenster und die Haustür ab, belud Lasse mit meinem Gepäck und fuhr endlich los. In den Urlaub.

Ich war ausgeruht, hatte trotz des grausigen Musters meiner neuen Badehosen erstaunlich gut geschlafen, und mein Flug nach San José, der Kapitale von Costa Rica, ging erst am nächsten Tag. Es versprach also, ein stressfreier Reisebeginn zu werden. Ich fuhr so zeitig, weil Göteborg über vierhundert Kilometer entfernt lag. So musste ich eine Nacht im Flughafenhotel in Landvetter verbringen, damit ich am Abflugtag auch mühelos und vor allem pünktlich beim Einchecken sein konnte. Lasse würde ich auf einem der Langzeitparkplätze im Parkhaus abstellen, was für Flughafenverhältnisse erstaunlicherweise selbst für die Dauer meiner Reise bezahlbar war.

Während der Fahrt ersetzte ich die meiner Sehnsucht entsprungenen Bilder von Linda durch die Erinnerungen an die Club-Website des Mucho Gusto. Die Seiten der Hotelanlage hatten sich zwar nur in der Geschwindigkeit eines dreibeinigen Rentiers im Tiefschnee aufgebaut, und das Design hatte gewirkt, als hätte es der Clubchauffeur für ein paar Mojitos in seiner Freizeit programmiert, aber die traumhaften Fotos hatten das definitiv wieder wettgemacht: Palmen, weißer Sandstrand, Papageienschwärme, Papayas von der Größe eines *American Football*, eine schilfgedeckte Bar am Meer, ein in strahlendem Türkis glitzernder Pool, mittelamerikanisch lässige Schnurrbärte, reisebuslange Büfetts mit allerlei karibischen Köstlichkeiten und eine flotte indigen anmutende Kapelle, vermutlich in costa-ricanischer Indiotracht. Urlauberherz, was willst du mehr?

Aber es gab neben diesen optischen Verlockungen und Lindas klaren Worten noch einen anderen Grund, weshalb ich letztlich dem Vorschlag meines Vaters gefolgt war: mein Buch!

Der Abgabetermin des Manuskripts lag nämlich viel näher, als mir lieb war, und noch viel schlimmer als die Zeit war deren hartgesottene Kampfgenossin Frau Dr. Schmidt-Heinemann, die mich letzte Nacht sogar im Traum heimgesucht hatte. Ein unhaltbarer Zustand! Auf gar keinen Fall konnte ich weiterhin so gut wie tatenlos in der Küche meines Ferienhauses herumsitzen und die stilisierten Schnittblumensträußchen an den hornhautfarbenen Siebzigerjahretapeten zählen. Es waren fünfhundertsechsunddreißig, so viel wusste ich nach all den Wochen. Die halben an den Schnittkanten hatte ich großzügig mitgerechnet. Ohne waren es nur vierhundertsiebenundachtzig.

Wenn mir schon selbst nichts einfiel und ich tatsächlich nur die einfache Tippse von Geschichten war, dann wollte ich zumindest meinem Chef, dem Schicksal, widerspruchslos folgen. Dieser buchstäbliche Tapetenwechsel in Mittelamerika, den auch mein Vater als Argument ins Feld geführt hatte, würde hoffentlich die Ruhe und Erholung bringen, die ich brauchte, um neue Eingebungen für meinen zweiten Roman zu bekommen. Außerdem musste ich zugeben, dass ich mich auch ein wenig darauf freute, Rainer und die anderen wiederzusehen.

Was Rainer betraf, hatte mein Vater bestimmt übertrieben, so wie er es zu tun pflegte. Auch wenn Rainers Benehmen ganz sicher irgendwie seltsam war, so war das noch lange kein Grund, sich ernsthafte Sorgen um ihn zu machen. Warum auch? Rainer *war* seltsam! Klar, seine soziale Intelligenz war, gelinde gesagt, nicht sonderlich hoch entwickelt, aber das glich er mit einem großen Herzen und einer überbordenden, aber sehr unstrukturierten Allgemeinbildung spielend wieder aus. Und mit ordentlich Dusel. Ich war davon überzeugt, dass das Schicksal ihn liebte. Wenn ich an die unzähligen Momente unserer erst jungen Bekanntschaft zurückdachte, die Rainer durchaus das Leben hätten kosten können, dann beruhigte mich das eher.

Nach über fünf Stunden Fahrt erreichte ich gegen kurz vor sechs schließlich den Flughafen Göteborg-Landvetter. Ich stellte Lasse im Parkhaus ab, verabschiedete mich von ihm, verstaute die Tickets sicher in meiner Brieftasche und schleppte mein Gepäck ins Landvetter Airport Hotel, wo mir Frau Lindström netterweise ein Einzelzimmer gebucht hatte.

Am nächsten Morgen stand ich gegen halb sechs auf und fühlte mich erstaunlich ausgeruht. Costa Rica, ich komme!

Als ich am Check-in-Schalter endlich an der Reihe war, stellte ich mein Gepäckstück, eine schwarze, ziemlich ausladende Reisetasche, aufs Band und legte der älteren Dame hinter dem Tresen meinen Pass und meine Reiseunterlagen vor. Sie sah aus, als würde sie den Job schon sehr, sehr lange machen und hätte als Ausgleich für diese selbstlose Bereitschaft zum vierzigjährigen Betriebszugehörigkeitsjubiläum die Unkündbarkeit erhalten. Entsprechend engagiert und beflügelt ging es voran. Ihre dunkelblaue, perfekt gebügelte Uniform vermittelte den Eindruck einer staatlichen Angestellten, der man besser nicht widerspricht, weil sonst alles doppelt so lange dauert wie ohnehin schon.

Ihr verknittertes Gesicht zuckte nicht einmal, als sich hinter mir zwei ebenfalls weibliche Stimmen zu kreischendem Gelächter erhoben. Sie blickte nur kurz auf, erfasste kühl und distanziert die Lage und tippte weiter meine Daten im Schneckentempo ein. Als das Gegacker einen derart schrillen Tonfall angenommen hatte, dass es kaum noch zu ertragen war, drehte ich mich um und suchte nach der Quelle.

Ein Stück entfernt standen zwei plappernde Frauen fortgeschrittenen Alters und Gewichts in der Schlange der Fluggäste. Neugierig lugte ich zu ihnen hinüber. Sie trugen für das schlechte Wetter viel zu dünne und für ihre Figuren erheblich zu kurze geblümte Kleider, die ganz und gar nicht meinem Geschmack entsprachen. Leider blieb meine Observation nicht unbemerkt, denn die eine stieß die andere unvermittelt an und raunte ihr etwas zu, woraufhin beide synchron zu mir herübersahen und kicherten. Die Erste hob sogar die Hand und warf mir einen Kussmund zu. Ach, du dickes Ei! Ich lächelte ertappt zurück und hoffte, keine der beiden Kullerpfirsiche würde das falsch verstehen. Vor allem aber hoffte ich, dass ich sie das erste und letzte Mal gesehen hätte. In diesem Moment befreite mich die Unkündbare aus der unangenehmen Lage.

»Guten Flug. Der Nächste«, kam es von vorne. Das war definitiv kein Wunsch. Das war ein Befehl.

Ich drehte mich zu ihr um.

Die Uniformierte fixierte mich und tippte dabei mechanisch mit rostrot lackierten Krallen auf meine Bordkarte und die restlichen Dokumente, die schon seit einigen Sekunden auf dem Tresen lagen.

»Guten Flug. Der Nächste«, wiederholte sie. Gleiche Tonlage, gleiche Lautstärke. Kein Wort zu viel.

Ich bedankte mich, nahm meine Papiere und ging.

Eine gute halbe Stunde später, nach Ablegen und Wiederanziehen von Schuhen, Gürtel und Jacke, fand ich mich im Wartesaal des Gates wieder. Müde ließ ich mich in einen der vielen freien Ledersitze fallen, stellte meinen Rucksack zu meinen Füßen ab und kramte den Costa-Rica-Reiseführer hervor, den ich mir als Ausgleich für das Badehosendebakel im Buchladen des Einkaufszentrums vor den Toren Leksands gegönnt hatte. Man will ja nicht vollkommen ungebildet in ein Land fahren, in dem man vorher noch nie gewesen ist.

Planlos, aber deshalb nicht weniger interessiert, blätterte ich darin herum, und bereits nach wenigen Seiten war mir klar, dass es in Costa Rica vor allem eines gab: Umgebung und davon ziemlich viel. Und in dieser ziemlich vielen Umgebung ziemlich viele Tiere unterschiedlichster Gattungen. Costa Rica war eines der wenigen Länder ohne eigenes Militär und politisch recht stabil, weshalb man es liebevoll als »die Schweiz Mittelamerikas« bezeichnete. Dabei hätte ich das Alpenland eher mit der Garde des Papstes und großlöchrigem Emmentaler assoziiert als mit tropischen Temperaturen.

Ich blätterte weiter. Dort war zu lesen, dass Costa Rica überdies das einzige Land der Welt war, welches fünf Klimazonen auf einer dermaßen kleinen Fläche vereinte – es war lediglich so groß wie Nordrhein-Westfalen. Außerdem gab es hier ungewöhnlich viele Vogelarten, Spinnen, Schlangen, Schmetterlinge, Fledermäuse und auch sonstige, teils tödlich giftige Tiere.

Am spannendsten aber fand ich die Geschichte eines unbesiedelten Pazifikeilands namens Isla del Coco, das fünfhundert Kilometer vom Festland entfernt lag, aber dennoch zu Costa Rica gehörte. Nachdem seit dem späten sechzehnten Jahrhundert angeblich tonnenweise Piratenschätze dort vergraben wurden, die ab dem späten achtzehnten Jahrhundert von mindestens zehnmal so vielen Schatzsuchern nicht gefunden worden waren, hatte man die Insel irgendwann zum UNESCO-Weltnaturerbe erklärt. Das hatte zur Folge, dass nun niemand mehr etwas davon hatte, da es verboten war, die Insel zu besuchen. Außer natürlich den Park-Rangern, die dort stationiert sind, und den tierischen Einwohnern.

Ich schlug den Reiseführer zu und schloss meine bleischweren Lider. Sollte ich vielleicht einen heiteren Piratenroman schreiben, der auf dieser Insel spielte? War das ein Ansatz, den ich im Urlaub reifen lassen und dann wieder mit nach Schweden nehmen könnte? Den Roman auf dieser Insel spielen zu lassen, hielt ich für besonders clever, denn ich würde behaupten können, was immer ich wollte. Niemand würde mir je das Gegenteil beweisen können, denn es durfte ja niemand mehr auf die Insel. Nicht mal Frau Dr. Schmidt-Heinemann, egal, wie sehr ihre Stimme auch bohren und summen würde. Ich kicherte in mich hinein, und auf der Leinwand meines Kopfkinos erschien ein Dreimaster am Horizont des Traummeeres. Ich nahm mein Messingfernrohr zur Hand und sah hindurch. Die Flagge zeigte einen weißen Totenschädel auf schwarzem Grund. Ein Piratenschiff. Niemand war an Bord. Oder doch? Da, am Steuer des näher kommenden Fahrzeugs stand ein einsamer Mann. Er hatte seinen Kopf mit einem roten Tuch bedeckt und es so verknotet, wie es heutzutage nur noch Männer in der Midlife-Crisis auf ihren überteuerten Harleys tun oder ausgemergelte Frauen im Fitnessstudio – Erstere, um zu zeigen, wie lässig, todes- und gesetzesverachtend sie auf ihre alten Tage doch sind, und Letztere, weil sie ernsthaft glauben, dadurch einfach total hip zu sein.

Oder eben Piraten.

Mein Fernrohr verfügte wundersamerweise über ungeahnte optische Verstärkungskräfte, sodass ich spielend leicht weitere Details heranzoomen konnte. Klar, war ja auch ein Traum! Nanu? Der Typ mit dem Kopftuch war ja mein Vater, Gerd Brettschneider, und auf seiner Schulter saß ein Äffchen, dessen linker Fuß mit einer Kette am schmiedeeisernen Halsring von Captain Gerd befestigt war. Und, beim Klabautermann, das Äffchen war kein Äffchen, sondern Rainer! Warum war der denn so geschrumpft und behaart? Plötzlich sahen mich beide an und schienen mich zu erkennen. Das war zwar merkwürdig, denn *ich* hatte ja das Fernrohr, aber darüber machte ich mir nur einen Kanonenschuss lang Gedanken. Nun begrüßten sie mich. Ich konnte die Kette rasseln hören, als mein Vater und das Äffchen Rainer die Arme hoben und herüberwinkten. Sie riefen: »Ist er nicht süß? Hi, hi, hi!« »Ja, ja, so süß! Hi, hi, hi!« Plötzlich fuhr Rainers dicht behaartes Affenärmchen über Bord und die Weite des Ozeans, schlüpfte durch mein Zauberfernrohr und fasste mich an der Schulter.

Ich schrie auf und öffnete die Augen.

Oder träumte ich noch?

War ich nicht vor Kurzem noch am Flughafen gewesen und danach auf dem Ozean? Nun aber befand ich mich in einem ausladenden Feld voller greller Sommerblumen, dessen Horizont von zwei mächtigen Hügeln begrenzt wurde.

Ich schrie wieder, weil mir nichts Besseres einfiel.

»Ist er nicht süß? Hi, hi, hi! Sieh nur, wie er sich erschreckt hat«, sagte die eine schnatternde Gans aus der Warteschlange in der Abfertigungshalle zu ihrer Genossin und nahm ihre Hand von meiner Schulter.

Die andere sagte: »Hi, hi, hi!«

Kurz dachte ich darüber nach, ob ich mitkichern sollte, sah aber keinen Grund dazu. Stattdessen richtete ich mich auf und versuchte dabei die Ruhe und, sofern nach diesem Auftritt überhaupt noch möglich, meine Würde zu bewahren.

»Ich wollte dich nicht erschrecken«, erklärte die eine der beiden Schwedinnen, deren Make-up ein wenig zu dick aufgetragen war. »Der Mann vom Schalter hat mich gebeten, dich zu wecken. Das Boarding hat begonnen.« Sie lächelte mich breit an und deutete mit einer ausladenden Armbewegung zu einer sich lichtenden Menschentraube, die von einer Gangway kanalisiert im Treppenhaus verschwand.

Eine Duftmischung aus Kölnisch Wasser und Lavendel-Klostein waberte zu mir herüber. Ich verbat mir die Frage, von welcher Körperregion dieser Frau der Geruch herstammen mochte, griff meinen Rucksack und sprang auf. Dabei flog der Costa-Rica-Reiseführer auf den Flughafenboden. Die zweite Grazie beugte sich sofort nach unten, um diesen aufzuheben. Sehr tief. Ich blickte in ein pralles, von der schwedischen Herbstsonne stark vernachlässigtes Dekolleté, vor dem eine daumendicke, vergoldete Modeschmuckkette herabbaumelte. Unnatürlich lange verharrte sie in dieser Stellung, so lange, bis sie sich sicher sein konnte, dass ich auch wirklich *alles* gesehen hatte, was ich sehen sollte. Ich wollte das wirklich nicht, aber es war so viel, dass es mir beim besten Willen nicht entgehen konnte. Sogar meine Libido schien sich in den Tiefen meines Unterbewusstseins vor dem zu verstecken, was mir hier in fast schon obszöner Weise präsentiert wurde. Endlich erhob sich die Frau wieder, streckte mir aber statt meines Buches die Hand entgegen und stellte sich vor: »Ich bin Freja, und das ist Frida. Wir sind Schwestern. Zwillinge.«

»Guck an«, sagte ich tonlos.

»Und wie heißt du?«, setzte der Zwilling nach.

»Torsten. Torsten Brettschneider.« Ich reichte erst ihr

die Hand, dann ihrer Schwester. Beide waren so feuchtwarm wie minutenlang gekneteter Frikadellenteig.

Freja oder Frida sah auf mein Buch und freute sich: »Ach, du fährst auch nach Costa Rica? Das ist ja ein Zufall!«

Mit derlei Zufällen umzugehen, erfordert einiges an Selbstbeherrschung. Ich sagte in einer Verwunderung, die ich gar nicht so sehr spielen musste: »Ja, was für ein unglaublicher Zufall.«

»Und wohin? In welchen Club?«, fragte Frida oder Freja, jedenfalls die andere.

Mir wurde heiß und kalt. Club. Sie hatte Club gesagt. Ich betete zu allen Heiligen und bei allen Piratenschätzen der Isla del Coco, dass Costa Rica wenigstens groß genug war, um diesen Schierlingsbecher an mir vorübergehen zu lassen. Es gab bestimmt massenhaft solcher Clubs, redete ich mir ein.

»Kommen Sie bitte!«, rief plötzlich der Mann vom Schalter entnervt zu uns herüber. »Sonst fliegen wir ohne Sie!« Ich ergriff die Gelegenheit beim Schopf, schnappte Frida oder Freja meinen Reiseführer aus der Hand, sagte: »Vielen Dank fürs Wecken und dass Sie mein Buch aufgehoben haben. Bis später dann«, und floh.

SEX

Der Flug von Göteborg nach Frankfurt verlief ohne irgendwelche Zwischenfälle. Wie auch? Er dauerte ja nur etwas mehr als anderthalb Stunden. Es gab lediglich gewisse akustische Beeinträchtigungen, da Frida und Freja während des Fluges nicht daran dachten, ihr Geschnatter und freudiges Gekreische einzustellen. Ganz im Gegenteil! Sie saßen etwa zwanzig Reihen vor mir, und obwohl sich rechnerisch gesehen quasi mehrere Fußballmannschaften inklusive Reservebank zwischen uns befanden, war es nicht möglich, ihre Stimmen zu ignorieren. Die Oberpartien ihrer postmodernen Haarfrisuren tanzten unübersehbar über den Stuhllehnen und den Köpfen der anderen Passagiere.

Wahrscheinlich hätte die gesamte Belegschaft zusammen mit allen Reisenden dankbar applaudiert, wenn die beiden für einen Moment den Mund gehalten hätten. Doch das taten die Zwillinge nicht – zum Leidwesen insbesondere des neben ihnen am Fensterplatz sitzenden Jünglings, der sich sicher weit weg wünschte und Wolken zählte, wie ich zu erkennen glaubte, als ich auf dem Rückweg von der Bordtoilette an der Reihe mit den beiden drall-grellen Sommerkleidern vorbeikam.

Freja und Frida winkten und blinzelten mir zu, als würden wir uns bereits seit meiner Kindheit kennen. Der junge Mann allerdings saß regungslos und an die Scheibe des Flugzeugs gepresst in seinem Sitz und war still und auffallend blass. Ich konnte nicht sagen, ob er immer derart transsilvanisch wirkte oder ob sein Gesicht diesen Farbton erst angenommen hatte, nachdem er begriffen hatte, was für einer Prüfung er während des Flugs ausgesetzt sein würde. Auf so etwas kann man sich nicht vorbereiten, es sei denn, es gehört zu seinem Berufsbild, derlei Folter mental zu überstehen, etwa als langjähriger CIA-Agent.

Zurückgekehrt auf meinem Platz ertappte ich mich dabei, wie ich mich diebisch freute, dass es nicht *mich,* sondern ihn erwischt hatte. Das war moralisch nicht ganz einwandfrei, aber durchaus vertretbar. Ich nippte an meinem Tomatensaft und genoss den Flug.

Der schwedische Flugkapitän hatte sicher noch irgendeinen wichtigen Termin. Vielleicht musste er in Frankfurt vor dem Weiterflug noch seine Oberhemden aus der Reinigung holen, oder er hatte über Hannover den Funkspruch erhalten, dass seine Frau in den nächsten Stunden eines oder mehrere Kinder gebären würde? Ein anderer Grund, warum er unser Flugzeug überpünktlich auf die Landebahn des Rhein-Main-Airports knallte, dass es nur so schepperte, und anschließend mit gefühlten achtzig Stundenkilometern zum Gate bretterte, fiel mir nicht ein.

Wenige Minuten später schritt ich, erleichtert über die unbeschadet überstandene Landung, durch das Innenleben des miserabel ausgeschilderten gigantischen Flughafengebäudes. Ich hatte etwas Zeit. Mein Weiterflug nach San José ging erst in knapp zweieinhalb Stunden. Ich blieb stehen und ließ das alles auf mich wirken. Seit vielen Monaten hatte ich den heimatlichen Boden nicht mehr betreten.

Ich war in Frankfurt aufgewachsen.

Mit Handkäs, Ebbelwoi und grüner Soße.

Mein Zuhause?

Aber da war auch Linda, die ich nicht vergessen konnte und der ich ihre Begeisterung für Kultur-Olle, warum auch immer, nicht ganz abgekauft hatte. Also doch Schweden?

Ach, Mist! Meine Gefühle waren hin- und hergerissen.

Zum Glück musste ich mich momentan weder für das eine noch für das andere entscheiden, denn jetzt sollte es ja erst mal in den Urlaub gehen. Also trat ich durch die verglaste Doppelschiebetür und reihte mich in die lange Schlange vor Leibesvisitation und Handgepäckkontrolle ein.

Mit einigen Minuten Verspätung hob unser Flieger in Richtung Urlaubsland ab.

Das war schön.

Eigentlich.

Aber jetzt fühlte *ich* mich transsilvanisch blass, denn ich hatte bei einer Wahrscheinlichkeit von ungefähr eins zu einer Million einen absoluten Volltreffer gelandet. Sozusagen den Hauptgewinn.

Ich saß genau zwischen Frida und Freja. Danke, Schicksal!

Skylla und Charybdis.

Sogar Odysseus war es besser ergangen, denn die Götter des Olymps hatten ihm außerdem die Option eröffnet, zu entkommen oder wahlweise wenigstens in der Meerenge von Messina heroisch in seinen Sandalen das Zeitliche zu segnen. Mir leider nicht. Ich war dazu verdammt, schätzungsweise von Hades, die nächsten vierzehn Stunden eingekeilt zwischen kichernden skandinavischen Monsterdekolletés zu verbringen. Der Flieger war proppenvoll, an einen anderen Sitzplatz war nicht zu denken. Und Sandalen hatte ich auch keine.

Ich redete mir ein, dass das Schicksal das Bestehen dieser Prüfung mit einem umso erholsameren und ruhigeren Urlaub belohnen würde.

Hoffte ich.

Und schlummerte trotz des nicht enden wollenden Geplappers von Freja und Frida weg. Wahrscheinlich war das derselbe Effekt, den man hat, wenn man jahrelang an einer vielbefahrenen Autobahn wohnt. Man schläft zwar miserabel und unerquicklich, aber irgendwann nimmt man den andauernden und nervtötenden Lärmpegel einfach nicht mehr wahr. Man gewöhnt sich an alles.

Ich träumte von sprechenden Papageien, welche die Stimmen von Freja und Frida besaßen, von einer Wurzelbehandlung mit Frau Dr. Schmidt-Heinemann, die mir mit Freuden ihren für meinen Geschmack viel zu großen Bohrer in den Rachen rammte, und natürlich von Linda, immer wieder Linda.

Geweckt wurde ich, weil mich meine Sitznachbarin, Freja – oder war es Frida? – anstupste und fragte: »Hühnerbrust oder Rindsroulade?«

Ich öffnete die Augen. Mein erschrockener Blick fiel auf zwei hellhäutige Fleischberge im Sommerkleid. Mit Hühnerbrust hatte das absolut nichts zu tun, eher mit Truthahn oder Condor. Da erst bemerkte ich die Stewardess, die mit ihrem Rollwagen mittlerweile in unserer Reihe angekommen war und mich fragend ansah.

Ich bestellte die Roulade, setzte mich aufrecht hin und klappte das Tischchen von der Rückseite des Sitzes vor mir herunter.

»Freja und ich essen mit Vorliebe Hühnerbrust«, erklärte meine rechte Sitznachbarin.

Links von mir saß also Freja. Merken!

»Das stimmt«, bekräftigte diese kichernd. »Eiweiß, Eiweiß und kein Fett.«

»Du isst wohl lieber Rind?«, kam es von rechts.

»Manchmal«, antwortete ich und schob mir eine Gabel voll Roulade in den Mund.

»Schmeckt's?«, fragte Frida.

»Lecker«, gab ich zurück und zerdrückte die Pampe mit der Zunge am Gaumen.

»Mein Hühnchen ist auch toll«, bemerkte Freja lobend.

»Die deutsche Küche ist wirklich nicht zu verachten«, stellte Frida mampfend fest und dann: »Sag mal, du kommst doch auch aus Deutschland, oder?«

»Äh …«, entgegnete ich verwundert.

»Wir haben es am Akzent gehört«, erklärte Freja. »Aber nicht, dass du denkst, dein Schwedisch wäre schlecht!«

»Ganz im Gegenteil«, wurde sie von ihrer Schwester kichernd unterstützt, »aber wir haben ein Gespür dafür. Wir sind nämlich Lehrerinnen.«

Ich gedachte still der vielen unschuldigen Kinder, die im Laufe der Jahre kraft Schulgesetz vor die Pulte der beiden Quasselstrippen genötigt worden waren.

»Richtig«, pflichtete Frida ihr kauend bei. »Englisch und Spanisch bis zur sechsten Klasse. Darum auch Costa Rica.« Sie kicherte.

»Aber leider kein Deutsch«, ergriff Freja wieder das Wort. »Ich kann in deiner Sprache nur sagen: *Ich lieb dir.*« Erschreckenderweise sah sie mich dabei so an, als würde sie es todernst meinen, und irgendwie hatte ich den Eindruck, sie würde näher in meine Richtung rücken. Ihr Kölnisch-Wasser-Lavendel-Klostein-Duft krallte sich an mir fest.

»Ach, wie schön«, sagte ich und rutschte instinktiv von ihr weg, zu meinem Leidwesen direkt in den wuchtigen Arm der anderen.

Die lachte verzückt. »Na, willst du auf meinen Schoß?«

»Nein!«, rief ich vielleicht ein klein wenig zu laut, sodass sich sogar eine recht dünne Dame mittleren Alters und ihr scheinbar entweder flugangstbedingt oder generell übellauniger Gatte kurz zu mir umdrehten. Sie neugierig, er mürrisch. Der Mann grummelte noch irgendetwas mit gesenkten Augenbrauen, bevor er sich kopfschüttelnd wieder der Lektüre der Sicherheitsbestimmungen unseres Flugzeuges zuwandte. Wahrscheinlich hatte ich ihn beim Auswendiglernen der Fluchtwege gestört.

Freja und Frida hingegen schienen sich meiner Hilflosigkeit voll bewusst zu sein und gingen deswegen gar nicht auf meine Verzweiflung ein, oder aber sie hatten sich im Laufe der Jahre abtrainiert, auf so etwas Banales wie die Nerven anderer Leute Rücksicht zu nehmen. Sie lachten nur vor sich hin. Zumindest hatte ich mir merken können, dass Freja den Fensterplatz, ihre Schwester Frida den zum Gang hin hatte.

Ich schob mir gerade den letzten Rest meiner Roulade in den Mund, da meinte Freja: »Jetzt kennst du unseren Beruf, aber ich bin neugierig darauf, was du machst.«

»Ich auch«, sagte Frida. »Ich bin ganz gespannt.«

Das war ich auch, und zwar auf das, was mir hoffentlich gleich einfallen würde. Ich konnte unmöglich die Wahrheit sagen, denn dann würde ich die beiden nie wieder loswerden und müsste stundenlang über meine Tätigkeit referieren, während mir die plappernden Schwestern auf die Pelle rückten. *Schriftsteller? Ach, wie spannend! Wie bist du denn dazu gekommen? Kann man davon leben? Muss man dich kennen? Wir liiieben Bücher, aber wir haben noch nie einen Autor persönlich getroffen! Hi, hi, hi! Hach, wie aufregend!* Das galt es tunlichst zu vermeiden.

Also, was war ich? Fabrikant für gehäkelte Damenunterbekleidung aus Rentierfell? Schizophrener Massenmörder auf der Flucht? Biologe mit dem Spezialgebiet costa-ricanische Darmparasiten oder Handelsvertreter für Diätprodukte aus den Herzen lebender Schimpansenbabys? Was würde diese Dekolletés dazu bringen, von mir abzulassen, wenigstens eine Zeit lang? Der Kreativbereich meines Gehirns ratterte auf Hochtouren. Dann kam das Ergebnis: Nein, wurde mir beschieden, das sei alles viel zu spannend. Selbst brutalste Berufe könnten Frauen faszinieren, die ich ja seit dem letzten Gespräch mit Linda nicht mehr versuchen wollte zu verstehen.

»Ich arbeite als Dampfreiniger bei einer Traktorenwaschstraße in Leksand«, sagte ich. »Das war schon immer mein Traum.«

Stille.

Eingefrorenes Lächeln.

Kein Kichern.

Mein Gehirn war genial. Agentin Dr. Schmidt-Heinemann wäre stolz auf mich gewesen.

»Hach, wie spannend«, heuchelte Freja.

»Ja, toll«, schloss sich Frida an und zog eine Anstandssekunde später hastig ein Magazin mit dem schwedischen Königspaar auf dem Titelblatt aus ihrer Handtasche.

Das war der Moment meiner Rache. Ich drückte Fridas Illustrierte hinunter, um ihr ausführlich zu erzählen, wie mein Vater immer gewollt habe, dass ich Urologe werde, ich aber dagegen aufbegehrt hätte. Es sei eine schwere Zeit gewesen für mich, aber dann hätte ich zu mir selbst gefunden. Traktoren seien schließlich wie Menschen, die sich ja auch wuschen, nur Traktoren könnten das nicht selbst erledigen, die Armen. Irgendwie habe das ja auch mit Druck, Verstopfung, Rohren, Schläuchen und Flüssigkeiten zu tun. Und jeder Patient mache überdies ein anderes Geräusch. Ich imitierte verschiedene Fantasiemotoren und sagte dazu ein paar Namen wie John Deere, Lanz, Porsche und andere, die ich irgendwo mal aufgeschnappt oder auf engen Landstraßen überholt hatte.

Dann drehte ich mich zu Freja um, die als schlecht getarntes Ablenkungsmanöver krampfhaft versuchte, ein Sudoku mittleren Schwierigkeitsgrades zu lösen. Das vermasselte ich ihr, indem ich davon schwärmte, wie geerdet und männlich man sich fühle, wenn man die durch Dampf aus der eigenen Hochdruckpistole gereinigten Ackerboliden mit ihren glücklichen Landwirten davontuckern sah. »Es ist«, schloss ich begeistert, »als hätte man wie ein Westernheld den Bösen im Duell bezwungen. Nur dass es kein Mensch, sondern Lehmboden ist, den man erschießt, versteht ihr? Ha, ha! Ich habe auch Fotos von meinen Lieblingstraktoren auf dem Computer. Wollt ihr sie sehen?«

Bis zur Landung in San José hatte ich meine Ruhe.

SIETE

Ich hatte während des Transatlantikflugs so gut geschlafen, wie es in einem Flugzeug mit ausladenden Sitznachbarinnen eben möglich war. Nämlich mittelmäßig. Ich fühlte mich zerknautscht wie ein benutztes Kopfkissen, und mein Nacken schmerzte ein wenig. Ab und an war ich aufgewacht, hatte etwas gelesen oder eine Zeit lang einen der Filme geschaut, die in den viel zu kleinen ausgefahrenen Fernsehern an der Flugzeugdecke flimmerten. Tonlos, weil ich zu geizig gewesen war, Geld für einen Kopfhörer auszugeben, den ich wahrscheinlich nie wieder brauchen würde.

Der Landeanflug auf den internationalen Flughafen Juan Santamaría, der etwa so »gar nicht weit entfernt« vom Zentrum der Hauptstadt San José lag wie mein Ferienhaus vom Reisebüro in Leksand, entschädigte allerdings für die gesundheitlichen Reisewehwehchen. Die Stadt, die in ihren Außenbezirken von oben noch extrem zersiedelt und schmuddelig wirkte und die Grundfarbe eines alten Putzlumpens hatte, wechselte zur Mitte hin das Kolorit. Dort waren Straßenzüge mit patinierten Kolonialgebäuden zu erahnen. Das Schönste jedoch war, wie die Hauptstadt Costa Ricas, über die unser Pilot nun in geringer Höhe eine weite Schleife flog, mit ihren knapp dreihunderttausend Einwohnern in die Natur eingebettet lag. Strahlender Sonnenschein von einem stahlblauen Himmel, auf dem vereinzelte Wolkenschäfchen weideten, beleuchtete urbewaldete Wipfel in einem dermaßen satten, dunklen und beeindruckenden Grün, dass es selbst Freja für einen Augenblick die Sprache verschlug und sie andächtig aus dem Guckloch des Flugzeugs schaute.

Zumindest so lange, bis das Flugzeug um 14:15 Uhr Ortszeit in San José aufsetzte.

Ein paar Unverbesserliche klatschten begeistert, der übellaunige Mann vor mir krallte sich zu meiner Freude (als Rache für seine schlechte Laune) mit beiden Händen und schweißnassem Haar in die Armlehnen seines Sitzes, das Flugzeug rollte auf seinen Abstellplatz, und nach dem Verstummen der Motoren und einer kaum verständlichen Ansprache des Kapitäns strömten wir dem Ausgang zu.

Noch bevor ich einen der auf uns wartenden Busse betrat, hielt ich inne, stellte meinen Rucksack vor mich und atmete die warme, feuchte Luft ein. Sommer! Sonne! Aus dem batteriebetriebenen Radio, das die beiden braungebrannten und extrem dunkelhaarigen Kofferverlader mit Vorhangkordel an ihr Vehikel gebunden hatten, dudelte eine Art Mariachi-Azteken-Folklore mit Flamencoelementen. Urlaub! Schon jetzt wusste ich, dass es eine gute Entscheidung gewesen war, diese Reise anzutreten. Nur noch eine knapp dreistündige Fahrt im klimatisierten Shuttle des Clubs, und schon würde die Erholung vollends beginnen.

Der Flughafenbus brachte uns zum Hauptgebäude, wo wir unser Gepäck von einem Band nahmen, das seine besten Tage längst hinter sich hatte. Es war allerdings immer noch agiler und rüstiger als der beleibte Zollbeamte mit dem daumendicken schwarzen Schnurrbart, der Pässe und Koffer kontrollierte. Er sah aus, als hätte er auch Urlaub und nur aus Versehen seine Uniform aus dem Schrank gezogen. Das machte er allerdings mit einer Mischung aus Gleichgültigkeit und Freundlichkeit wett. Er gab mir lässig meinen Pass zurück, rief: *»Hasta luego!«* und entließ mich in die zu meinem Erstaunen supermoderne und angenehm klimatisierte Halle des Flughafengebäudes, das sich architektonisch hinter dem Frankfurter absolut nicht verstecken musste.

Ich fühlte mich immer wohler.

Ein Pfeil mit der Aufschrift *Meeting Point – Hotel Shuttle Service* wies aus dem Gebäude hinaus, und ich folgte ihm artig. Schlagartig wurde es wieder schwülwarm. Schon nach wenigen Metern spürte ich, wie der Schweiß aus den Poren drang und mein T-Shirt klamm wurde. Und laut wurde es auch. Hupen, Rufen, Stimmen und: Gegacker. Ich ordnete es sofort den aufdringlichen Zwillingen zu und rollte mit den Augen. Zum Glück war ich die losgeworden. Ich lachte in mich hinein. Dampfdruckreiniger in einer Traktorenwaschstraße in Leksand. Ich hatte wirklich nicht mehr alle Tassen im Schrank! Aber es hatte geklappt.

Ich lachte sogar noch, während ich auf den letzten Pfeil zuging, der lotrecht auf den Boden zeigte und damit signalisierte, dass ich den *Meeting Point – Hotel Shuttle Service* erreicht hatte. Doch das Lachen verging mir schlagartig, als ich feststellen musste, dass Freja und Frida auch an diesem Pfeil warteten.

»Ach, fährst du auch in den Mucho Gusto oder in einen anderen Club?«, fragte Freja oder Frida.

Nicht einmal ein einfaches »Ja« kam mir spontan über die Lippen. »Lasst mich in Ruhe!«, hätte ich gerne geschrien oder wahlweise: »Hinfort, ihr garstigen Geschöpfe der Unterwelt!«

Im Gegensatz zu mir lächelten die beiden, sahen mich mit großen Augen an, in denen ich zu meinem Entsetzen glaubte, etwas wie Hoffnung zu lesen. Hoffnung worauf? Vielleicht, zusammen mit mir, verkeilt zwischen zwei wogenden Schwedinnenbusen, die rund dreieinhalb Stunden Fahrt in dem Kleinbus zu absolvieren. Ich schüttelte mich – nicht nur innerlich, sondern auch äußerlich.

»Was hast du denn?«, fragte Frida oder Freja besorgt.

Die andere sagte: »Das ist die Witterung. Das geht ganz schnell mit einem Kreislaufkollaps.«

»Nee, nix, alles bestens!«, antwortete ich hastig, denn sie machte sich schon auf den Weg zu mir – wahrscheinlich, um mir körperlichen Trost zu spenden. Den hatte ich zwar bitter nötig, aber nicht von ihr. Selbst meine erfundene, möglichst langweilig-bizarre Berufswahl schien diese beiden Damen jetzt plötzlich nicht mehr im Geringsten zu erschüttern. Im Gegenteil. Vielleicht hatte ich mit meiner Notlüge auch versehentlich Assoziationen und Bilder in ihnen ausgelöst? Ölfilmschimmernde Wassertropfen auf gestählter, sonnengebräunter Leksander Dampfreinigerhaut? Schmuddelige Overalls ohne was drunter? Ich schloss schnell den Vorführraum meines Kopfkinos. Freja und Frida mussten in zwillingshafter Übereinkunft beschlossen haben, dass ich perfekt in ihr Beuteschema passte, und bekanntermaßen nützt es keiner Beute, sich bei ihrem Fressfeind über selbigen zu beschweren, zumindest klappt das nur kurz. Sie jagten im Rudel. Gefahr! Also nahm ich mir vor, mich zu verhalten, wie es meiner Rolle in der Nahrungskette in diesem Moment dienlich war. Ich trat zurück und sagte: »Ja, ich fahre auch in den Mucho-Gusto-Club. Wird sicher schön, hi, hi.«

Freja warf Frida einen vielsagenden Seitenblick zu oder umgekehrt. Wie aus einem Mund erwiderten sie, dass wir dann ja noch öfter miteinander zu tun hätten. Genau das befürchtete ich auch. Hilfesuchend sah ich mich um. Wo blieb denn der verdammte Hotelshuttle? Und wo waren die anderen Mitreisenden?

»Meine Damen und Herren, willkommen in Costa Rica!«

Der Typ, der plötzlich hinter mir aufgetaucht war, sprach akzentfreies Englisch.

»Ich nehme an, Sie möchten in den Club Mucho Gusto, nicht wahr?«, hakte der Mann nach und starrte dabei auf einen zerfledderten Computerausdruck. »Sind Sie Mr Brettschneider und Sie Mrs Freja Persson und Sie Mrs Frida Persson?«

Jetzt richteten auch Frida und Freja ihre Blicke auf den kleinwüchsigen Mittelamerikaner. Er mochte mit viel gutem Willen und seinen hochhackigen Schuhen eins sechzig groß sein und trug eine dunkelblaue goldknopfbesetzte Fantasieuniform des Reiseveranstalters, deren Produktdesigner meiner Schätzung nach bereits in den frühen Achtzigern an einer Mischung aus Altersschwäche und Modeignoranz das Zeitliche gesegnet hatte.

»Ja«, sagten Frida und Freja synchron, und ich schloss mich kopfnickend an.

»Tenemos un problema«, begann der Mann, zwirbelte an seinem Bart herum und unterstützte seine Aussage, indem er ein perfekt zerknirschtes Gesicht machte. »Wir haben ein Problem«, schob er auf Englisch nach; das hätte ich auch so verstanden.

Was, nur eins?, dachte ich. Prima! »Welches Problem haben wir denn?«

»Der Bus zum Mucho Gusto fährt heute nicht mehr.«

Stille. Na ja, zumindest fühlte es sich so an, abgesehen von dem ständigen Hupen gefühlter tausend Autos, dem Geschrei und Gekreische um uns herum und dem in diesem Moment startenden Flugzeug, das über das Flughafengebäude donnerte.

Der blau uniformierte Reiseveranstalterzwerg setzte ein Lächeln auf. »Aber wir haben natürlich keine Kosten und Mühen gescheut und ein Hotel in San José organisiert. Natürlich ohne Mehrkosten für Sie! Morgen früh kommt dann der Bus und bringt Sie in den Club.«

Mit diesen Worten spreizte er seine Arme und streckte sie vor wie ein Zirkusdirektor, der mit unverhohlenem Stolz eine Weltsensation präsentiert, etwas Unglaubliches wie etwa eine sprechende Ziege oder ein Äffchen mit Doktortitel in Mathematik. Offenbar hielt sich dieser Mann für einen Heilsbringer und gierte nach Applaus für dieses Minimum an Fürsorge bei einer Reise, die sein Arbeitgeber für teuer Geld an uns verkauft hatte.

»Das ist ja unfassbar toll!«, sagte ich. »Etwas Schöneres kann ich mir im Moment gar nicht vorstellen.«

Freja und Frida sahen mich verdutzt an, der Mann nicht. Der strahlte, und ich war mir sicher, dass er mich für einen total Bekloppten hielt.

»*¡Muy bien!*«, freute er sich. »Sehr gut! Ich kümmere mich um ein Taxi für Sie.«

»Kommt denn sonst niemand mehr?«, erkundigte ich mich, weil es mir merkwürdig erschien, dass das Doppelte Schwedenlottchen und ich die Einzigen sein sollten, die diese Reiseplanänderung betraf.

Der Mann blickte auf seine Liste, dann auf seine Uhr, zuckte mit den Schultern und sagte: »Keine Ahnung.« Dann eilte er zum Taxistand.

Keine fünf Minuten später saßen wir in einem klapprigen und nicht klimatisierten Kombi japanischer Herkunft, dessen Designer als Zielgruppe vermutlich schmächtige Asiaten vorgesehen hatten. Auf dem holprigen, aber vierspurigen Weg ins Zentrum von San José sehnte ich mich nach einem Volvo oder meinem VW-Bus Lasse. Zehn- oder zwanzigtausend weitere Leute hatten offenbar ebenfalls die Idee gehabt, zur örtlichen Hauptverkehrszeit mit dem Auto in die Stadtmitte zu fahren. Es ging kaum vorwärts und war unerträglich schwül und heiß und klebrig und laut. Im Radio des Taxifahrers dudelte ziemlich tröten- und percussionlastige Folkloremucke.

Ich saß auf der Rückbank – fest verkeilt zwischen Frida und Freja. Die Zwillinge schienen sich mit der unfreiwilligen Reiseplanänderung im Allgemeinen und mit der Sitzplatzsituation im Besonderen angefreundet zu haben. Das führte ich auf den unvermeidbaren Körperkontakt im Fond des etwas unterdimensionierten Taxis als auch auf die Perspektive eines gemeinsamen Dinners mit mir zurück. Es war ein Vorschlag von Freja oder Frida gewesen, dem die andere begeistert zugestimmt hatte.

»Wie weit ist es bis zum Hotel?«, fragte ich nach vorne und tippte dem Uniformzwerg auf die Schulter, der sich auf dem Beifahrerplatz so breitgemacht hatte, wie er nur konnte, aber trotzdem wirkte wie Yoda auf einer Sonnenliege.

Er drehte sich zu mir um, und seine Augen tauchten zwischen Rückenlehne und den verchromten Streben der

Kopfstütze auf. »Ach, das ist gar nicht weit«, erklärte er, »so zwanzig Kilometer in etwa.«

Wenigstens etwas.

»Aber die meisten Straßen sind leider in ziemlich schlechtem Zustand oder überfüllt und in ziemlich schlechtem Zustand. Die Fahrt dauert in etwa zwei Stunden.«

Zwei Stunden? In etwa? Mir blieb wirklich nichts erspart. Ich sehnte mich nach Erholung, nach meinem Vater, Bjørn und Rainer, ja sogar nach Rainer, dem Gegenteil von Erholung. Alles besser als das hier.

»*Muchas gracias*«, konterte ich und hatte damit auch schon den Großteil meiner Spanischkenntnisse zum Einsatz gebracht.

»*Con mucho gusto*«, kam es zurück, »gerne geschehen«, und dann unter herzhaftem Lachen: »*¡Pura vida, mae!*«

Das klang nett. Ich nahm mir vor, später nach der Übersetzung zu fragen.

OCHO

Das Hotel, das der Reiseveranstalter für unsere Unterbringung auserkoren hatte, hieß Don Quijote und befand sich ziemlich genau im Zentrum von San José am Paseo Colón, einer Straße voller Läden, Restaurants, Menschen und Autos, und es sah verflucht mittelamerikanisch aus hier, musste ich feststellen.

Die Bremsen des Taxis machten ein Geräusch wie Sand auf Blech, aber endlich stoppte unser Gefährt direkt vorm Eingang der Herberge, und wir stiegen aus. Schlagartig wurde es noch wärmer, feuchter und lauter, doch die zugegebenermaßen mondäne Eingangshalle der Villa einer ehemaligen Kaffeeplantagenbesitzerdynastie, wie eine englischsprachige Erklärung am Eingang verriet, entschädigte mich für diesen letzten unangenehmen Moment der Anreise. Die Glastür fiel zu, und uns umgab augenblicklich Ruhe und, was noch schöner war: Kühle. Vor einer in Tropenhölzern gefertigten Wand erhob sich eine alte und zugleich beeindruckende Empfangstheke, die gut vier Meter breit war und die Patina vieler Jahrzehnte aufwies. Über uns rotierte mächtig und selbstbewusst ein Ventilator von den Ausmaßen eines Flugzeugpropellers aus Doppeldeckerzeiten und drückte einen Luftstrom auf uns herab. Das genoss ich zwar, beäugte den eiernd rotierenden Koloss aber trotzdem mit einer gewissen Skepsis, da ich mir lieber nicht vorstellen wollte, wie das ganze Ding in Ermangelung der eventuell nicht ordnungsgemäß erfolgten Costa-Rica-TÜV-Prüfung oder aufgrund eines zur Montagezeit von Mojito benebelten Monteurs herabkrachte und unsere kleine Gruppe enthauptete. Das wäre zwar eine Top-Promotion für meinen ersten Roman, aber posthumen Ruhm wollte ich mir für später aufheben, für wesentlich später. Vielleicht waren das auch die umgearbeiteten Flügel einer der Windmühlen aus Cervantes' Klassiker, und das Hotel hatte daher seinen Namen? Ich hoffte auf eine erholsame Nacht.

Hatte nicht geklappt. Zuerst das Abendessen mit den beiden Schwedendamen, die sich durch nichts davon hatten abbringen lassen, und dann hatte ich auch noch absolut miserabel geschlafen. Die ganze Nacht über waren hupende Autos und lärmende Passanten am Hotel vorbeigezogen. Nicht einmal das Frühstück, das weitgehend aus denselben Zutaten bestand wie das Abendessen, also überwiegend aus Bohnen und Reis, sich aber heute Morgen *gallo pinto* nannte und nicht *casado* wie noch beim gestrigen Dinner, hatte mich von meiner zähen Müdigkeit befreien können.

Nun stand ich zwangsläufig saumüde neben Frida und Freja in der morgendlichen Frühe vorm Hotel und wartete mit ihnen auf den Shuttle zum Club. Tatsächlich fuhr kurz darauf ein Kleinbus unter infernalischem Getöse vor, begleitet von einer schwarzen Dieselwolke. Kaum hatte er gehalten, entstieg ihm ein fast zwei Meter großer Typ, schlaksig, sehnig und physiologisch verflucht belastbar wirkend. Er hatte schulterlanges, tiefschwarzes Haar, dazu ausnahmsweise keinen dichten Schnurrbart, dafür aber kohlrabenschwarze Augen. Ein Indio-Nachfahre, schoss es mir augenblicklich durch den Kopf. Hatte einer meiner zahlreichen Reiseführer nicht auch von Indianern in Limón gesprochen? Ethnisch gesehen nichts Außergewöhnliches in einem Land mit indianischen Ureinwohnern, aber dieser Mann wirkte wie eine Mischung aus Charles Bronson in *Chatos Land* und Gonzo aus der *Muppet Show*.

Dann sah er mich an. Ausdruckslos. Für den Bruchteil einer Sekunde konnte ich zwischen seinen wulstigen Lippen eine fast vollständige Reihe strahlend weißer Zähne ausmachen. Mit sonorer Stimme brummte er seine aufs Wesentliche reduzierte Begrüßung: »¡Mucho Gusto!«, um danach mit den Worten auf sich zu zeigen: »Ramon Ramirez«. Ich nahm an, dass er die Vorstellung seiner Person damit als abgeschlossen erachtete, denn er stieg sofort wieder ein und zog die Fahrertür zu. Auch Frida und Freja quetschten sich in den viel zu engen und überhaupt nicht klimatisierten Bus, um die Fensterplätze zu ergattern.

Als jedoch der Beifahrer ausstieg, um den Bus herumkam und mich ansah, erstarrte ich. Woher nur kannte ich diesen Typen in den lässigen, leicht militaristischen Klamotten? Aus dem Fernsehen? Er war braungebrannt wie ein Mittelamerikaner, doch seine schulterlangen, ursprünglich europäisch wirkenden Haare waren von der Sonne geblichen. Ich war mir sicher, sein Gesicht schon einmal gesehen zu haben, auch wenn es sich momentan hinter einem fisseligen und etwas zu spärlich gewachsenen Fidel-Castro-Bart versteckte. Die fadenscheinige, olivgrüne Baseballkappe verlieh diesem Mann etwas Martialisches, das man ihm auch ganz bestimmt abgekauft hätte, wären da nicht die naturfarbenen Birkenstocktreter und diese Brille gewesen, mit Gläsern, so dick wie Flaschenböden. Mich überkam ein unglaublicher Verdacht. Ich trat zögerlich näher.

In diesem Moment sagte die Guerilleroimitation: »*Buenos días,* Torsten! Echt oberstkrass, dass du mal rumkommst, ne. Die *compañeros* hier sind alle voll krass gelockert unterwegs und super drauf. *Pura vida, mae!*«

Er reckte lachend die rechte Faust zum sozialistischen Gruß empor, bevor er mir um den Hals fiel.

Um Himmels willen!

Mein Vater hatte keineswegs übertrieben. In meinen tropisch feuchten Armen nämlich lag: Rainer.

NUEVE

Seltsam. Rainer sprach nicht. Das war neu. Nach seiner kurzen Begrüßungsrede am Eingang des Don Quijote in San José war er verstummt. Jetzt kaute er auf seiner Unterlippe herum und wippte dabei mit dem Kopf, und das lag nicht an der holprigen Straße. Nein, es schien vielmehr, als spielte sich eine Szene vor seinem geistigen Auge ab, deren Verlauf er schweigend, aber voll und ganz zustimmte. So wie er aktuell aussah, mochte es eine Rede von Fidel Castro zur Verbesserung der Wirtschaft im armen Kuba sein oder der Sturm auf die Bastille im Rahmen der Französischen Revolution.

Ich hatte den mittleren Platz der durchgehenden Sitzbank vorne eingenommen, zwischen Rainer und Gonzo, in dessen vogelspinnengleichen Händen sich das Lenkrad des Kleinbusses wie das eines Autoskooters ausnahm.

Hinten im Fond herrschte hingegen ein buntes Treiben. Frida und Freja unterhielten sich auf Schwedisch und kicherten über alle möglichen Dinge, die außer mir vermutlich niemand im Bus verstand. Außerdem war da eine Frau aus Frankfurt mit einem etwa zehnjährigen Mädchen. Die beiden hatten bereits im Bus gesessen, als sich die Schwedenzwillinge hineinzwängten. Der zwergwüchsige Temporärreiseleiter, der uns gestern vom Flughafen ins Don Quijote gebracht hatte, war ebenfalls zur Abreise erschienen und hatte erklärt, dass das Mutter-

Tochter-Gespann namens Petra und Vanessa-Elektra Fieberg am Vortag eine Maschine verpasst habe und daher erst spät nachts angekommen sei, weshalb man sie in einem anderen Hotel untergebracht habe.

Das mit dem verpassten Flugzeug von Mutter Petra und Töchterchen Vanessa-Elektra konnte ich mir nur zu gut vorstellen, denn schon bald war mir klar, dass hier eine übertrieben verständnisvolle und alles erklärende Mutter sich ein extrem verhätscheltes und dickköpfiges Kind herangezogen hatte. Vermutlich hatte sich Mutti am Flughafen genötigt gesehen, so lange mit der Kleinen über Sinn und Unsinn von Passkontrollen zu diskutieren, bis das Gate geschlossen und die Maschine davongeflogen war.

»Ach, Vanessa-Elektra, mein Häschen, du kannst dir natürlich jeden Tag aussuchen, was du spielen magst«, sagte Mama Petra in diesem Augenblick, dem wahrscheinlich eine aufmüpfige Willensbekundung von Vanessa-Elektra vorausgegangen war, die ich aber leider nicht mitbekommen hatte.

»Und wenn ich gar nicht spielen will?«

Das klang zickig! Belustigt klappte ich die Sonnenblende herunter und drehte sie so, dass ich die Personen auf den hinteren Bänken im Schminkspiegel beobachten konnte.

»Dann musst du das natürlich nicht machen, Vanessa-Elektra«, beeilte sich Petra zu sagen.

»Immer muss ich lauter Sachen machen«, schmollte Vanessa-Elektra und verschränkte trotzig die Arme vor der Brust. Dazu kniff sie den Mund zusammen.

Ich fragte mich, ob die Mutter das widerborstige Verhalten ihrer Tochter als Niederlage oder eher als edukativen Erfolg wertete. Vanessa-Elektra hatte ihre Mutti voll im Griff. Das versprach Kurzweil!

»Ach, Hasi, das stimmt doch gar nicht. Mutti hat dich so lieb«, entschuldigte sich Petra und versuchte, das Kind in den Arm zu nehmen. Doch Vanessa-Elektra war definitiv mehr Zicki als Hasi. Sie entwand sich der körperlichen Annäherung und streckte zuerst ihrer Mutter und dann Frida und Freja, die nun wirklich vollkommen schuldlos waren, ungeniert die Zunge heraus und imitierte dabei lautstark ein Furzgeräusch. Die Zwillinge unterbrachen ihre Konversation, sahen zuerst sich an und dann das Kind.

»Die zwei gleichen Frauen sind dick«, stellte Vanessa-Elektra fest.

Gut, das stimmte zwar, aber höflich war es trotzdem nicht. Außerdem deutete sie mit ausgestrecktem Arm auf die beiden, was noch unhöflicher war.

Frida (oder Freja) fragte mich auf Schwedisch: »Was sagt die Kleine?«

Ich drehte mich nach hinten um. »Sie glaubt, das seien Pusteblumen auf euren Kleidern«, log ich spontan und wie gedruckt.

»Wie goldig!«, schwärmte Freja (oder Frida) auf Schwedisch und lächelte Vanessa-Elektra freundlich an.

»Ach, wie süß«, schloss sich die andere an.

»Ihr seid dick. Dick, dick, dick!«

»So etwas sagt man aber nicht«, versuchte Petra erneut ihr Glück. »Willst du einen Schokobonbon?« Diese pädagogisch hochsubtile Konsequenz unerzogenen Verhaltens zeigte das erwartete Ergebnis.

»Dick, dick, dick!«, skandierte Zicki vollkommen ungerührt weiter.

Ganz grundsätzlich finde ich physische Gewalt nicht gut, und gegen Kinder schon gar nicht. Allerdings konnte ich mir in diesem Moment die Vorstellung nicht verkneifen, wie Hasilein mit tränenerfüllten Augen dabei zusehen musste, wie ich als Bestrafung für jedes »Dick!« ein Ärmchen oder Beinchen von einer ihrer höchstwahrscheinlich zahlreichen und zudem vollkommen überkostümierten Barbies mit einer Gartenschere abknipste. Schnipp! Danach wäre das blöde rosa Barbie-Pferd Tawny dran. Schnapp! So lange, bis nur noch das Plastiktorso im Kinderzimmer lag und endgültig ausgewiehert hatte. Ob sie dann endlich kapieren würde, wie man sich benahm? Wahrscheinlich besser als durch einen Schokobonbon.

Ich malte mir diese am Rande der zulässigen Pädagogik liegende Maßnahme noch in den schillerndsten Farben aus, da kam plötzlich Bewegung in den bis dahin verstummten Rainer. Er drehte sich nun ebenfalls nach hinten um, und zwar schwungvoll. Seine Augen funkelten, und das, obwohl sie hinter ihren Dioptrienschaufenstern gefangen waren. Allerdings hatte das den Vorteil, dass das Funkeln bedrohlich aussah.

»Ich finde, du bist echt krass drauf, ne«, sagte Rainer laut.

»Und du bist hässlich!«, konterte Vanessa-Elektra.

»In Costa Rica, da gibt es Spinnen, Schlangen, Tausendfüßler, Skorpione und noch viele andere ultrakrasse Tiere, ne«, überging Rainer gekonnt die Beleidigung der Kleinen. »Die kommen immer zu denen, die oberstkrass frech sind, ne.«

»Vor denen hab ich aber keine Angst.« Doch Vanessa-Elektras Stimme sprach eine andere Sprache.

»Das finde ich ganz toll von dir, ne. Dann ist es ja nicht schlimm, wenn die nachts alle zu dir ins Zimmer und ins Bett krabbeln, ne?« Rainers Stimme hatte etwas Diabolisches.

»Nein«, sagte Vanessa-Elektra. Es sollte selbstbewusst klingen, tat es aber nicht. »Das möchte ich nicht.«

»Du musst immer in deine Schuhe und in deine Hosen gucken, bevor du was anziehst, ne. Da verstecken die Viecher sich drin, und dann beißen und stechen und zwicken die dich megamäßig. Letzte Woche ist ein Mädchen, das war so alt wie du und auch ziemlich frech, ne, also letzte Woche ist das Mädchen ins Krankenhaus gekommen. Oberstkrass. Das Kind war am ganzen Körper angeschwollen, ne, und farbtechnisch sah es aus wie ein total alter krasser Tofu aus organischem Sojaanbau, ne.«

Der Erfolg trat sofort ein.

»Ich will keine Stechtiere in meine Hose kriegen!«, wimmerte Vanessa-Elektra plötzlich. »Ich bin nicht frech und will kein Tofu sein.« Sie rutschte näher zu ihrer Mutter hinüber.

»Das ist natürlich gut«, bohrte Rainer in gespieltem Verständnis nach. »Dann wirst du ja nicht gebissen.«

»Mein Kind hat Angst. Hören Sie auf damit!«, rief Petra und machte das, was sie am besten konnte: Vanessa-Elektra trösten und verstehen.

»Also, du«, gab Rainer unbeeindruckt zurück, »ich find das total abgefahren von dir, wie toll du mit dem Kind umgehst, so erziehungstechnisch und so. Echt immer im Dialog und mit Nähe, ganz super, auch so in Sachen Familienidentität. Klasse, echt, ne. Aber wenn die kleine Vanessa-Elektra gezielt Individuen einer Gruppe verbal attackiert, kann es sein, dass kommunikative

Gegenwehr erfolgt. Auch ein Prozess, den ein junger Mensch im präpubertären Kontext als legitime Reaktion akzeptieren muss, ne.«

Petra stand der Mund offen. Klar, wenn mir ein Guerillero einen solchen Vortrag gehalten hätte, würde ich auch nicht besser aussehen. Ich freute mich wie Bolle, denn Vanessa-Elektra hielt endlich die Klappe und machte keine weiteren Anstalten, andere Leute zu beleidigen oder irgendwem zu widersprechen. Sie schluchzte nur ein wenig. Auch Petra schwieg, tätschelte ihr beschwichtigend den Kopf und flüsterte ihr leise etwas ins Ohr – wahrscheinlich versprach sie ihr ein neues Barbie-Pferd, dem alten ging es ja nicht mehr so gut.

»Regeln, Grenzen, Konsequenzen«, meinte Rainer und hob schulmeisterhaft den Zeigefinger, dann drehte er sich wieder nach vorne, stieß mich augenzwinkernd an und machte das leise grunzende Geräusch eines unterdrückten Lachens.

Ich lächelte in die oberstkrasse Mittagssonne. Ja, der Typ hatte mir wirklich gefehlt!

Unsere Reise führte uns einige Kilometer über die berühmte Panamericana, die Straße, die sich von Patagonien bis hoch nach Alaska schlängelt und stellenweise nicht mehr ist als ein schlaglochzerfressener Kiesweg. Hier allerdings war sie vierspurig und ging mitten durch San José. Nach einiger Zeit – wir hatten die costa-ricanische Hauptstadt noch nicht gänzlich hinter uns gelassen – bogen wir auf eine Bundesstraße ab, die uns bis kurz vor unser Ziel in der Nähe von Santa Dolores bringen würde.

Der Zwischenfall und der Verbalsieg über die kleine Vanessa-Elektra schienen Rainer gutgetan zu haben.

Zwar starrte er noch immer unterlippenkauend aus dem Fenster, aber die Mundpartie, die sein fisseliger Bart freigab, schien zu lächeln. Ramon Ramirez am Steuer hingegen spulte die vor uns liegende Wegstrecke wortlos und ungerührt herunter. Möglicherweise hatte ich kurz vorm Einsteigen in San José seinen einmal jährlich stattfindenden Gefühlsausbruch miterlebt, oder vielleicht hatte er schon jahrelang kein Wort mehr gesagt und ärgerte sich nun, dass er sein warum auch immer abgelegtes Schweigegelübde vorhin aus unerklärlichen Gründen gebrochen hatte. Jedenfalls hielt er das abgenutzte Lenkrad mit der Holzperlenummantelung still umklammert. Am Innenspiegel baumelte der heilige Christophorus als Kunststoffspritzgussfigur herab. Er sah traurig aus in seinem gefärbten Mäntelchen aus synthetischem Sackleinen und mit dem Plastikwanderstab. Durch seine Anwesenheit stieg mein Vertrauen in das Auto und die Reise auch nicht.

Mein Blick blieb an einigen Geiern hängen, die sich an einem Kuhkadaver labten. Ein Omen für meinen Urlaub? Quatsch, die Karibik und Stunden sonnigster Erholung warteten auf mich!

»Das ist genau dasselbe wie mit den indigenen Ureinwohnern und den oberstkrassen Finanzmogulen, die nur das Land auspressen, ne«, bemerkte Rainer in die Geräuschkulisse aus monotonem Motorbrummen und singenden Gummireifen hinein. Auch er hatte die düstere Vogelszenerie am Rand der Straße gesehen.

»Wie bitte?« Ich sah ihn mit großen Augen an.

»Eine Oligarchie der herrschenden Minderheit respektiert aufgrund ihrer Vormachtstellung keine anderen Kräfte neben sich und verachtet deswegen auch die ursprüngliche Kultur der Ureinwohner, die sie aus kommerziellen und egoistisch-materiellen Gründen in eine kapitalistische, ultraneoliberale Marktstruktur überführt.«

»Was ist mit dir?«

»Das ist alles irgendwie krass. Oberstkrass.« Pause. »Die Geier.«

Ich sah mich um. »Habt ihr Wasser dabei? Wir sollten alle mal was trinken«, schlug ich vor. War Rainers Geist durch Dehydration vernebelt? Schweiften seine Sinne bereits in die Irre?

Rainer zog eine Flasche aus seinem Rucksack, der mit seinem Namen beschriftet war und mit einer wie von ungeübter Kinderhand gemalten Blumenblüte statt eines »i«-Punktes.

»Willst du nicht?«, fragte ich und hielt ihm nachdrücklich und auffordernd die Flasche hin, nachdem ich getrunken hatte.

Rainer schüttelte den Kopf. »Nö, du, gib das mal den anderen, ne.«

Ich reichte das Wasser nach hinten, wo sich Frida und Freja sofort bedienten. Sie sahen leicht mitgenommen aus. Die Frisuren hatten sichtlich gelitten, und die Schminke hatte aufgegeben. Ob das an der drückenden Hitze im Fahrzeug lag oder an den Serpentinen im Nationalpark Braulio Carrillo, die Ramon Ramirez bereits seit gut zehn Minuten ebenso rasant wie todesverachtend durchpflügte, ganz so als gähnte rechts vom Straßenrand keine gefühlt zweihundert Meter tiefe, urwaldbegrünte Schlucht, wusste ich nicht zu sagen. Zumindest waren sie genauso auffällig ruhig wie Zicken-Vanessa-Elektra und Verständnis-Petra – wenigstens etwas.

»Wie ist es im Club?«, versuchte ich, das Thema von der Ausbeutung indigener Urvölker hin zu etwas Banalem zu lenken.

Rainer sah mich an.

»Ich bin in einem krassen Zwiespalt, ne.«

»Wieso das denn?«

»Auf der einen Seite ist das echt so total schön hier ...«

»Du meinst den Strand und so weiter?«, hakte ich nach.

»Genau, ne. Und auf der anderen Seite fußt mein emotionales Erlebnis auf der Ausbeutung anderer.«

Ich stöhnte in mich hinein. Okay, einen Versuch war es wert gewesen. »Aber was würden die Unterdrückten machen, wenn keine Touristen wie wir kämen?«, wandte ich ein.

Rainer sah mir tief in die Augen, die optisch zu einer bemerkenswerten Größe anschwollen und wieder dieses Funkeln in sich trugen. Sie bargen etwas, das ich von Rainer eigentlich nicht kannte. Doch jetzt, da ich kurz nachgedacht hatte, wusste ich es plötzlich. Es war die Wut der Ideologie. Dann sagte er mit getragener Stimme: »Sie wären frei«, und reckte zu meinem Erstaunen wieder die rechte Faust vor mir in die Höhe und rief so laut, dass alle im Wagen zusammenzuckten: »*¡Revolución o muerte!* Freiheit für die Unterdrückten!« Alle bis auf Ramon Ramirez, der entweder touristischen Kummer jedweder Ausprägung gewohnt war oder mal ein paar Jahre in der geschlossenen Abteilung einer psychiatrischen Einrichtung gearbeitet hatte.

Ich unterzog Ramon aus den Augenwinkeln einer kurzen Prüfung. So unterdrückt wirkte der irgendwie gar nicht. Er sah vielmehr wie jemand aus, der problemlos selbst mehrere andere Menschen gleichzeitig unterdrücken konnte. Ich betrachtete seine Vogelspinnenfaust und stellte mir vor, wie eine darin befindliche Kokosnuss platzte – oder der Schädel eines Feindes, der ihm während eines Ringkampfes in die Hände gefallen war.

»Aha«, sagte ich, weil mir dazu nichts mehr einfiel und dann: »Oh, schau mal!« Dabei deutete ich nach vorne. »Da ist ja schon das Meer!«

In der Tat. Da war das Meer. Die Karibik, und sie schmiegte sich dunstig und fast zärtlich als blassblaues Band an das in weiter Entfernung liegende Ende der costa-ricanischen Landmasse. Von der eher kargen Hochebene, die wir gerade verließen, konnte man die Landschaft hervorragend überblicken. Wir hatten vor wenigen Minuten eine Stadt mit dem Charme von Pirmasens (nur heißer und staubiger) passiert und hielten – so versprach es wenigstens ein verbeultes Straßenschild – nun auf Limón zu, die Hauptstadt des gleichnamigen Landesteils. Etwa eine Handbreit über dem Horizont türmten sich wattige Cumuluswolken auf, und der Himmel schien – wie auch immer er das anstellte – doppelt so viel Raum einzunehmen wie der in Schweden oder Deutschland.

Aber mir fehlte plötzlich etwas.

Jemand.

Was sie wohl gerade machte?

Linda!

Ich seufzte leise.

DIEZ

Die Häuser in Limón waren ausschließlich einstöckig und vornehmlich in Leichtbauweise errichtet. Viele von ihnen lagen nicht einmal einen Kokosnusswurf entfernt vom Meer. Ich wünschte den Bewohnern dieses Karibikörtchens, dass sie nie von einem übel gelaunten Tropensturm heimgesucht werden würden. Die Straße wäre mit Sicherheit weg gewesen.

»Is nicht mehr weit«, erklärte Rainer und nickte nach vorne. »Jetzt kommt kaum noch Kommerz, mehr so *nature* und *freedom* und so, ne.«

»Cool«, sagte ich, »*nature* und *freedom* und so.«

»Genau.«

Rainer lächelte.

Tatsächlich wurde die Besiedlung immer dünner – einmal abgesehen von der einen oder anderen kleineren Gebäudeansammlung. Doch nach etwa fünfundzwanzig Kilometern war auch diese Restzivilisation kaum noch zu sehen. Wir kamen an einem Schild mit der Aufschrift *Parque Nacional Cahuita* vorbei und dann an einem, das die Entfernung nach Santa Dolores mit sechzehn Kilometern bezifferte. Kurz darauf erhob sich links von uns dichter Urwald und verbarg die Karibische See, die uns bis dahin treu begleitet hatte, hinter undurchdringlichem Grün. Noch beeindruckender wurde es allerdings, als wir einige Kilometer weiter schlagartig in dichten Dschungel eintauchten. Ein anderes Land zeigte sich uns, doch kurz darauf verließen wir wieder den Wald, der sich damit als eher dünner Saum entpuppte, und kamen ans Meer zurück, das sich nun in intensivem Türkis vor uns präsentierte. Mir ging die Seele auf. Was für eine Pracht!

Zwischen dem Urwald zur Rechten und dem Meer zur Linken passierten wir drei wunderschöne Badestrände, bevor wir wieder in den Wald hineinschossen und sich die bis dahin ganz passable Straße schlagartig in einen matschig braunen Weg verwandelte, der den Kleinbus ins Schlingern brachte. Doch Ramirez war ziemlich cool. Er hobelte den Weg ohne Rücksicht auf Verluste in einem Affenzahn entlang, dass es eine wahre Freude war.

Der Wald indes wurde immer dichter und dunkler. Bald schien die Tropensonne nur noch als goldenes Band zwischen den bestimmt dreißig Meter hohen Bäumen hindurch und versetzte die Straße, auf der wir in Richtung Mucho Gusto durch das Refugio Nacional de Vida Silvestre Gandoca-Manzanillo schlingerten, in ein dreckiges Ocker. Schlammiges Wasser spritzte hoch, als wir durch eine knietiefe Pfütze brausten, doch Ramon Ramirez verzog keine Miene, sondern schaltete nur kurz den Scheibenwischer an. Wahrscheinlich war er hier aufgewachsen und hatte den ersten Feind im Rahmen eines pubertären Initiationsrituals seines Stammes genau in diesem Stück Wald mit bloßen Händen oder einem selbst geschnitzten Knochenmesser zerstückelt.

Während Rainers starrer, aber auch faszinierter Gesichtsausdruck eine fast schon unnatürlich intensive Verbindung zu der uns umgebenden Fauna und Flora erahnen ließ, schlugen die Damen im Hintergrund mit lautem

»Aaah« und »Oooh« hektisch ihre Zeigefinger an die Autoscheiben.

Ein Schwarm kleiner grüner Papageien (wie man ihn als Durchschnittseuropäer nur aus Zoohandlungen kennt) zischte kreischend und im Tiefflug vorüber und verschwand im Gewirr der Bäume. »Aaaahhh!« Ein Brüllaffe mit ein paar Kumpels gleicher Ethnie ließ sich von Lianen herab und brüllte. Logisch! »Oooohhhh!« Ein Aracari mit seinem farbenfrohen und evolutionär für mich unerklärlich großen Schnabel sah uns lässig von einer Astgabel herab nach. »Aaaahhhh!«

»Iiiihhh!« In diesem Moment ging Ramirez in die Eisen. Lehmiges Brackwasser ergoss sich auf die Windschutzscheibe. Das Fahrwerk ächzte. Was war denn jetzt los? Hatte ich ein furchteinflößendes oder zumindest ekelerregendes Tier verpasst? Ich sah mich nach allen Seiten um. Dann erst nach vorne.

Nun betätigte Ramirez wieder stoisch den Scheibenwischer. Schemenhaft drangen Konturen durch das Geschmiere.

Erschrocken sog ich die Luft ein. Vor uns standen zwei Uniformierte mit Maschinenpistolen, die irgendwie unfreundlich und bedrohlich wirkten. Der eine hatte einen Zigarillo im Mundwinkel und kam zu uns herüber, während der andere uns mit seiner Knarre im Anschlag fixierte.

Ramirez ließ das Fenster herunter und hielt dem Uniformierten wortlos einen verknitterten Ausweis oder etwas Ähnliches entgegen. Dieser nahm das Dokument in Empfang, prüfte es, ohne die verspiegelte Sonnenbrille zu lupfen, und musterte dann Ramon Ramirez, der noch immer keine Miene verzog.

»Echt krass«, flüsterte Rainer. »Die sind total hardcoremäßig unterwegs und komisch drauf, ne.«

»Wer sind denn *die?*«

»Das sind die Wachhunde vom Club, quasi der grausame Arm einer ungerechten Exekutive.«

Ich schaute Rainer ratlos an. »Die schützen die Touristen und den Club, oder?«

»Genau das behaupten sie, aber in Wirklichkeit sind sie der bewaffnete Teil des autokratischen Unterdrückungsapparates des Clubchefs.«

»Verstehe«, sagte ich, schwer beeindruckt von dem, was in Rainers Gehirnwindungen so vor sich ging. Zugegeben, diesen Maschinenpistoleros wollte man nicht unbedingt im Dunkeln begegnen, aber in Anbetracht der Tatsache, dass man doch von Zeit zu Zeit immer wieder mal von Touristenentführungen und ähnlichen unerquicklichen Vorfällen in Mittel- und Südamerika hörte, bewertete ich deren Anwesenheit eher als positiv. Wer einen hier kidnappen wollte und diese Typen sah, würde sich sein Vorhaben bestimmt noch einmal kurz durch den Kopf gehen lassen, bevor das die Kugeln ihrer Uzis machten.

Jedenfalls schien Ramirez' Passierschein in Ordnung zu sein, auch wenn das Ganze bei näherer Betrachtung auf mich eher wie ein für uns inszeniertes Schauspiel wirkte. Ramirez, mutmaßte ich, dürfte ihnen hinlänglich bekannt und zudem mit Sicherheit nicht zum ersten Mal hier vorbeigekommen sein, seit er für den Club arbeitete.

Trotzdem blieben die Typen cool und spielten die Szene fertig: Der Typ mit Zigarillo und Maschinenpistole gab seinem Kollegen ohne Zigarillo und mit Maschinenpistole durch ein Kopfnicken zu verstehen, dass er uns heute nicht zu durchsieben brauchte. Daraufhin trat dieser zur Seite, Ramirez ließ die Fensterscheibe wieder hochfahren und gab Gas. Grundlos grimmig sahen uns die beiden Bewaffneten hinterher und begaben sich wieder zu ihrem Kabuff, einem palmwedelgedeckten Wachhäuschen am Wegesrand.

Nur wenig später öffnete sich nicht nur das vergitterte Tor der Clubanlage, sondern auch mein Herz. Wow, was für ein Anblick! Dass über dem Tor ein überlebensgroßer Plastikbrüllaffe schwebte, einen geschminkten Kussmund machte und uns per Sprechblase *»¡Bienvenido al Club Mucho Gusto!«* wünschte, kratzte zwar leicht an der Würde des Gesamtensembles, aber ich sah großzügig darüber hinweg und ließ den Rest auf mich wirken.

Palmen, Zitronen-, Orangen- und Limonenbäumchen, Granatäpfel, Bananenstauden, Zierpflanzen, die in allen Farben blühten, und ein geharkter Schotterweg zu einem Haus, das mit Sicherheit die Rezeption beherbergte. Vom Hauptweg führten kleinere Wege zu den einzelnen Häusern. Zumindest nahm ich das an, denn Namen wie Casa Bellavista oder Casa del Silencio auf den Wegweisern klangen wie die von Ferienhäusern. Wie meines wohl heißen würde, wo ich in Ruhe und Stille meinen Aufenthalt genießen durfte?

Ich war gespannt und ein wenig aufgeregt, ganz so wie die Damen hinten, die leise tuschelten und wie schon im Urwald auf verschiedene Dinge zeigten, allerdings verhaltener und ohne »Aaaah!« und »Oooh!«. Rainer indes hatte Ramirez' Gesichtsausdruck angenommen. Stumm und ungerührt blickte er nach vorne, so wie der unterdrückte Bürger eines Terrorstaates, in dem sich im Verborgenen die erste illegale Opposition formiert, der Rainer natürlich in leitender Position angehörte.

Der Bus stoppte unsanft und abrupt. Rainer und Ramirez stiegen fast gleichzeitig aus, und auch ich machte mich daran, das Fahrzeug zu verlassen. Ich war froh, nach über drei Stunden in diesem engen Ding wieder mal meine Beine zu spüren. Schnell füllte sich der Vorplatz des Empfangsgebäudes mit Menschen. Ein paar Kofferträger eilten herbei, sortierten unser Gepäck und stellten es vor die Treppe, bereit zum Abtransport zu unseren *cabinas*. Hinter mir versammelten sich nun auch Frida und Freja, Petra und die kleine Zicken-Vanessa-Elektra, die sich verschlafen die Augen rieb. Ihr schien es tatsächlich gelungen zu sein, während des letzten Abschnittes von Ramirez' Gewaltritt die Augen zuzumachen. Ich war mir sicher, dass sie nur Kräfte gesammelt hatte, um neue Beleidigungen und Unerhörtheiten im Volk zu verteilen.

»Hallo, Sohn.«

Ich drehte mich um.

»Hallo, Papa!«

Wortlos nahm er mich in die Arme und klopfte mir auf die Schulter.

»Eine tolle Zusammenführung hier«, ertönte eine verklärte Frauenstimme, und zwei weitere Arme schlangen sich um uns.

Ich befreite mich nach einer andächtigen Sekunde aus den Umklammerungen und trat einen Schritt zurück. Es war Renate, die erheblich jüngere Lebensgefährtin meines Vaters und ehemals beste Freundin meiner Exfreundin Tanja.

Gut, Renate hatte schon immer ein, vorsichtig ausgedrückt, grenzwertiges Verhältnis zu Bekleidung gehabt, die ihren verqueren spirituellen Ansichten in nichts nachstand, aber ebendiese Grenze war nun definitiv übertreten worden. Was sie jetzt anhatte, überforderte die Toleranz eines jeden noch so leidgeprüften Auges. Ein weißes, nahezu transluzentes Wallawallagewand wie das einer Elbenszene aus *Der Herr der Ringe* umspülte mühevoll ihren Körper. Das fadenscheinige Gewebe ließ zu knappe, dafür aber spitzenbesetzte Damenunterwäsche mit gewolltem Reizfaktor erahnen. Garniert wurde Renates Erscheinung mit Holzschmuck, wahrscheinlich pseudoindianischer Herkunft und Fertigung, und an ihren Ohren, die dadurch leider nicht gewannen, baumelten riesige Kreolen herab, groß wie Espressountertassen. Doch die Krönung des Ganzen war ihre Frisur, mit der sie aussah wie Leutnant Uhura vom Raumschiff Enterprise aus den Siebzigern nach einem ordentlichen Phaserbeschuss. Kurzum: ein trefflicher Grund für eine Bindehautentzündung!

Mein Vater unterschied sich in modischer Hinsicht deutlich von seiner erheblich jüngeren Lebensgefährtin, jedoch nicht im Grad der optischen Dissonanz. Er schien sich couturemäßig weniger am Kosmos als an einem Zuhälter aus Bottrop orientiert zu haben. Am Handgelenk trug er eine goldene Uhr, um den Hals eine Panzerkette und auf dem Kopf einen weißen Panamahut. Er hatte die Ärmel seines viel zu bunten Hemdes ziemlich weit hochgekrempelt und fast bis zum Bauchnabel aufgeknöpft. Nun grinste er mich auch noch an und nahm seine Pilotenbrille ab.

»Da guckste, was?«

Ich nickte. »Allerdings. Meine Herren!«

»Schön, dass du da bist, Junge! Dann wollen wir uns mal um deine Schreibblockade kümmern, wie?«

Ich sah meinen Vater skeptisch an.

»Nett von dir, aber ich glaube, du brauchst dich nicht darum zu kümmern. Das klärt sich schon von ganz alleine. Deswegen bin ich ja hier. Entspannung, Ruhe, Ausgeglichenheit und so weiter ...«

»Ach was! Was du brauchst, sind Unterhaltung und Abwechslung, und du musst vor allem ein wenig gefordert werden«, fiel er mir ins Wort. »Wer rastet, der rostet.«

Mir ist es sehr wichtig, dass Väter die Entscheidungen ihrer mittlerweile erwachsenen Söhne respektieren und sie dabei unterstützen. Ich atmete tief durch. »Schön, dass du zu wissen glaubst, was ich brauche, doch ich denke, ich weiß selbst am besten, was mir weiterhilft.«

»Stimmt! Hat ja bisher so toll geklappt«, frotzelte mein Vater.

»Papa«, sagte ich etwas lauter, »ich wiederhole: Ich brauche kein Freizeitprogramm, ich möchte einfach nur in Ruhe und stressfrei Urlaub machen.«

»Urlaub? Wovon denn? Ich denke, du hast eine Schreibblockade und wochenlang nur in der Küche rumgesessen?«

»Sag mal, wo ist eigentlich Bjørn?«, wechselte ich rasch das Thema, bevor ich gleich bei unserer ersten Begegnung die Geduld verlor.

»Bei der Massage, schätze ich«, antwortete mein Vater und setzte seine Ray-Ban routiniert lässig wieder auf.

»Massage? Bjørn?«, fragte ich überrascht, während

ich versuchte mir vorzustellen, dass ein stark behaarter, fast neunzigjähriger norwegischer Ex-Widerstandskämpfer sich auf eine tropische Matratze legte und sich durchkneten ließ.

»Da ist er fast jeden zweiten Tag. Ich find's echt toll, wenn man auch im hohen Alter Körper und Seele spürt. *Back to the roots*, ne. Andererseits nutzt er die Kraft einer unterdrückten Masseurin für sein Wohlbefinden, ne. Irgendwie krass! Zwiespalt über Zwiespalt.« Mit diesen Worten gesellte sich Rainer in seinem linksmilitanten Outfit zu uns.

Mein Vater.

Renate.

Rainer.

Gute Güte! Ein Möchtegernzuhälter, den sein zweiter Frühling fest im Würgegriff hatte, Leutnant Uhura auf der Suche nach dem Kosmos und zu guter Letzt ein Sozialpädagogikstudent im mittlerweile elften Semester, verkleidet als Guerillero mit öko-marxistisch-indigenen Anwandlungen. Wollte ich zu dieser Randgruppe gehören? Hatte ich eine Wahl?

Wie von Zauberhand fielen die Strahlen der gleißenden Sonne mit einem Mal auf einen hochgewachsenen, aber leicht übergewichtigen Mann in weißem, schlecht sitzendem Anzug und mit grauem, halblangem, fettigem Haar. Bemüht würdevoll schritt er vom Eingang der Empfangshalle auf uns zu. Er hatte ein Tausenddollarlächeln aufgesetzt, und mir fielen nur zwei Begriffe ein: zweitklassig und nicht vertrauenswürdig. Im Schlepptau hatte der weiße Knitterleinenanzug einen Kerl, der sich wie eine französische Bulldogge ausnahm – breiter Kopf, kein Hals, kurze Extremitäten und mindestens so behaart wie

Bjørn, der alte Norweger, nur eben noch nicht so silbern, sondern eher tarantelfarben. Das Auffälligste an ihm war jedoch seine wie von Öl glänzende Minipli, die sich wie ein dichter Teppich aus frisch shampoonierten Schamhaarlocken ausnahm. Ein deutlicher Dämpfer bei seiner ansonsten respekteinflößend stämmigen Erscheinung. Allein wegen der albernen Frisur, die man von Rudi Völler aus den Achtzigern kannte (dem hatte man ja nicht umsonst den Namen Tante Käthe verpasst!), konnte man ihn nicht ernst nehmen.

Nun öffnete der weiße Anzug in einer pastoral anmutenden Geste seine Arme, als wolle er unter Aufbietung aller ihm zur Verfügung stehenden Herzlichkeit eine verirrte Herde bereits verloren geglaubter Schäfchen wieder im Kreise seiner Gemeinde willkommen heißen. Dabei sah man vor allem, wie sein Hemd spannte. Wahrscheinlich hatte er es vor einigen Jahrzehnten als schnieker Jüngling zusammen mit dem Anzug erworben, war damals aber rund zwanzig Kilo leichter gewesen. Was man auch sah, war, dass er am Hals und auf der Brust verwaschen tätowiert war.

»*Bienvenidos, welcome, willkommen, bienvenu a Costa Rica y al Club Mucho Gusto*«, grüßte der Mann so gewollt lässig wie mehrsprachig, obwohl der Großteil der Urlauber, wie ich von Frau Lindström wusste, ohnehin aus Deutschland stammte.

»Das is dieser Silberman«, raunte Rainer mir zu. »Das is der Clubchef, und der krasse Aggrotyp dahinter is sein Scherge und Agitator Fernando Gonzales. Die sind voll ultrakrass unterwegs. Unterdrückung und so, ne.«

»Kleidungs- und haartechnisch gebe ich dir da vollkommen recht«, bemerkte ich leise, »die sind echt ultraoberstkrass unterwegs, aber Unterdrückung? Wen oder was haben die denn …« Ich konnte meine Worte leider nicht mehr zu Ende bringen, denn sie blieben mir vor Schreck im Halse stecken. Von irgendwoher krächzte und dröhnte auf einmal vollkommen übersteuerte südamerikanische Rumbamusik aus verborgenen Lautsprechern, und ein ganzer Reigen von Clubangestellten und Animateuren erschien in höchst albernen Verkleidungen, die wohl an Tiere des Dschungels erinnern sollten. Leider waren sie wenig gelungen, weshalb man diese Komikfiguren nicht streicheln, sondern lieber gleich durch schmerzloses Einschläfern von den Qualen ihrer leidvollen Existenzen erlösen wollte.

Ein Kostümierter in zu groß geratenem Gorillaoutfit kam mit einem Mojito auf mich zugetanzt und sang: »*Bienvenido y con mucho gusto, mae! Pura vida! Salud!*« Damit reichte er mir den Cocktail und clubtanzte von dannen. Das Kostüm hinterließ einen leicht beißenden Duft nach Schweiß und weichem Gummi, und von hinten sah ich, dass dem bemitleidenswerten Gorilla bereits die Rückenhaare ausgingen, sodass seine braunbleiche Kunststoffhaut hindurchschimmerte. Außerdem war sein linker Kostümschuh der Länge nach aufgerissen, sodass ein nackter, leicht unreinlicher Menschenfuß herauslugte.

Aus einigen Metern Entfernung erinnerte mich der Affe eher an Fozzie Bär mit dem aufgeplatzten Schuh. Ob er zusammen mit Ramon Ramirez, unserem schweigsamen Chauffeur, der mit seiner großen Nase ein wenig aussah wie Gonzo aus der *Muppet Show*, aus selbiger geflohen war? War sie deshalb bereits vor vielen Jahren abgesetzt worden?

Wie hatte mein Vater mir auf der Postkarte nach Schweden geschrieben? »Das Wetter hier ist sehr gut, das Essen ist sehr gut, der Service ist sehr gut, der Strand ist sehr gut, mit Renate läuft es sehr gut, mir geht es sehr gut und Rainer auch. Er surft beschissen, hat aber Anschluss gefunden. Einen Knall hat er immer noch! Ich habe das schon im Griff.«

Ich ging die einzelnen Punkte im Geiste durch und kam zu dem Schluss, dass ich die meisten nicht abschließend bestätigen konnte. Außer der Geschichte mit dem Wetter, denn das machte bisher in der Tat einen wirklich passablen Eindruck, und was Rainer betraf, hatte mein Vater auch nicht gelogen. Ob er allerdings geistig derart außer Kontrolle war, dass er meiner Hilfe bedurfte, das konnte ich noch nicht beurteilen.

»¡Salud!«, sagte ich zu mir selbst und sog etwas vom erfrischend leckeren Rum-Eis-Minz-Gemisch durch den Strohhalm, den mir die unter Haarausfall leidende Primatenimitation vor ein paar Minuten in die Hand gedrückt hatte.

Unvermittelt und zudem erstaunlich kühl fegte eine Böe über den Vorplatz des Rezeptionsgebäudes. Mein Vater hielt seinen Panamahut fest, und Renates Uhurafrisur nebst Kreolen wehte und bog sich beängstigend im Wind. Dann verschwand die Sonne zur Gänze hinter dichten dunkelgrauen Wolken, die sich heimlich angeschlichen haben mussten. Ein fetter Tropfen platschte plötzlich auf meinen Kopf. Dann noch einer und noch einer. Es begann zu regnen, und zwar ordentlich. In wenigen Sekunden waren wir klitschnass.

»Krass, ne!«, rief mir Rainer durch den dichten Wasservorhang zu.

»Ja, irgendwie ist das alles voll krass«, bestätigte ich. »Voll der Unterdrückerregen.«

Rainer lachte glucksend.

Den Punkt mit dem Wetter von der Postkartenliste meines Vaters konnte ich also auch erst mal abhaken.

Der Mojito schmeckte aber ganz gut.

ONCE

Mittlerweile waren alle Touristen und Angestellten in Richtung Rezeption geflüchtet. Selbst die komplette Tierversammlung (inklusive Fozzie Bär mit dem aufgeplatzten Schuh) hatte das Weite gesucht. Wahrscheinlich hatten sie sich in ihre Zwinger und Erdhöhlen zurückgezogen, die sie gemeinsam bewohnten. Nur Ramirez stand an seinem Auto und sah regungslos herüber – genau wie schon in San José. Aus dem wurde keiner schlau. Was sollte das denn? Erst schwieg er dreihundertfünfzig Kilometer lang, bretterte wie ein Verrückter durch Costa Rica, nur um schlussendlich mitten im tropischen Regen zu verharren und wild vor sich hin zu glotzen? Alle Nüsse hatte der sicher nicht mehr an der Kokospalme. Ramirez' starrer Gesichtsausdruck blieb noch einen Moment lang unverändert, dann zwängte er sich mit einem Mal, als hätte er ein himmlisches Zeichen empfangen, in Windeseile in den Wagen, warf den Diesel an und gab ordentlich Kette, dass die Wasserlache, die sich mittlerweile um die Reifen des Autos gebildet hatte, bräunlich aufschäumte. Gedankenverloren sah ich ihm nach, wie er auf den Parkplatz schoss und dort mit blockierenden Reifen zum Stehen kam.

»Hast du vor, noch ein paar Zentimeter zu wachsen, oder hast du einfach noch nicht bemerkt, dass es wie aus Eimern kübelt?«, rief mein Vater vom Eingang ungeduldig zu mir herüber.

»Regen? Wo?«, scherzte ich und sah nach oben, während mir dicke Tropfen auf die Stirn klatschten.

Mein Vater rollte mit den Augen und verschwand wieder im Inneren des Rezeptionsgebäudes. Ich hingegen trank noch einen Schluck Mojito, nur um festzustellen, dass er mittlerweile ziemlich verwässert schmeckte. Dann schulterte ich meinen Rucksack und begab mich mit dem halb gefüllten Glas in der Hand in Richtung Empfangshalle, von wo mir schon eine erhebliche Geräuschkulisse entgegenschlug.

Hier war ordentlich was los! Alle Neuankömmlinge inklusive Frida, Freja, Petra und Zicken-Vanessa-Elektra standen vor der Rezeption, hinter der sich zwei weibliche Angestellte jüngeren Alters mühten, der multilingual auf sie einprasselnden Wünsche und Bedürfnisse Herr zu werden, darunter ein greinender Junge, dessen Mutter zuerst den Kindsvater zusammenstauchte, nur um dann in bemerkenswerter Unfreundlichkeit in breitestem Platt nach einem Pflaster zu verlangen. Etwas im Hintergrund standen mein Vater Gerd, Renate und Rainer und beobachteten den Trubel.

Eine Frau fiel mir auf. Trotz Linda, meine ich. Die Frau sah ziemlich gut aus, wie sie da stand, ebenfalls am Rande des Geschehens. Sie hatte das schulterlange Haar, das wie von hochbezahlter Coiffeurhand zerzaust aussah, mithilfe ihrer Sonnenbrille lässig aus dem Gesicht gehalten und war gerade in eine Clubbroschüre vertieft. Der dünne Stoff ihres kurzen gelben Sommerkleides endete angenehm weit über ihrem Knie und schmeichelte ihrer Figur, obwohl da gar nicht so viel geschmeichelt werden musste. Wie alt sie wohl sein mochte? Ende zwanzig, Anfang dreißig? Sie sah auf, schaute zu mir herüber und lächelte. Waren ihre Augen wirklich dermaßen grün? Himmel, hilf! Jetzt hatte ich das Gefühl, Linda beobachtete mich. Ich lächelte unbeholfen zurück und wandte meinen Blick noch unbeholfener ab. Urlaub und Erholung waren mein Ziel, sagte ich mir. Lass das!

Mein Vater schien das Ganze beobachtet zu haben, denn er grinste, nickte mit dem Kopf zur unbekannten Schönheit hinüber und zwinkerte mir derart offensichtlich zu, dass ich hoffte, niemand außer mir, vor allem nicht die attraktive Frau selbst, würde es mitbekommen. Dieses Verhalten passte leider hervorragend zu seinem Ruhrpott-Luden-Outfit. Glücklicherweise war in der Empfangshalle sehr viel los, und es herrschte ein ziemliches Chaos, weshalb ich mir keine Sorgen machen musste, dass jemand diese peinliche Situation mitbekommen haben könnte. Dazu trug auch Clubchef Silberman bei, denn er schritt unter Zuhilfenahme getragener Gesten zwischen den Menschen auf und ab, half mal hier, mal dort, lachte sein Tausenddollarlachen, bugsierte als Übersprunghandlung einen Koffer von links nach rechts und wieder zurück und gab sich kosmopolitisch. Von Zeit zu Zeit bedeutete er mit einem Fingerzeig einem seiner Angestellten, dass dieses oder jenes Gepäckstück nun entfernt werden könne, was die uniformierten Befehlsempfänger in devoter Haltung und unter den gestrengen Blicken von Minipli-Gonzales taten.

Ich machte mich auf den Weg zur Theke, von wo aus mir Frida und Freja überglücklich entgegenkamen. Vermutlich hatten sie bereits den Schlüssel zu ihrer *cabina* bekommen. Beide winkten mir noch einmal kichernd zu, dann verschwanden sie in Begleitung eines Hotelbediensteten aus meinem Blickfeld.

Plötzlich, kaum dass ich die Theke erreicht und meine Reiseunterlagen präsentiert hatte, kam Clubchef Silberman auf mich zu, als wollte er es sich nicht nehmen lassen, auch mich persönlich zu begrüßen. In bemüht weltmännischer Geste und mit übertrieben festem Händedruck sagte er mit amerikanischem Akzent: »Willkomme in die Club Mucho Gusto. *I hope*, Sie werde habe eine großartige Aufenthalt. Und wenn Sie Frage habe oder eine Wunsch, dann frage Sie, oder komme Sie zu mir. *All right?*«

»*Yes*, werde ich machen«, sagte ich und hoffte, er würde mir nicht meinen Arm ausreißen.

Kurz darauf schnappte sich ein Angestellter meine große Reisetasche und schritt durch den nachlassenden Regen voran. Tatsächlich riss die Wolkendecke genauso unvermittelt auf, wie das Unwetter gekommen war, und sogar die ersten Sonnenstrahlen schienen wieder auf uns herab. Mein Vater hatte sich entschieden mitzukommen, und auch Renate und Rainer begleiteten uns.

Wir hatten den Parkplatz kaum zur Hälfte überquert, da kam ein Taxi angerast, stoppte vor dem Treppenabsatz zum Empfang, und ein älteres Pärchen entstieg dem Fahrzeug. Noch während der Fahrer, ein *tico* von vielleicht Mitte zwanzig mit auffällig gestresstem Gesichtsausdruck, das Gepäck der Fahrgäste aus dem Kofferraum holte, plapperte die Frau unaufhörlich weiter. Ein älteres Ehepaar. Sie: Typ gütige Landfrau, er: Typ durchschnittlich mies gelaunter Frankfurter mit Schrebergarten.

»Ach, is des schäi hier, Kall-Hainz! Gugg doch emol, was des schäi is hier!«

»Isch saach dir aans, Gerdda. Däs is mer jetz schon zu

viel mit dere Hitz. Wann des net besser wird, sitz isch de ganze Taach in de Bud und dreh die Klimaanlaach uff volle Pulle. Da kriesche misch kaane zäie Pferde vor die Tür, des kannst direkt vergesse!«, blaffte der Mann in Frankfurter Mundart zurück.

»Des is so schäi hier, da kommste aach mit, wann mer was mache, gelle!«

»Jetz halte mal die Luft o, Gerdda! Wer wollt denn unbedingt in die Trope? Du odder isch? Isch hab dir gsaacht, des des heiß wärd, awwer du wolltst ja unbedingt hierher. Isch hab dir gesaacht, dass isch net gern fliesche tu, awwer Maddam wollte ja unbedingt hierhär, damit se vor ihre Freundinne saache kann: ›Der Kall-Hainz un isch, mir ware in de Trope.‹ Gequält haste misch mit der ganze Fliescherei.«

»Wann de net so e forschbares Weischei wärst, hättst de aach net die Hos so voll, wann mer mal in de Fliescher steische.«

»'n gescheite Ebbelwoi hawwe die hier aach net. Hier gibt's garkaa Ebbel, odder hast du aach nur aan aanzische Ebbelbaum gesäihe, als mer dorsch die dreggische Pampa hier gefahre sin?«

»Ei, dann trinkste halt emal kaan Ebbler, sondern mal e Biersche«, versuchte Gerdda ihren Gatten zu beschwichtigen. »Die mache bestimmt aach was aus Ananas odder Mangos, was schmecke tut.«

»Isch will awwer kaan Obstsalat, sondern 'n kühle Ebbler. Außerdem schüttet dess hier wie aus Kübele. Isch fliesch doch nett 'n ganze Taach, damit isch 'n Wedder habb wie im Odewald zur Fassenacht.«

»Ei, hör doch aanmal uff zu meckere.« Wütend warf die Frau die Taxitür zu.

»Stimmt, des Meckern is ja eischentlisch ganz allaans dei Uffgab. Hatt isch ganz vergesse, gnä Fraa!«

Der Taxifahrer sprang in seinen Wagen und fuhr ohne jeden Gruß davon. Ob er überhaupt Geld verlangt hatte? Wahrscheinlich wollte er sofort zum nächsten Krankenhaus, um sich die Ohren verbinden zu lassen, die jetzt, bedingt durch drei Stunden Gebabbel eines streitenden Hessenpärchens, mit ziemlicher Sicherheit bluteten. Oder in die Kirche, um Christophorus oder einem anderen Heiligen zu huldigen, in dessen klerikalen Aufgabenbereich der Schutz vor penetranten Fahrgästen fiel. Vielleicht fuhr er aber auch schnurstracks aufs nächste Arbeitsamt, um eine Umschulung zum unterdrückten Masseur zu erbetteln – lieber haarige, norwegische Rentner kneten, als jemals wieder eine solche Qual zu erleben. Jedenfalls verschwand das Auto ziemlich zügig in Richtung Ausfahrt, während sich Kall-Hainz und Gerdda mit ihren Gepäckstücken in Richtung Empfangshalle aufmachten.

Rainer blickte dem Pärchen sichtlich erstaunt hinterher.

»Auch wenn das Karma mir schroff erscheint, ist da Liebe zu spüren«, kommentierte Renate.

»Ach, die passen doch prima hierher«, meinte mein Vater.

Ich schwieg. Meckernde Hessen waren mir egal. Ich war im Urlaub, und in Kürze würde ich endlich meine *cabina* in Augenschein nehmen und vor allem duschen können. Ich fühlte mich nach dieser langen Reise wie ein durchgeweichter Kaugummi, der an einer Bahnhofsfliese klebte. Der Name meiner Hütte lautete *El corazón del bosque*.

Beherzt rückte ich meinen Rucksack zurecht, bevor ich mit Rainer, meinem Vater und Renate dem Hotelangestellten in Richtung des Urwaldes folgte, der sich wie eine grüne Wand im Hintergrund erhob.

DOCE

Die Anlage schien erhebliche Ausmaße zu haben. Der Kofferträger, dessen dichter, kohlrabenschwarzer Schnurrbart die Form einer Flaschenbürste hatte, pfiff eine fröhliche Melodie vor sich hin. Unser Weg führte uns an einigen anderen *cabinas* vorbei, doch zu sehen war niemand, mit Ausnahme zweier Putzfrauen, die aus einer der strohgedeckten Hütten schnatternd und lachend herauskamen und ihre Arbeitsutensilien in Putzwagen hinter sich herzogen, um zum nächsten Einsatzort vorzustoßen. Ich schaute auf meine Armbanduhr. Kurz vor zwölf. Wahrscheinlich labten sich die anderen Gäste bereits am Büfett oder vertrieben sich die Zeit mit Sport oder Nichtstun.

»Das ist meine, ne«, sagte Rainer unvermittelt und blieb stehen. »*El sueño tropical.* Cool, was?« Sein Arm deutete auf eine *cabina*, die ein Stück entfernt lag und von einigen kleineren Palmen umgeben war.

»Sieht nett aus«, bemerkte ich.

»Ja, ne, total lässig innen. Irgendwie *basic*, aber auch mit Strom, Klimaanlage und TV, also wohnt in der Hütte quasi auch der kommerzielle Konflikt mit mir zusammen.« Sein Gesichtsausdruck ließ innere Spannungen aufgrund ideologischer Gegensätze erahnen.

Mein Vater sah ihn an wie ein Psychiater, der die Rettung seines schwersten Falls aufgegeben hatte und fortan ratlos hinnahm, dass dieser sich ausschließlich von Zimmerpflanzen und Blumenerde ernährte. Er schüttelte den Kopf und wandte sich ab.

»Hinten hab ich 'ne Terrasse. Mit Grillplatz und Feuerstelle und so«, fuhr Rainer fort. »Das ist oberstkrass naturverbunden. Da trinken wir mal 'n Bier, ne?«

»Machen wir«, nickte ich zustimmend. »Gern auch extrem naturverbunden.«

»Genau!«

Der Himmel leuchtete mittlerweile bereits wieder so azurblau, als hätte es niemals einen Regenguss gegeben. Die Wege, die diesen Teil des Clubgeländes durchschnitten, wurden von in bunten Farben blühenden Büschen und diversen Baumarten gesäumt, von denen ich die meisten höchstens aus dem Fernsehen kannte. In den letzten schillernden Tropfen brachen sich die Sonnenstrahlen. Sie erinnerten an kleine Perlen, die sich hie und da auf dunkelgrünen Blättern zu großen Edelsteinen vereinten, um danach zu Boden zu fallen, wo sie im Gras versickerten oder auf den beinahe trockenen Wegen verdampften und im Nichts vergingen. Zarte Vogelgesänge schwebten in der Luft, die sich – wie von unsichtbarer Dirigentenhand angeleitet – mit dem Trällern des Kofferträgers vereinten und mich die Strapazen der Reise vergessen ließen. Allerlei fremdartige Düfte schwängerten den Äther und drangen bis ins Innerste meiner Seele vor.

Gut, das war etwas schwülstig und dick aufgetragen, aber ich merkte, dass mich die Poesie der Entspannung wieder ergriff. Hier war das Paradies, *El sueño tropical*, ein Tropentraum ganz im Sinne von Rainers Hüttennamen. Meine Wünsche schienen sich tatsächlich zu erfüllen.

»*¡Aquí!*«, rief der Hotelangestellte mit einem Mal, hielt an und holte mich in die Gegenwart zurück.

»Was hast du denn da für eine Scheiße gebucht? Ich hoffe, du *kriegst* noch Geld dafür!«, rief mein Vater entsetzt.

»Krass«, merkte Rainer an.

»Karmamäßig eher problematisch«, urteilte Renate, die bis dahin keinen Ton von sich gegeben hatte, sondern wie eine schweigende Engelsgestalt in ihrem Wallawallagewand hinter uns hergeschwebt war. Der Regen hatte ihre Frisur hingerichtet. Uhura nach einem Photonentorpedoeinschlag.

Dann sah ich nach vorne.

Meine *cabina*.

El corazón del bosque.

Herz des Waldes.

Eine Hütte, die definitiv hielt, was ihr Name vollmundig versprach.

»Ist ja nur zum Schlafen gedacht«, redete ich mir den Anblick schön. »Außerdem soll der Strand hier ganz toll sein, und der Pool auch. Habe ich zumindest gelesen. Ich glaube, ich werde mich öfters am Strand oder am Pool aufhalten.«

»Sag mal, Sohn, kriegst du eigentlich mal irgendwas auf die Reihe? Ich meine, mir kann es ja egal sein. Ich muss in dem Drecksloch ja nicht wohnen, aber wenn ich da an unsere Hütte denke, wo Renate und ich jeden Abend …«

»Vielen Dank, Papa«, fiel ich ihm ins Wort. »Danke für deine moralische Unterstützung, und danke für die Beschreibung eurer Freizeitaktivitäten. Meinst du, das hilft mir jetzt weiter?«

»Glaub mir, Sohn, wenn ich *irgendetwas* wüsste, was dir weiterhilft, ich würd's dir sagen.«

»Davon bin ich überzeugt«, grummelte ich.

»Ich kann die Hütte ausräuchern«, brachte Renate sich konstruktiv ein. »Das Visuelle steht hinter dem Spirituellen zurück, und der Kosmos wird sich mit diesem Gemäuer aussöhnen und mit guten Engeln Einzug halten.«

»Wer kriegt hier nichts auf die Reihe?«, fragte ich meinen Vater mit einem Seitenblick auf Renate, die mit verklärtem Blick und erhobenen Händen in den Himmel sah.

»Klappe!«

»Das ist eine Bombenidee, Renate«, wandte ich mich an die Lebensgefährtin meines Vaters, »aber ich glaube, so viel Räucherstäbchen, wie du brauchtest, um den Kosmos dazu zu bringen, sich mit dieser Bretterbude auszusöhnen, findest du in ganz Costa Rica nicht.«

»Vielleicht geht der Mist dabei in Flammen auf, und du kommst woanders unter?«, schlug mein Vater vor.

Ich seufzte.

»Wir können auch drüber reden, ne«, schlug Rainer vor.

»Nett von dir, Rainer, echt, aber es geht schon. Ich geh jetzt da rein und packe aus.«

»Wenn's in dem Drecksloch überhaupt Schränke gibt«, bemerkte mein Vater.

Ich grunzte verärgert und machte dem Hotelangestellten ein Zeichen, woraufhin dieser wieder durch seine Flaschenbürste zu pfeifen begann, sich meine Reisetasche schnappte und auf dem unbefestigten Trampelpfad zu meiner *cabina* ging.

»Wir essen immer um halb acht«, rief mein Vater mir nach, »wäre schön, wenn du wenigstens das hinbekämst.«

»Wenn ich doch räuchern soll, gib mir Bescheid«, meinte Renate, und Rainer sagte: »Mit Demut und Respekt kann man Krisen überwinden. Denk immer daran, dass viele Unterdrückte gerne überhaupt irgendein Dach über dem Kopf hätten, ne.«

Dann verschwanden sie auf demselben Weg, den wir eben zusammen gekommen waren. Resigniert wandte ich mich wieder meiner armseligen Hütte zu, wo der Kofferträger mein Gepäckstück gerade geräuschvoll abstellte.

Vielleicht spielten Silberman und dessen Minipli-Scherge eine Art Gästelotto und freuten sich jedes Mal wie Bolle, wenn ein Reisebüro in Ermangelung von schöneren Alternativen diese Bleibe wieder an einen unbedarften Urlauber verscheuert hatte. Sie wetteten dann, wie lange es der Gast in dieser Räuberhöhle aushielt, bevor er wahnsinnig wurde und schreiend in den Dschungel rannte, wo er nie wieder gefunden wurde.

Ich wusste nicht, auf wen ich am wütendsten sein sollte – auf Silberman und Gonzales wegen des menschenunwürdigen Lottospiels, auf Frau Lindström von meinem schwedischen Reisebüro, die diesen Mist für mich rausgesucht hatte, oder auf mich selbst, weil ich blöd genug gewesen war, diese Hütte zu buchen, obwohl mir gesagt worden war, dass sie sich »ein ganz klein wenig außerhalb des clubüblichen Niveaus befinde«.

Andererseits: Hatte ich eine Alternative gehabt? Wohl kaum, denn ich hatte ja in genau diesen Club fahren wollen: wegen meines Vaters und meiner Freunde, insbesondere wegen Rainer. Die einzig echte Alternative wäre gewesen, gar nicht zu fahren.

Außerdem tat etwas Abstand zu Linda auch ganz gut.

Hoffte ich.

Also stand ich nun vor meiner *cabina*, wo auch zur aktuellen Mittagsstunde nicht ein Sonnenstrahl hinkam, weil sie dermaßen ins Herz des Urwalds gebaut worden war, dass alle möglichen Pflanzenteile über das mit schwarzen Stockflecken verzierte Palmwedeldach hingen. Wahrscheinlich würde ich mit der camembertfarbenen Haut eines Grottenolms nach Hause kommen, und Linda würde mich auslachen. (Hatte ich tatsächlich schon wieder an Linda gedacht? Mist!) Zwei der Fensterflügel hingen ziemlich windschief in den Angeln, und die beiden im spanischen Kolonialstil gehaltenen Funzeln, die rechts und links neben dem Eingangsbereich an die verwitterte Holzwand getackert waren, passten sich dem Neigungswinkel an.

Und was war das da an der rechten Seite des Hauses? Das in die Jahre gekommene Fallrohr eines typisch costa-ricanischen Dachentwässerungssystems oder nur eine Art Zwischenlager für eine verbeulte Blechröhre, die jemand in Ermangelung anderer verfügbarer Orte dort abgestellt hatte?

Leise flatterten ein paar Plastikplanen im Wind, die mit Holzbohlen und Farbeimern beschwert worden waren, damit sie an Ort und Stelle blieben. Was sich wohl darunter verbarg?

Für mich stand fest: Ich hatte ein Haus im ultramodernen *shabby chic* erwischt. Zumindest wenn man *shabby* mit absolut verwahrlost übersetzte.

Der Hotelangestellte harrte noch immer neben meinem Koffer aus und signalisierte mir nun freundlich, aber nachdrücklich, doch endlich meine Heimstatt der nächsten Wochen zu betreten.

Ich atmete tief durch und kam seiner Aufforderung nach, denn ganz gleich wie meine *cabina* äußerlich wirken mochte, immerhin erwarteten mich jetzt zumindest Ruhe, Einsamkeit und eine ordentliche Dusche.

TRECE

Ich hatte mich erst mal aufs Bett gelegt, obwohl ich eigentlich duschen wollte. Und ich war eingeschlafen. Als ich erwachte, war es bereits Viertel nach sechs und stockdunkel draußen. Hoppla! Ich hatte ganz vergessen, wie schnell das in den Tropen gehen konnte. Wenn ich pünktlich zum Abendessen sein und nicht die Häme meines Vaters auf mich ziehen wollte, musste ich mich sputen. Außerdem hatte ich Hunger und freute mich auf Bjørn, den ich ja bisher noch gar nicht zu Gesicht bekommen hatte.

Auf dem Weg zur Dusche machte ich mir darüber Gedanken, ob tausend costa-ricanische Colones viel oder wenig Trinkgeld für die pfeifende, gepäcktragende Flaschenbürste gewesen waren. Andererseits wusste ich ja aus dem Internet, welches ich vor meiner Reise zu allen möglichen Themen rund um mein Urlaubsziel befragt hatte, dass es den Leuten hier – gelinde gesagt – nicht ganz so dufte ging wie uns in Europa. Dazu kam, dass Rainers marxistisch-revolutionäre Tendenzen eine gewisse Wirkung zeigten. Vielleicht, so war es mir in den Sinn gekommen, als der Hotelangestellte verhalten lächelnd vor mir gestanden hatte, ja vielleicht war dieser Mann tatsächlich ein Unterdrückter. Auch Unterdrückte können mal lächeln, zum Beispiel wenn man ihnen an Ostern oder Weihnachten mal kurz für ein Momentchen die Fesseln lockert. Vielleicht hatte er aber auch eine einbeinige, blinde und von anderen Gebrechen schwer gezeichnete Ehefrau – selbstverständlich pflegebedürftig, und die Großmutter sah auch nicht besser aus, nur älter. Der Opa, der Vater des Angestellten, war natürlich bei einem Ernteeinsatz durch ein Krokodil nach langem Siechtum qualvoll ums Leben gekommen oder wahlweise von skrupellosen Großgrundbesitzern auf der Flucht hinterrücks mit Hasenschrot erschossen worden, als er sich aus Ketten der Sklaverei zu befreien suchte (oder so ähnlich). Das Einzige, worauf sich der genügsame Hotelangestellte verlassen konnte, waren sein Gottesglaube, seine Barttracht und sein höchst produktives Gemächt. Denn natürlich hatte er mindestens sieben Kinder, von denen fünf in einer illegalen Kaffeerösterei für einen Hungerlohn arbeiten mussten, um nicht zu verhungern. Sie lebten hauptsächlich von wildem Maniok und anderen wenig nahrhaften Wurzeln, die sie mit bloßen Händen der lehmig-steinigen Erde des Urwalds entrissen.

Sein schreckliches Schicksal hatte mich derart berührt – fast hätte ich geweint –, dass ich ihm letztendlich nicht ein-, sondern gleich zweitausend Colones in die Hand gedrückt hatte. Wäre ich des Spanischen mächtiger gewesen, hätte ich ihm gewiss beste Grüße an seine blinde Ehefrau mit auf den Weg gegeben. So aber hatte ich bloß ein vermutlich gut passendes *»con mucho gusto«* hervorgebracht, nachdem er sich überschwänglich bedankt hatte. Kurz darauf war er beschwingten Schrittes zurück in die Clubanlage gegangen und hatte dabei noch fröhlicher gepfiffen als auf dem Hinweg.

Vielleicht war ich auch ein Opfer meiner Fantasie geworden. Die nahm in der Regel wenig Rücksicht auf mich.

Egal.

Der Mann war einen Augenblick lang glücklich gewesen.

Und ich auch.

Das wurde jetzt anders. Verhältnismäßig schlagartig sogar. Ich betrat die Dusche oder was auch immer das sein sollte. Meinten die das ernst? Und überhaupt: Wo war eigentlich das Klo? Ich musste mal. Dort, wo ich es vermutet hätte, ragte nur ein Rohr aus der Erde. Es war nicht da. Diente diese nur bodengeflieste Nasszelle etwa auch als Stehabort? Der Verdacht drängte sich auf. Durch die nicht vorhandene Abflussabdeckung hätten durchaus auch größere Mengen organischen Materials gepasst, selbst solche, die von magenfüllendem *casado* herrührten ...

Jetzt erst fiel mir wieder ein, was die gute Frau Lindström in Leksand gesagt hatte: dass sich nämlich die Toilette aufgrund noch nicht abgeschlossener Sanierungsarbeiten im Außenbereich befinde. Tröstlich, dass ich trotz zwanzig Prozent Preisnachlasses überhaupt eine hatte.

Ich beschloss, erst zu duschen und das mit dem Klo auf danach zu verschieben. Entkleidet fiel mein Blick wieder auf den gähnenden Duschabfluss, in dem das Wasser in der Unterwelt verschwand. Nun kam mir ein erschreckender Gedanke: Wenn rein theoretisch organische Massen hinausgelangen konnten, dann würden im Umkehrschluss Organismen ähnlicher Größe auch bequem von außen zu mir *hereinkommen*. Noch während das Rinnsal rostroten und tropenwarmen Duschwassers lustlos auf meine Haut tröpfelte und sich schwertat, den Seifenschaum wegzuspülen, fühlte ich mich unwohl.

Skorpione, Spinnen, Schlangen, Ratten und anderes Getier hatten hier einen formidablen Eingang in meine Behausung. Das galt es zu vermeiden!

Nach Beendigung meiner Körperpflege verstopfte ich das gähnende Abflussloch daher notdürftig mit einem der Handtücher. Vielleicht war diese Vorsichtsmaßnahme aber auch eine überflüssige und fast schon panische Reaktion von mir, denn selbst die Tierchen, die mich und meine Bleibe heimzusuchen gedachten, hätten wahrscheinlich vor einem massiven Orientierungsproblem gestanden. Die Badbeleuchtung flackerte nämlich im Halbsekundentakt, dass einem der Kopf schmerzte und man unwillkürlich nervlich überreizt mit den Mundwinkeln zu zucken begann. Mann, da war ich aber froh, dass sich das Hüttchen nicht erheblich außerhalb des clubüblichen Niveaus befand. In diesem Fall wäre das Problem mit dem Flackerlicht, dem Abfluss und den Ratten wahrscheinlich gar nicht erst aufgetreten, und zwar deshalb, weil ich mir mit Letzteren ein nicht elektrisiertes Erdloch geteilt hätte.

Ich schaltete das Stroboskop aus, zog mir im Schlafzimmer der *cabina* sommerliche Wechselbekleidung an. Und ich musste immer noch. Mittlerweile sogar einigermaßen dringend, wie mir ein aufkommender Schmerz in meiner Blasengegend unmissverständlich zu verstehen gab. Also ging ich geschwind vor die Tür und sah mich um beziehungsweise versuchte mir in der aufgezogenen Dunkelheit der begonnenen Tropennacht einen Überblick zu verschaffen. Wo war denn nun mein Costa-Rica-Dixi-Klo?

Ich trat von der hölzernen Veranda hinunter und umrundete das spärlich beleuchtete Haus. Zum Glück hatte ich auf meinem Smartphone eine Taschenlampenapp installiert. Links befanden sich nur die blauen, flatternden Plastikplanen mit den Farbeimern und Ziegelsteinen als Beschwerung. Trotz der eher mittelmäßigen Sicht konnte ich nicht umhin, einen neugierigen Blick unter die Planen zu werfen. Holz, nichts als Holz. Kurz überlegte ich, ob ich nicht einfach an den Stoß pinkeln sollte, doch auf einmal entdeckte ich eine rot-schwarz geringelte Schlange, die mich aus kleinen giftigen Knopfaugen ungehalten ansah und züngelte. Ich verwarf meine Idee schlagartig, denn ich wusste, es gab zwar ein Angeberreptil, die Unechte Korallenschlange, die vollkommen harmlos war und nur aussah wie die tödlich giftige Korallenotter, aber es gab eben auch eine Schlange, die ebenfalls aussah wie die tödlich giftige Korallenotter, was daran lag, dass es sich dabei tatsächlich um die tödlich giftige Korallenotter handelte. Sie seien eigentlich unverwechselbar, so mein Reiseführer, aber man solle besser nichts riskieren, sofern man sich nicht völlig sicher sei. Und das war ich nicht. Ich beschloss daher, spontan zurückzuspringen, und schlug die blaue Plastikplane mit Schmackes wieder zu. Dahinter hörte ich ein wütendes Zischen, was von einer echten wie von einer unechten Giftschlange stammen konnte. Das Reptil war vermutlich genauso stinksauer wie ich, wenngleich aus anderen Gründen. Ich ärgerte mich, weil ich mich völlig umsonst in eine fünfzigprozentige Lebensgefahr gebracht hatte. Hier war nämlich kein Klo.

Ich ging auf die andere Seite des morschen Gebäudes, und wahrhaftig, da hinten, noch weiter im Dickicht, konnte ich im schwachen Kegel meiner Handyfunzel etwas mit den Ausmaßen eines Dixi-Klos ausmachen. Ich ging zügig darauf zu, schaute aber dabei immer wieder auf die Erde. Eine Schlange genügte mir für heute.

Dass es sich bei dem Gebilde tatsächlich um meine Toilette handelte, war mir klar, nachdem ich die Tür geöffnet und den Donnerbalken gesichtet hatte. Allerdings glich das Ganze mehr einer unter dem Einfluss psychedelischer Drogen geschaffenen Skulptur als einem Zweckbau, und ich ahnte, dass hier noch nie jemand durchgefeudelt hatte. Wie auch? Das Klohäuschen stand auf sandigem Untergrund und enthielt nichts als eine schlichte Grube mit Brett obendrüber.

Die Worte von Frau Lindström fielen mir wieder ein. Silberman hatte behauptet, dass es »neben dem Apartment eine Sanitäreinheit gebe, die jedem Anspruch genüge«. Dieser Aussage konnte ich nur eingeschränkt zustimmen. Klar, wäre ich Landsknecht im Mittelalter, würde ich mich jetzt sicher riesig über eine für damalige Verhältnisse luxuriöse Sanitäreinheit freuen. So aber hielt sich meine Begeisterung in Grenzen.

Ich schloss die Tür und setzte mich. Nicht, dass ich es prinzipiell schätze, das kleine Geschäft dergestalt zu verrichten – schließlich bin ich ein Mann –, aber ich hielt es immer noch für besser, das im Schein meines Handys (fest montiertes Licht gab es nämlich nicht) und im Sitzen durchzuführen, als im Stehen und bei offener Tür, wo mich theoretisch jeder Passant hätte beobachten können. Und – was noch schlimmer gewesen wäre – am Ende hätte ich meinen hölzernen Klositz wahrscheinlich noch mehr verunreinigt, als er schätzungsweise ohnehin schon war.

Kaum ließ ich den physiologischen Dingen freien Lauf, piepste und vibrierte plötzlich mein Handy. Ich schaute aufs Display. Eine SMS von Frau Dr. Schmidt-Heinemann. Einen Vorteil hatte die mich umgebende Dunkelheit: Man konnte Kurznachrichten prima lesen. Meine Agentin schrieb:

> *Sehr geehrter Herr Brettschneider! Habe mit dem Verlag gesprochen. Denen würde eine witzige, spannende Urlaubsstory (vielleicht in einem Club oder so?) mit kulturellem Hintergrund gefallen. Überraschen Sie uns doch mal mit einem guten Text! Aber pünktlich Ende Januar!!! Erwarte eine kurze Rückmeldung. MfG Dr. S-H.*

Wie nett, dachte ich. Waren meine anderen Texte etwa nicht gut? Ich legte das Handy neben mich. Die mich umgebende Dunkelheit hatte, wie ich sofort feststellen musste, aber auch einen entscheidenden Nachteil: Man konnte ganz schlecht sehen, wo man das Handy platzierte, weil man vom SMS-Lesen noch etwas geblendet war. Das blöde Telefon flutschte durch einen Holzspalt, den ich nicht wahrgenommen hatte. Gut eine geschätzte Mannlänge unter mir machte es ein Geräusch, als wenn man mit einem Gummistiefel in einen Kuhfladen tritt. Es klang nur teurer. Schlagartig war es stockfinster.

»Verflucht!«, rief ich, als würde das irgendjemanden außer mir interessieren. »Verflucht, Mist, Dreck und noch mal verflucht!« Mein Smartphone steckte ziemlich tief in der Scheiße – nicht ganz so smart. Mit einem Schlag waren meine Sichtverhältnisse und meine Kommunikationsmobilität stark eingeschränkt. Ich zog meine Hose hoch und starrte durchs Sitzloch ins Dunkel hinab. Nichts zu sehen. Hätte ich jetzt noch mein Handy gehabt, hätte ich ja mit der Taschenlampenfunktion hineinleuchten können. Ging aber nicht. Nicht mehr. Oder vielleicht sollte ich mit einem Besenstiel oder Stöckchen ... Nein, besser nicht. Allein die Vorstellung der Reinigung meines Telefons brachte mich von dieser Idee schnell wieder ab.

»Verfluchte Scheiße!«, sagte ich noch mal zum Klo und trat wütend dagegen, als mir bewusst wurde, dass mein Handy für immer verloren war. Ich nahm mir vor, mit Direktor Silberman mal ein ernstes Wörtchen zu reden. Diese Hütte war echt eine Unverschämtheit und das Dschungel-Dixi-Klo unzumutbar, sogar für zwanzig Prozent Rabatt. Vielleicht sollte ich mir den Clubchef schnappen, und zwar gleich nach dem Abendbrot, zu dem ich jetzt zügig aufbrechen musste. Ich stieß die Tür auf und verließ die Gruft meines Handys, dem ich nicht nur nachtrauerte, weil es ein Heidengeld gekostet hatte, sondern vor allem, weil ich nun nicht mehr damit telefonieren konnte.

Kaum hatte ich den Eingang meiner Hütte passiert, ging plötzlich das Licht aus, und das sonore Summen der Klimaanlage kam zum Erliegen. Auch die grüne Bereitschafts-LED des Zimmertelefons, mit dem ich eigentlich vorgehabt hatte, mich wenigstens kurz bei Linda zu melden, hatte aufgehört zu glimmen. Das alles machte irgendwie den Eindruck eines Stromausfalls, oder war nur eine Sicherung durchgebrannt? Bei Silberman war das offenbar der Fall, wenn er mir so etwas zumutete. Wie sollte ich denn hier meine Ruhe finden?

Ich verließ diesen düsteren und ungemütlichen Ort in Richtung Büfett.

CATORCE

Die Uhr zeigte Viertel nach sieben, als ich auf den breiten Mittelweg gelangte, der unter anderem zum Hauptrestaurant des Mucho Gusto führte, zumindest behaupteten das die hölzernen Hinweisschilder, die an jeder Ecke und jeder Weggabelung standen. Mein Spaziergang führte mich an einer künstlich angelegten und mit einer teilüberdachten Terrasse versehenen Lagune vorbei, wo ein weiteres Schild mit der Aufschrift *Chillout & Relax zone* im Rasen steckte.

Nach und nach beschlich mich das Gefühl – und ich gebe zu, meine *cabina* trug maßgeblich dazu bei –, dass selbst erheblich mehr Rabatt für einen Aufenthalt in diesem Etablissement ein stolzer Preis gewesen wäre. Oder war ich einfach ein verwöhnter Typ, der mit nichts zufrieden war und dadurch den Rest der Welt mit seinen überzogenen Ansprüchen beleidigte? War eine Urlaubsbehausung mit verlässlicher Stromversorgung und einem innenliegenden Sanitärbereich inklusive sauberem Wasser für einen vierstelligen Eurobetrag zu viel verlangt?

Mein Eindruck von diesem Club wurde durch das artifizielle Chillout-Ensemble mit seinem nur zur Hälfte gefüllten Lagunenteich verstärkt, der dadurch keine Chance hatte, die Innenwände seines rissigen Betonbeckens vor dem harmoniebedürftigen Auge des Betrachters zu verbergen. Aus krächzenden Lautsprechern schepperte wenig chilloutmäßige Musik herüber.

Skeptisch machte mich vor allem die Anwesenheit mehr oder weniger alter Bekannter: Fozzie Bär mit dem aufgeplatzten Schuh, der mich schon bei meiner Ankunft so wunderbar ungelenk und abgenutzt begrüßt hatte, schenkte gerade Roséwein an die beiden rundlichen Zwillinge fortgeschrittenen Alters aus. Ich fragte mich, wer um alles in der Welt auf die Idee gekommen war, dass Chillout auch nur im Entferntesten etwas mit Tierkostümen zu tun haben könnte, oder hatte der arme Fozzie Bär einfach nichts anderes im Schrank, in das er rasch hätte schlüpfen können, um diesem Event einen einigermaßen würdigen Anstrich zu geben?

Frida und Freja hingegen schienen den Moment sehr zu genießen, denn sie hatten es sich in Lehnstühlen gemütlich gemacht, plapperten wie immer und wippten leise im Takt der Scheppermucke, während sie sich vom Gorilla nachschenken ließen. Wahrscheinlich beratschlagten sie gerade, wie sie ihn am besten überwältigen konnten, um ihm dann sein Affenkostüm vom Leib zu reißen. Zum Glück saßen sie mit dem Rücken zu mir, weshalb sie mich nicht sehen konnten. Ich ging zielstrebig und leise weiter.

Nach gut dreihundert Metern konnte ich bereits in einiger Entfernung das gastronomische Herz des Clubs sehen, das sich dort in den Nachthimmel reckte, Sitz des Hauptrestaurants. Ins Erdreich eingelassene Lämpchen beleuchteten den Weg dorthin. Ab und an flatterten angelockte Insekten durch die Lichtkegel und warfen monströse Schatten. Die Grillen zirpten nur noch vereinzelt, aber dafür umso lauter. Bestimmt waren sie so groß wie Möwen, dachte ich im Hinblick auf die sonstige Krabbelfauna dieses Landes. Ich legte den Kopf in den Nacken und betrachtete den unglaublichen Nachthimmel. Eine Sternschnuppe zischte vorüber, fast meinte ich die Funken ihres Schweifs glitzern zu sehen. Und kam dieses Rauschen vom Meer, oder bildete ich mir das nur ein? Es war herrlich.

Ich blieb stehen.

Ich vergaß vieles.

Ich atmete tief ein und aus.

Ich genoss es.

War das *pura vida?*

Auf einmal schrie ich auf und sprang zur Seite.

Eine Hand hatte mich berührt. Mein Puls raste.

»Du bist ja wirklich noch so schreckhaft wie in Schweden«, sagte jemand nicht ohne süffisanten Unterton und stellte sich ins Licht. Ein sehr faltiges, gebräuntes und mit weißen Barthaaren zugewuchertes Gesicht grinste mich an.

Es war das Gesicht von Bjørn Hakansen, ehemaliger Mitbewohner meines Ex-Bauernhofes in Schweden.

QUINCE

Als Bjørn und ich das Restaurant erreichten, war ich anfangs angenehm überrascht. Das hatte ich nicht erwartet. Im Gegensatz zu meiner *cabina* waren die Räumlichkeiten zumindest nicht verwahrlost. Etwa zwanzig Tische für jeweils sechs bis acht Personen verteilten sich auf zwei Ebenen – eine nicht überdachte Terrasse und einen Innenbereich, der über eine dreistufige Treppe erreicht werden konnte und demzufolge etwas höher lag. Dort schien sich auch das Büfett zu befinden, denn unablässig gingen Kellner mit leeren Tellern hinein, wohingegen Gäste mit überfüllten Tellern herauskamen. Die Einrichtung war, soweit ich das von hier aus überblicken konnte, eher tropisch rustikal gehalten, also viel Holz, Bambus und naive Malerei.

Beim näheren Hinsehen bemerkte ich, dass die Pflanzen, die die Wände emporrankten, aber auch viele der schmückenden Devotionalien aus wahrscheinlich chinesischer Plastikfabrikation stammten. Das Ganze hatte das Flair eines mittelmäßig gemachten Einrichtungshauses während seiner Special-Interest-Verkaufsschau *»Tropical Weeks«*.

»Wir sitzen immer dahinten«, meinte Bjørn und deutete nach links, wo drei Achtertische nebeneinander standen.

Da sah ich auch schon meinen Vater. Er hob die Hand

und winkte uns zu. Renate und Rainer schlossen sich an. Bjørn und ich schlenderten zwischen den anderen Tischen hindurch, nickten den dort Speisenden, die uns neugierig musterten, freundlich zu, bis wir schließlich bei unseren Freunden angekommen waren und uns setzten.

Mein Vater blickte anerkennend auf seine goldene Uhr. »Fast pünktlich. Nicht schlecht.«

Ich überging die Spitze und wandte mich an Rainer, der nervös an seiner Unterlippe kaute.

»Und, wie geht's?«, fragte ich.

»Gut, ne.«

»Du siehst aber eher aus, als würde es dir krass gehen.«

»Nee, nee, du. Gut, alles supergut in Ordnung, ne«, widersprach er und nickte mit dem Kopf, wie er es meistens tat.

Mein Vater warf mir einen eindeutigen Blick zu und machte mit der flachen Hand einige wischende Bewegungen vor dem Gesicht, als wolle er mir mitteilen: »Komplett balla-balla, hab ich doch gesagt.«

»Hej, Torsten! Hur mår du?«, erkundigte sich eine weibliche Stimme nach meinem Wohlbefinden und kicherte.

»Hallo Torsten! Wie geht es dir?«, wiederholte eine ähnlich klingende Stimme, die ebenfalls kicherte.

Bevor ich irgendetwas entgegnen konnte, fiel mein Blick auf Bjørn. Huch, was war denn da los? Mit geweiteten Augen starrte er hinter mich, den Mund leicht geöffnet. Er glühte wie eine Heizspirale. Ich drehte mich um. Frida und Freja waren zu uns gestoßen und schielten zu meinem Schrecken auf die freien Plätze an unserem Tisch. Doch das, was mir einen Schauder über den Rücken laufen ließ, war für Bjørn anscheinend die Fleischwerdung eines lang gehegten Nordmanntraums, anders konnte ich mir sein Verhalten, das eher an ein Brüllaffenmännchen vor der größten Bananenstaude der Welt erinnerte, nicht erklären.

Nun erkannte auch mein Vater den Ernst der Lage.

»Ach, du gute Güte«, sagte er. »Das hat mir gerade noch gefehlt.«

»Ruhe!«, zischte Bjørn. »Das ist ja wohl total unhöflich!«

»Stimmt«, entgegnete mein Vater, »meiner Netzhaut gegenüber.«

Jeder hatte bemerkt, was sich da anbahnte.

Sogar Rainer hatte sein Augenmerk von der nächtlichen Parkanlage abgewendet und auf die sich vor ihm abspielende Szene gerichtet. »Auch der Herbst hat goldene Tage, ne«, raunte er mir kichernd zu. »Ich hatte in der Uni mal eine sozialpädagogische Praxis- und Diskussionswoche zum Thema Geriatrie, die hieß ›Alte Bäume haben Würde und knorrige Äste‹. Da haben wir das total subtil und einfühlsam behandelt, ne. Auch Sex im Alter und so. Du kannst dir echt nicht vorstellen, was da noch abgeht, ne! Krasse Praktiken und so, auch im Altenheim!«

»Danke, Rainer«, sagte ich und versuchte die Bilder, die nun vor meinem inneren Auge abliefen, zu ignorieren.

»Gerne, du«, sagte Rainer.

»Willst du uns nicht vorstellen?«, fragte Freja oder Frida und kicherte.

»Ja, natürlich. Das sind mein Vater, dessen Freundin Renate, das ist Rainer …«

»Hej!«

»Und das ist Bjørn.« Ich deutete reihum auf die betreffenden Personen, dann auf Freja oder Frida. »Und das sind Freja und …«

»*Nej!* Ich bin Frida. *Das* ist Freja.« Frida deutete nun auf Freja.

»Okay, ja, Entschuldigung«, hob ich erneut an. »Also in Wirklichkeit ist das natürlich Frida, und das ist …«

»Man kann uns unterscheiden«, sagte Freja. Oder war es Frida? Verdammt!

»Aha«, sagte ich.

»Aber nur durch ein ganz bestimmtes Muttermal an einem ganz bestimmten Fleckchen Haut«, sagte der andere Zwilling und kicherte.

Ich wollte gar nicht wissen, wo sich der denn wohl befand.

Bjørn vermutlich schon, denn er sagte: »Ich würde euch gerne auseinanderhalten können.«

»Oh, du sprichst ja Schwedisch!«, riefen ausnahmsweise beide auf einmal.

»Ich bin Norweger«, brüstete sich Bjørn.

»Wikinger sind stark«, sagte Freja. Oder Frida.

»Ich mag Bärte und Haare«, sagte Frida. Oder Freja.

»Setzt euch doch zu mir … äh … uns«, forderte Bjørn die Damen seiner Wahl auf, schnellte hoch wie eine Wikingerbogensehne und rückte die beiden Stühle neben sich zurecht.

»Ich will an einen anderen Tisch«, grummelte mein Vater.

Zum Glück kam in diesem Moment ein gelangweilter Kellner und nahm unsere Getränkewünsche entgegen. Wir bestellten alle Bier – auch Rainer und sogar Freja und Frida, von denen ich eher vermutet hätte, sie würden sich Prosecco oder irgendeinen fiesen Zuckercocktail auf Kokosbasis einverleiben. Ich schielte zu ihnen hinüber und staunte. Nach meiner Einschätzung ließen sie zwar keinen einzigen Mann vorüberziehen, der ihnen nur annähernd geschlechtsreif vorkam und dabei nicht aussah wie Quasimodo, aber selbst der schwedische Dekolleté-Doppelpack war von Bjørns massiven Annäherungsversuchen schlicht beeindruckt. Ja, fast wirkten sie etwas hilflos neben dem strammen Norwegeropa, der in diesem Augenblick Frida oder Freja Bier nachschenkte und der anderen zuzwinkerte.

Ich beschloss, ans Büfett zu gehen. Deswegen saß ich ja unter anderem hier, und außerdem wollte ich wissen, was Silbermans Stargastronomen für Köstlichkeiten zubereitet hatten. »Ich werde mir etwas zu essen holen. Kommt jemand mit?«

Alle kamen mit. Alle außer Bjørn und den Zwillingen. Wir pilgerten ins Restaurant, vorbei an mehr oder minder glücklich aussehenden Pärchen und Familien. Die Auswahl am Büfett war unübersichtlich, aber schnell war mir klar, dass die Basiszutaten der meisten Speisen günstig und landestypisch gehalten waren. Sie bestanden aus Eiern, Reis und Bohnen. Mit Ausnahme der Dessertabteilung, die vornehmlich Obst feilbot, aber auch den einen oder anderen Kuchen im Programm hatte, gab es lauter Gerichte mit Eiern, Reis und Bohnen. Die Leistung der Köche schien nicht darin zu bestehen, die Küchenkünste aller Erdteile in einem pittoresken Büfettangebot zu vereinen, sondern aus maximal vier Hauptzutaten ein Maximum an unterschiedlichen Rezepten herauszuholen. Dabei hatten die Gerichte den gleichen optischen Abwechslungsgrad wie die Iglus einer Eskimosiedlung.

Ein abschließendes Urteil würde ich erst nach einer Verkostung fällen können. Ich gab je ein bis zwei kleine Löffel der Costa-Rica-Classics auf meinen Teller: ein buntes Potpourri aus Reis mit und ohne Tomaten, Bohneneintopf, Bohnen-Hühner-Chili, gebratenem Reiskuchen mit Ei, noch etwas Bohnenmus und dem guten Omelette. Über meine Proteinversorgung machte ich mir jedenfalls keine Sorgen, eher über Lage und Qualität der sanitären Anlagen, die ich aufgrund dieser Nahrungsmittel gewiss häufiger würde frequentieren müssen als sonst.

»Sag mal, Papa«, raunte ich meinem Vater zu, der sich gerade ein gegrilltes Kotelett von einer Warmhalteplatte neben dem offenen Grillfeuer nahm, hinter dem ein Koch mit viel zu hoher Mütze Fleischstücke wendete und hin und her schob. »Hattest du nicht geschrieben, hier wäre alles so toll? Ich meine, es ist ja nicht wirklich schlecht, aber da hast du ein ganz klein wenig übertrieben, oder?«

»Klar«, antwortete er und schmunzelte, »wärst du sonst gekommen?«

»Du hast mich also in einen kulinarisch-touristischen Hinterhalt gelockt? Aber weshalb?«

»Willst du auch von der Aioli? Die ist echt gut.« Mein Vater hielt mir einen Löffel helle Soße mit fragendem Unschuldsblick über den Teller.

»Meinetwegen. Aber beantworte bitte meine Frage. Die Reise war ja nicht ganz billig, Papa, Rabatt hin oder her, und ich bin nur gekommen, weil … weil …«

»Weil der Herr Autor eine Schreib- und eine Partnerschaftsblockade hat. Gibst du mir dafür etwa auch die Schuld?« Klatsch. Die Mayo landete auf meinem Teller zwischen Bohnen und Reis. Es war eine Sensation, wie es meinem Vater gelang, sein eigenes Fehlverhalten in eine vollkommen andere Richtung zu drehen.

Ich dachte kurz nach. »Es ist wegen Rainer«, fasste ich meine Erkenntnis zusammen und umschiffte den Angriff auf meine Würde als Schriftsteller und Mann. »Du hast die Situation nicht im Griff und machst dir Sorgen. Deswegen hast du mich in diese offene Machete laufen lassen.«

»Was du dir immer für einen Blödsinn ausdenkst«, zischte mein Vater. »Ich glaube viel eher, mein Herr Sohn bekommt sein eigenes Leben nicht unter Kontrolle. Wäre ja nicht das erste Mal. Und was Rainer angeht, den hab ich im Blick. Den muss man nur bewachen, zu helfen ist dem doch nicht mehr.«

Wir wandten uns beide um und betrachteten Rainer, der gerade versonnen ein paar Salatblätter auf seinen Teller drapierte und dabei mit dem Kopf vor und zurück wippte. Von der Seite sah er aus, als müsse man ihn sofort unterstützen, egal was er tat.

»Ich rede mal mit ihm«, sagte ich. »Das hatte ich ohnehin vor und ...«

Mir blieben die Worte im Halse stecken, und ich hätte vor Schreck beinahe meine Eier-Bohnen-Reis-Komposition fallen lassen. Vom Eingang her erklang ein ohrenbetäubendes Gedudel, das immer lauter wurde.

»Um Himmels willen, was ist das denn?«

»Jetzt kommt Brülli«, brüllte mein Vater.

»Wer?«, brüllte ich zurück.

»Brülli, der Brüllaffe. Das Clubmaskottchen für die Kleinen.«

Ich erinnerte mich an den Haupteingang der Anlage, den ein solches Comicwesen bewacht hatte.

Und da kam er auch schon. Brülli war Fozzie Bär mit dem aufgeplatzten Schuh, nur mit einer anderen Kopfmaske. Silberman sparte, wo es nur ging. In Brüllis Gefolge waren zwei junge Animateure ohne Verkleidung, von denen der eine ein Schild mit der Aufschrift »Brülli« hochhielt, während der andere einen plärrenden Ghettoblaster trug, aus dessen gequälten Lautsprechern die Kinder-Clubhymne ertönte, eine selbst produzierte Coverversion des Gassenhauers *Macarena* von Los Del Río. »Piep piep-e-rip piep piep piep-e-ri-piep ooooh, Brülli hat disch lie-hip«, endete der deutschsprachige, sich auf der Skala lyrischen Anspruchs eher im unteren Drittel befindliche Textteil. Brülli und Konsorten tanzten, als gäbe es kein Morgen. Nach und nach erhoben sich die Kinder von ihren Sitzplätzen und schlossen sich zumeist enthemmt kreischend dem Kunststoffaffen und seinen Animateuren zu einer Polonaise an. Auch die kleine Zicken-Vanessa-Elektra war dabei. Sie lächelte sogar, doch als sie Rainer sah, wandte sie rasch den Blick ab. Wahrscheinlich waren ihr seine düsteren Insektenprophezeiungen noch zu gut in Erinnerung geblieben.

Langsam wurde das Ganze wieder etwas erträglicher, denn der lärmende Wurm, der seine Reise durch das Restaurant begonnen hatte, war mittlerweile auf die Terrasse gelangt und schickte sich nach einigen Pirouetten um die vollbesetzten Tische und zur Freude der Gäste an, mitsamt dem Höllenlärm in den Kinderclub zu verschwinden.

»Ist das jeden Abend so?«, erkundigte ich mich bei meinem Vater, während wir uns auf den Rückweg zu unserem Tisch machten.

»Ja, zumindest immer, wenn keine Show aufgeführt wird.«

»Eine Show?«

»Die Animateure führen dann etwas mit ein paar ausgesuchten Gästen an der Bühne auf, und vorher gibt es ein Büfett.« Wir hatten wieder unseren Tisch erreicht und setzten uns. Bjørn und seine Mädels waren nicht zu sehen. Bestimmt waren sie jetzt auch zum Essenholen gegangen.

»Klingt nett«, bemerkte ich, legte mir die Serviette auf den Schoß und schob mir etwas Bohneneintopf in den Mund.

»Nächste Woche Freitag bin ich auch dabei, ne«, warf Rainer ein.

»Wobei?«, wunderte ich mich.

»Beim *König der Kaimane.*«

Ich hörte auf zu kauen. »Heißt es nicht *König der Löwen?*«

»Die haben das Stück lokalkoloritmäßig angepasst«, erklärte Rainer.

»Aha. Und was hast du für eine Rolle?«

»Ich spiele ein Büschel Sumpfgras«, antwortete Rainer stolz.

Das machte mir Hoffnung für das Gelingen der Aufführung. Grasbüschel waren in aller Regel weder revolutionär noch sprachlich sehr gefordert. Nicht mal im Dschungel.

»Auch Pflanzen haben eine Verantwortung«, sagte ich, weil mir nichts Passenderes einfiel.

»Genau«, pflichtete Rainer mir bei.

»Und wir auch für sie«, brach Renate nun ihr bis dahin ziemlich beharrliches Schweigen. »Jedes Sumpfgrasbüschel ist ein Teil von uns.«

»So habe ich das noch gar nicht gesehen«, sagte ich

und aß weiter. Mein Vater hingegen warf ihr einen besorgten Blick zu.

»Ich finde, man müsste viel mehr mit den Pflanzen sprechen«, setzte Renate nach.

»Genau«, sagte Rainer.

»Oh Mann«, sagte mein Vater.

Ich probierte das Hähnchen-Chili. Zu scharf, aber zäh.

Renate ließ nicht locker. »Gerd«, wandte sie sich nun an meinen Vater, »ich will unbedingt eine Dschungeltour machen. Du wolltest das die ganze Zeit nicht, aber ich vermute, dass ich dort ganz andere Vibrations fühlen kann und dass ich sogar meinen Ahnen begegnen werde.«

»Genau«, sagte Rainer.

Mein Vater legte sein Besteck ab. Diesmal warf er mir einen besorgten Blick mit einem gut sichtbaren Anflug von Überforderung zu.

»Ach, die bieten hier also Touren in den Urwald an?«, fragte ich wie beiläufig, um in dieser Situation meinem Vater einen Haltegriff des Pragmatismus' zu bieten – er war immerhin Diplomingenieur, und ich wusste, dass bei solchen Menschen dieser Ansatz oft half.

»Ich würde da auch mal mit, ne. Respekt und so. Und außerdem kann man echt seine Ahnen treffen, die Primaten, ne.«

»Dass das deine Ahnen sind, daran besteht kein Zweifel«, kommentierte mein Vater und wandte sich dann an mich: »Danke, dass du auch noch Öl ins Feuer gegossen hast.«

Hätte ja klappen können mit dem Haltegriff. »Mann, jetzt komm. So eine Urwaldexpedition wäre doch echt mal interessant, wenn wir schon mal hier sind, und außerdem ...«

»*Kässo a mano* hab isch gesaacht, Handkäs. So is die Üwwersetzung, un des versteht doch jeder Depp. Un haste mal die Grie Soß von dene gesehe? Die nenne des *salza werde*, awwer des kannste ganet esse. Des sieht ja aus wie aale Rotz.«

»Awwer, Kall-Hainz, die habbe halt ’n anneres Soßerezept, und die habbe ebe aach kaan Handkäs, aach wenn de des noch hunnertmal fraache tust.«

»Die habbe bloß Eier, Bohne un Reis, sonst nix! Un kaa Ebbelwoi.«

»Ei, des is halt ’n anneres Land …«

»Aaans, wo isch net hiewollt. Un jetzt hab isch kaan Handkäs. Zwaa Woche lang, von Ebbelwoi ganz zu schweische.«

»Herrgott noch emal, da wäre mer wärklisch besser in de Oddewald gefahre, das gibt’s des alles.«

»Saach isch doch. Du wolltst ja unbedingt zu dene Mexikaner hier fliesche.«

»Des is Costa Rica.«

»Ach, un in Mexiko habbe die Handkäs, odder was?«

Kall-Hainz und Gerdda näherten sich während ihrer Diskussion langsam unserem Tisch. Als sie ihn erreicht hatten, sagte ich: »Guten Abend.«

Beide hielten inne. Gerdda grüßte zurück, Kall-Hainz nicht. Er bemühte sich nicht einmal, seine Stimme zu senken – vielleicht konnte er es aufgrund eines Gendefektes auch nicht? –, als er seine Frau fragte: »Sach emol, was is’n des für’n Simpel?«

»Du bist awwer wärklisch ’n ganz forschtbare Zorngickel, Kall-Hainz«, rügte ihn Gerdda und zog ihn am Ärmel seines stützsstrumpffarbenen Sakkos von uns weg. »Tut mer leid. Mein Mann is noch e bissi schlecht druff wesche dem Jetläck un so, gelle«, raunte sie mir zu. »Unn isch glaub auch, dass der ’n Handkäsentzuch hat.« Sie kicherte.

»Isch hab kaan Jetläck und kaan Entzuch. Soll des heiße, *isch* wär bekloppt, odder was?«

»Ei, komm jetzt, is ja gut«, beschwichtigte Gerdda ihren Gatten, und beide verschwanden auf derselben Treppe wie zuvor Brülli und die enthemmten Kinder.

»Die sollte man mal im Urwald aussetzen, aber weit draußen«, kommentierte mein Vater den Auftritt des Hessenduos. »Ihr zwei könnt ja gleich mitgehen.«

»So«, sagte ich und erhob mich von meinem Platz mit dem halb vollen Teller, »ich geh mal an die Hotelbar. Kommt ihr mit oder nach?« Ich wusste, dass das hier nicht besser werden würde. Zumindest nicht heute Abend.

»Ich schon, ne«, sagte Rainer, »ich will auch was trinken.«

»Ich muss vorher noch an die Rezeption und telefonieren«, sagte ich.

»Warum nimmst du nicht das Zimmertelefon oder dein Handy?«, wollte mein Vater wissen, an den sich nun Renate bereits lasziv angeschmiegt hatte.

»Das eine geht nicht, das andere … steckt quasi fest«, erklärte ich kurz und knapp.

Rainer folgte mir durch den Gastrobereich, vorbei an Eier-, Bohnen- und Reisgerichten, durch Trauben von Kellnern und Gästen, deren Kinder mittlerweile wieder von Brülli zurückgebracht worden waren und mit allerlei selbst gebasteltem Krimskrams stolz vor ihren Eltern herumfuchtelten. Vanessa-Elektra stand zusammen mit ihrer Mutter Petra direkt vorm Restaurantausgang. In der

Hand hielt sie ein Stäbchen, an dessen Ende eine große Spinne befestigt war. Körper und Kopf des Insekts bestanden aus zwei unterschiedlich großen Wollknäueln, die mit ebenfalls schwarzen Filzstreifen beklebt waren, die als Beine und Fühler fungierten. Die Füßchen des selbst erschaffenen Tierchens steckten in kleinen Pantoffeln aus Paranussschalen.

Vanessa-Elektra ließ ihre Spinne an den Beinen und am Rücken einiger wildfremder Menschen entlangkrabbeln, wodurch diese zum Teil ziemlich erschraken. Allerdings hörte sie damit auf, sobald sich Rainers und ihr Blick kreuzten und wir näher kamen. Überraschend schnell verschwand Hasi hinter ihrer Mutter. Rainers Auftritt während der Kleinbusfahrt hatte anscheinend einen bleibenden Eindruck bei dem verzogenen Kind hinterlassen.

Rainer nickte und sagte: »Immer bloß so schön brav sein, ne, dann ist alles paletti. Sonst kommen sie nachts! Regeln, Grenzen, Konsequenzen, ne.«

Es klappte, wie ich anerkennend feststellen musste. Das Kind blieb, wo es war, und das sogar, ohne freche Grimassen zu schneiden. Wir verließen das Restaurant und gingen über einen der beleuchteten Wege durch die laue Tropennacht zum Rezeptionsgebäude hinüber.

Die Empfangshalle war leer. Nur eine Angestellte sortierte Papiere hinter dem Tresen. Ich erkundigte mich auf Englisch, wo ich denn telefonieren könne, und die junge Frau wies mir ein kleines Räumchen mit integrierter Fernsprecheinheit zu. Zum Glück hatte ich die beiden Nummern, die ich anzurufen gedachte, nämlich die von Linda und von Frau Dr. Schmidt-Heinemann, im Kopf. Sie waren nicht mit meinem Smartphone im braunen Meer auf Nimmerwiedersehen versunken.

Kurz piepste es wie ein uraltes Modem, dann knackte es mehrfach, raschelte elektrisch und tutete schließlich. In Schweden müsste es demnach jetzt klingeln. Ich wusste, dass Linda ihr Telefon nachts immer leise stellte, sonst hätte ich es nicht gewagt, sie um diese Uhrzeit anzurufen, denn in Leksand war es jetzt etwa vier Uhr morgens. Aber wenigstens auf dem Anrufbeantworter wollte ich ihr eine Nachricht hinterlassen. Es läutete genau fünf Mal, dann nahm jemand ab.

»Linda Pettersson.«

»Linda? Du bist schon wach? Ich bin es, Torsten.«

»Torsten? Ach, wie schön, dass du dich meldest. Wie geht es dir?«

»Den Umständen entsprechend gut.«

»Das klingt eher nach Erkältung als nach Cluburlaub in der Karibik. Was ist denn los?«

»Nix Schlimmes, nur ... na ja ... Komfort und Ausstattung meiner Unterkunft haben etwas von einer Holzfällerhütte in Lappland.« Mist! Hatte ich eben wirklich Lappland gesagt? Freute sich jetzt Freud in den Wolken, oder war das einfach nur ungeschickt gewesen? Falls Linda das falsch verstanden haben sollte, dann überspielte sie es jedenfalls mit Bravour.

»Echt, so schlimm?«, fragte sie.

»Ich will ja nicht jammern, aber: Ja, so schlimm. Ich will mich eigentlich nur erholen, aber das könnte hier schwieriger werden als gedacht.« Ich blickte durch den Türspalt nach draußen in die noch immer leere Halle der Rezeption, wo ein einsamer Rainer seine Runden drehte, mit auf dem Rücken verschränkten Händen, in Camouflage-Shorts und passender Baseballkappe und in braunen Birkenstock-Sandalen. »Und da ist auch noch

Rainer, der irgendeine wahnwitzige Unterdrückertheorie im Hirn hat und am liebsten das ganze Land auf Teufel komm raus von irgendwem befreien würde. Dazu kommt mein Vater, der offenbar der Ansicht ist, nur er könne meinen Urlaub so gestalten, dass ich erholt zurückkomme.« Kurz dachte ich darüber nach, ob ich ihr auch sagen sollte, dass mir mein Handy ins Klo gestürzt war, aber ich verzichtete darauf. Es war einfach zu peinlich.

Hoppla! Hörte ich richtig? Am anderen Ende lachte Linda sich halbtot über mein Schicksal.

»Was ist denn daran so lustig?«, fragte ich.

»Wenn du nicht schon schreiben würdest, dann würde ich dir spätestens jetzt empfehlen, damit dringend anzufangen. Du bist echt so süß, wenn du dich aufregst und solche Sachen erzählst …«

Ich? Süß? Okay, dafür ließ ich mich auch mal kurz aus- oder anlachen. Dennoch war ich ein Mann, das sollte Linda dabei nicht vergessen. Zwar hatte sich die Ur-Mann-Therapie meines Extherapeuten als wenig erfolgreich herausgestellt, aber ein Satz von ihm war mir dennoch prägend in Erinnerung geblieben: Ein Ur-Mann muss tun, was ein Ur-Mann tun muss!

Ich räusperte mich daher vernehmlich, und langsam ebbte auch Lindas Lachattacke ab. »Und du, was machst du so?«, erkundigte ich mich und bemühte mich, gleichgültig zu klingen.

Sie schwieg.

Etwas zu lange für meinen Geschmack.

»Ich fahre gleich hoch zu Olle.«

Was für ein Stich ins Herz!

»Also darum bist du schon wach? Wie schön für dich«,

zischte ich und hatte absolut keine Lust, meinen Zynismus hinter Floskeln ausgesuchter Höflichkeit zu verbergen. »Dann grüß ihn doch recht herzlich von mir, deinen Kunstmäzen. Und nimm ein paar Tuben Haargel mit nach Lappland und einen schönen Seidenschal. Vielleicht haben wir Glück, und er verfängt sich damit in einer Skulptur oder verklemmt sich im Museumsaufzug.«

»Ach, Torsten, ich hab dir das doch erklärt. Ich meine ... du ... du bist echt so ... und mein Herz und du ... aber Olle und ich ... ich meine, da läuft nichts, aber ... wir ... wir haben eine Vergangenheit ... ach, Scheiße, ich weiß es doch selbst nicht.«

»So, Linda«, hörte ich den Ur-Mann in mir mit ruhiger, gefasster und sachlicher Stimme sagen, etwa so, wie einem der Intensivmediziner mitteilt, dass der Verlust eines Angehörigen der ganz normale Lauf der Dinge sei, »dann melde dich doch einfach, *wenn* du es weißt. Mach's gut.« Dann legte der Ur-Mann auf. Mein lieber Herr Gesangsverein, war der cool! Der hatte es gut. Ich hingegen hätte mir vor Wut und Verzweiflung am liebsten in den großen Zeh gebissen. Olle! So ein verdammter Mist!

Ungehalten stieß ich die Tür meiner Telefonkabine auf und betrat die Halle. Auf Frau Dr. Schmidt-Heinemanns Anrufbeantworter hatte ich jetzt keine Lust mehr, meine Stimmung war ohnehin im Keller.

»Ich brauche dringend ein Bier«, rief ich Rainer zu, der noch immer in sich gekehrt auf und ab ging. Nun blickte er verdutzt auf und rückte seine Brille zurecht. »Oder besser gleich zwei oder drei«, korrigierte ich mich und stapfte los in Richtung Hotelbar.

DIECISÉIS

Die Bar hieß uns mit schummriger Beleuchtung und gedämpfter Musik willkommen. Extrem viel war nicht los, wahrscheinlich saßen die meisten Gäste ohne Kinder noch beim Abendessen, froh darüber, keine Kinder und deren stimmungsmachenden Anführer Brülli ertragen zu müssen, und die mit Kindern waren schon wieder auf dem Zimmer, eben weil sie Kinder hatten.

Ich stellte mich mit Rainer direkt an die Theke und orderte zwei Bier. Noch immer kochte ich vor Wut über Lindas Entscheidung, tatsächlich zu Olle zu fahren. Vielleicht sollte ich mir diese zuckersüße Schwedin einfach aus dem Kopf schlagen? Ich sah mich in der Bar um und zuckte zusammen. Die einzigen Damen ohne Begleitung waren Frida und Freja, die an einem Ecktisch saßen, weshalb ich sie beim Betreten nicht entdeckt hatte. Ich beschloss, mir Linda doch noch nicht aus dem Kopf zu schlagen. Sollte ich einen Showdown in Lappland in Erwägung ziehen?

Ich nippte am Bier. Dieser schmierige Kunst-Olle hatte bestimmt nichts drauf außer Zahnbelag. Vielleicht sollte ich nach meiner Rückkehr wirklich einfach in den hohen Norden fahren und ihm eine Abreibung verpassen. Allerdings könnte das auch nach hinten losgehen. Vielleicht hatte Linda erst recht Mitleid mit ihm, wenn ich ihn an seinem blöden Seidenschal aus dem Fenster im dritten

Stock des Museums hielt. Ich verwarf diesen Gedanken, auch wenn er reizvoll war.

Verstohlen sah ich mich unter den anderen Gästen um. Wo steckte eigentlich Bjørn? Frida und Freja waren hier, aber der alte Norweger war, seitdem ich das Büfett besucht hatte, wie vom Erdboden verschluckt. Sollte ich die beiden Grazien fragen, die sich soeben, wie ich aus dem Augenwinkel sehen konnte, einen weiteren Piña Colada einverleibten? Nee, besser nicht. Bjørn würde schon wieder auftauchen.

»Guck mal, da draußen ist voll die krasse Auseinandersetzung, so total konfrontativ, ne.«

Vor dem Eingang der Bar waren zwei Männer in ein Streitgespräch vertieft. Man merkte ihnen an, dass sie sich Mühe gaben, die Lautstärke nicht allzu sehr nach oben zu treiben, aber die Spannung war bis hier spürbar.

»Ich geh mal gucken, ne«, sagte Rainer und war im nächsten Moment auf dem Weg nach draußen. Ich stellte mein Bier ab und ging vorsichtshalber hinterher.

Vor der Tür standen sich zwei gegenüber, die ich auch schon kannte. Minipli-Gonzales, Silbermans rechte Hand, und Ramirez, unser San-José-Chauffeur, der gut eineinhalb Köpfe größer war, dafür aber nur halb so breit. Weder Rainer noch ich verstanden auch nur ein Wort des spanischen Gezänks. Musste man aber auch nicht. Es genügte, den beiden ins Gesicht und auf die Körperhaltung zu schauen, um zu erkennen, dass es sich nicht um die Einladung zu einer Kindstaufe oder um ein sich anbahnendes Rendezvous handelte.

Fernando Gonzales hielt eine Landkarte in der Hand, mit der er Ramirez vorm Gesicht herumfuchtelte. Der wurde immer ruhiger und sagte irgendwann gar nichts mehr, nahm aber dafür eine ziemlich bedrohliche Haltung ein. Nicht, dass er Gonzales tatsächlich angefasst hätte oder gar handgreiflich geworden wäre, nein, er hatte nicht einmal die Hände erhoben. Aber seine Aura strahlte eine geheimnisvolle Kraft aus. Nach einiger Zeit merkte das wohl auch Gonzales, warf ihm die Karte vor die Füße und ging wutschnaubend seines Weges.

»Gonzales ist echt voll krass unterwegs!«, sagte Rainer.

»Isser, aber der Lulatsch mit den langen Armen ist irgendwie auch etwas eigenartig«, bestätigte ich leise.

Als hätte er meine Worte vernommen, drehte sich Ramirez um und starrte uns kurz an. Dann klaubte er die Karte vom Boden auf, faltete sie zusammen und ging ebenfalls davon.

»Der hat aber auch ein paar kleine bis mittelschwere Probleme mit sich und seiner Umgebung, oder?«, raunte ich Rainer zu, als ich sicher war, dass mich Ramirez nicht mehr hören konnte.

»Nee, du, das kann man so direkt nicht sagen, ne«, führte Rainer aus. »Sein Auftreten ist mit hoher Wahrscheinlichkeit der indigenen Entwurzelung und der emotional-soziologischen Ghettoisierung geschuldet, aus der sich in Verbindung mit der gesellschaftlichen Verantwortungskomponente dieses Soziotops und dem daraus resultierenden individuellen Druck eine nicht normative Verhaltensstruktur entwickelt hat.«

Kurz sah ich Rainer an und dachte nach. »Auf Deutsch: Ramirez hat auch die Pfanne heiß?«, hakte ich nach.

Kurz sah Rainer mich an und dachte ebenfalls nach. Dann sagte er: »Genau.«

Zurück in der Bar trafen wir auf Renate und meinen Vater, der sich erkundigte, was denn da los gewesen sei.

»Draußen? Das waren nur Gonzales und Ramirez im Streitgespräch.«

»Wer?« Mein Vater sah mich an, als sei ich nicht ganz bei Trost.

»Fernando Gonzales, der Typ von Silberman, und Ramirez, das lange, durchtrainierte Mädchen für alles hier im Club«, erläuterte ich. »Aber ich habe keine Ahnung, worum es ging.«

In diesem Augenblick betrat der Clubchef die Bar.

Das traf sich gut, denn ich wollte mit Silberman ohnehin noch ein Wörtchen wegen meiner hervorragenden Bleibe wechseln. Ich beschloss, dass es ein blendender Augenblick war, um genau das zu tun. Ich erhob mich von meinem Barhocker und schlenderte zu ihm hinüber. Er stand gerade bei Frida und Freja am Tisch und hatte eine weltmännische Haltung angenommen. Wahrscheinlich drehte er sich genau deswegen mit einer an Überschwänglichkeit kaum zu überbietenden Geste zu mir um, als ich ihn ansprach.

»Mister Silberman, ich hätte da ein kleines Problem mit meiner *cabina*, das ich gerne mit Ihnen besprochen hätte.«

»Oh, Herr Netsnyder ...«

»Brettschneider«, korrigierte ich ihn betont deutlich und genoss den Anblick seiner linken Augenbraue, die minimal zuckte. Er fand Kritik und Korrektur blöd, wahrscheinlich weil er von dem Großteil seiner Angestellten Demut und Ergebenheit gewohnt war. Das merkte ich mir.

»Okay, Herr Bredsnyder, also. *All right. A problem?*

Ist das zu fasse? *I can't believe it!* Sie sind noch keine ganze Tag *here* inne *our so very nice club* und schon eine Problem?« Er lachte aufgesetzt und zwinkerte Frida und Freja dabei nach Anerkennung heischend zu.

»Es ist gar nicht sooo *funny*«, sagte ich. »Eigentlich ist es sogar ziemlich *bad, you know*.«

»Sie müssen wissen, Mister Silberman, Torsten ist Schriftsteller. Der sieht überall Probleme. Das ist sozusagen sein Job. Außerdem hat er gerade eine Schreibblockade und ist deswegen extra hierhergekommen!«, warf Frida ein. Oder war es Freja? Egal. Jedenfalls war das so unglaublich deplatziert wie nur irgend möglich. Und woher wussten die das denn bitte auf einmal?

»Traktorendampfreiniger in Leksand?«, sagte die andere in übertriebenem Trotz. »Pfft, das haben wir sowieso nicht geglaubt!«

»Natürlich nicht«, sagte ich und nickte.

»*Oh, really*«, schwärmte Silberman nun ebenfalls, wobei er sich eine Strähne seines nicht völlig fettfreien Haares aus dem Gesicht strich, das wohl dem Pferdeschwanz am Hinterkopf entkommen war. »*You're a writer?* Eine Kunstler also, oookay!« In diesem »oookay« steckte einiges an Überheblichkeit. Es erinnerte an das »ooookay« eines Verkehrspolizisten, dem man nach einem Totalschaden gesteht, dass man noch nie zuvor am Steuer eines motorgetriebenen Fahrzeugs gesessen habe.

»Das tut nichts zur Sache. Ich würde mich gerne über meine *cabina* beschweren. Die ist nicht ...«, ich suchte nach einem passenden Begriff, ohne sofort beleidigend zu werden, »... nicht ganz so in Ordnung.«

Silbermans Augenbraue zuckte wieder. Nur ganz leicht.

»Warum komme die Herr Kunstler mit die Schreibblockade nisch *tomorrow* in meine *office*? *Let's say round about* zehn Uhr? Dann konne wir rede uber alles.«

»Wenn der Herr Clubchef dann für die Herr Kunstler Zeit hätte, wäre es eine Ehre«, gab ich zurück.

»*Fine*«, sagte Silberman unterkühlt. »*Then* wir sehe uns *tomorrow* um zehn Uhr. *Good night, ladies, good night*, Herr Bredsnyder.«

Damit verließ er uns, nickte jedem zu, der ihn zufällig ansah, während er papstgleich den Gastraum der Bar durchschritt und schließlich durch die Tür ins Freie trat.

»Du hast uns nicht gesagt, dass du Schriiiftsteller bist«, schwärmte Frida oder Freja. Und die andere sagte: »Ach, das ist ja so aufregend. Wir haben noch nie einen Schriiiftsteller kennengelernt.«

Für diesen Umstand hatte ich mehrere Erklärungen parat. Die plausibelste war, dass es wahrscheinlich kaum Schriiiftststeller gab, die umgekehrt Wert darauf legten, Frida und Freja kennenzulernen. Bei beiden Schwedinnen war jedenfalls offensichtlich, dass ihre trotzige Verärgerung von vor wenigen Augenblicken selbstredend nur gespielt gewesen war.

»Du hast uns angeflunkert«, sagte die Erste wie zur Bestätigung meiner Vermutung und erhob in gespieltem Ernst ihren Zeigefinger. Und die andere rief: »Schriiiiftsteller! Ach, wie spannend! Wie bist du denn dazu gekommen? Kann man davon leben? Muss man dich kennen? Wir liiiiieben Bücher, aber wir haben noch nie einen Schriiiiftsteller persönlich getroffen! Hi, hi, hi! Hach, wie aufregend!«

Ich sah zu meinem Vater hinüber. Er grinste. Dankeschön. Jetzt wusste ich auch, woher die beiden diese Information hatten.

»Habt ihr eigentlich Bjørn gesehen, unseren betagten, aber rüstigen Freund aus Norwegen?«

»Ja, vorhin«, entgegnete Zwilling Nummer zwei mit enttäuschter Stimme. Ich wusste nur nicht, ob wegen mir oder wegen Bjørn.

»Ein strammer Bursche«, sagte die eine.

»Ja, ältere Männer haben schon was«, sagte die andere.

»Zu alt dürfen sie aber nicht sein«, sagte die eine.

»Ja, leider, sonst ... sonst ...«, stammelte die andere.

Zeit zu gehen.

»Man sieht sich«, sagte ich und beeilte mich, an die Bar zu kommen. Dort trank ich noch ein letztes Bier, erzählte allen, dass ich für den nächsten Tag eine Audienz bei Silberman bekommen hatte, und bedankte mich ganz herzlich bei meinem Vater, dass er dem Dekolleté-Gespann meinen wahren Beruf verraten hatte. Dann verabschiedete ich mich und ging.

Ich wollte schon durch die Tür ins Freie treten, da bemerkte ich wieder die unbekannte Schönheit aus der Empfangshalle. Sie musste durch den Seiteneingang gekommen sein, was sie aber nicht daran hinderte, noch bezaubernder auszusehen als heute Morgen. Verwundert beobachtete ich, wie sie an die Bar trat, direkt neben meinen Vater, der sie sofort ansprach. Er kannte weder Gnade noch die Würde des Alters. Stattdessen redete er auf sie ein und deutete zu allem Überfluss auch noch in meine Richtung und versuchte mich mit Gesten anzulocken, doch ich hatte genug für heute, Schönheit hin, Schönheit her.

Außerdem hatte ich wieder das Gefühl, Linda stünde irgendwo und würde mich beobachten. Warum hatte ich denn ein schlechtes Gewissen? Was für ein Unfug! Erst mal hatte ich nichts Verwerfliches vor – eigentlich hatte ich gar nichts vor, außer auszuspannen –, und dazu kam: *Sie* fuhr doch zum doofen Kultur-Olle nach Lappland, *Linda* war es doch, die mich nicht wollte! Die sollte lieber aufhören, mich zu beobachten, das stand der gar nicht zu.

Trotzdem.

War halt so.

Ich hob die Hand zum Abschied, lächelte der Frau und meinem Vater unverbindlich zu und ging in meine *cabina*.

DIECISIETE

Quietschend fiel die Tür meiner miesen Hütte ins Schloss. Trotz meiner Dusche vorhin war ich schon wieder vollkommen durchgeschwitzt. Ich entkleidete und wusch mich den Umständen entsprechend, dann begab ich mich ins Bett. Ich hatte wieder Strom. Was für ein Glück. Ich probierte, ob das Telefon funktionierte, denn die grüne Bereitschafts-LED leuchtete wieder. Allerdings wusste ich nicht, welche Art von Bereitschaft mir das Telefon damit zu signalisieren gedachte, denn die Leitung war tot. Wahrscheinlich wollte es mir nur sagen, dass es eine LED hatte und dass die sogar leuchten konnte. Beide Daumen hoch! Somit war selbst bei ausnahmsweise vorhandener Stromversorgung kein Telefonieren möglich.

Ich zog meinen Reiseführer aus dem Rucksack und legte mir die Kopfkissen so zurecht, dass ich gut lesen konnte. Kaum hörbar vernahm ich die Geräusche einer scheinbar vergnügten Urlaubskulisse. Je nach Windstärke wurde auf- und abebbende Musik zu mir hereingetragen. Wahrscheinlich Clubdisco oder so. Ein paar Gäste gingen draußen vorbei. Eine Frau und ein Mann, vermutete ich. Sie lachten leise. Es würden nicht mehr viele kommen, denn meine wunderschöne *cabina* lag ja am Rand der Anlage.

Irgendwann fiel mir auf, dass ich gar nicht mehr las, sondern nur noch lauschte. Der Costa-Rica-Reiseführrer lag aufgeschlagen und verkehrt herum auf meinem Bauch und bewegte sich sanft zu den Bewegungen meines Atems. Ich war müde, nein, richtig erschöpft. Ruhe. Endlich! Leise fielen vereinzelte Regentropfen auf das Dach. Ich genoss den Augenblick, spürte den Elementen nach, und irgendwann musste ich eingeschlafen sein.

Als ich die Augen aufschlug, war es stockfinster in meinem Raum. Dabei hatte ich das Licht doch gar nicht ausgemacht, oder? Schon wieder Stromausfall? Die Telefon-Bereitschafts-LED war auch weg. Aber warum war ich überhaupt aufgewacht?

Plötzlich wusste ich es.

Etwas zog an meinem Zeh, und es wimmerte leise. Außerdem roch es fremdartig.

»Aaaargh!«, rief ich, richtete mich im Bett auf und zog beide Beine panisch zu mir.

Das Handtuch war noch in der Dusche. Ein Tier schied also aus, zumindest eines, das sich durch den engen Abfluss hätte zwängen können. Es musste folglich eines sein, das viel zu groß dafür war und deshalb gleich durch die Tür (die ich nicht abgeschlossen hatte, wie mir siedend heiß einfiel) gekommen war. Es soll ja schlaue Affen geben, und je nach Größe waren die auch noch stärker und gefährlicher als manch andere Gattung.

»Aaargh!«, sagte ich noch einmal. Vielleicht konnte ich den Affen damit verjagen? Doch das klappte nicht. Es wimmerte weiter.

»Torsten, du, biste wach?«

»Rainer?«

Ich tastete nach dem Nachttischlämpchen, bis mir einfiel, dass es ja bereits an war, man es aber nicht sehen konnte, weil der Strom fehlte.

»Rainer?«, wiederholte ich.

»Genau.«

Ich setzte mich noch aufrechter hin, als ich bemerkte, dass ich reflexartig – aus Angst vor dem imaginären Monsteraffen? – tiefer ins Bett gerutscht war.

»Bist du noch ganz bei Trost?«, donnerte ich. »Hast du sie noch alle?« Rhetorische Fragen, wie ich feststellte, darum präzisierte ich: »Was zur Hölle machst du hier?«

Plick.

Das Licht ging an, die Telefon-Bereitschafts-LED leuchtete grün, und die Klimaanlage begann leise zu ächzen.

Nachdem sich meine Augen an die plötzliche illuminative Überforderung gewöhnt hatten, wurden sie mit einer ganz anderen konfrontiert. »Gute Güte, wie siehst du denn aus?«

»'n kleiner Zimmerbrand.« Rainer schlug den Blick nieder.

»Ein Zimmerbrand?«

»Also, na ja, eher so eine Art Terrassenbrand, der sich dann ins Zimmer ausgeweitet hat«, druckste er herum.

»Terrassenbrand? Deine *cabina?*«

»Genau.«

»Sag mal, Rainer, brennt es denn noch? Sollen wir Hilfe holen oder das Feuer selbst löschen?«

Ich wollte schon aufspringen, da entgegnete Rainer: »Nö, ist aus, ne. Das Unwetter hat es gelöscht, quasi ausgeregnet, ne.«

»Was für ein Unwetter?«

»Voll krass mit Donner und so. Total elementar.«

Das musste wohl im Tiefschlaf an mir vorübergezogen sein. Jedenfalls entspannte ich mich ein wenig, wenn zumindest der Brand nicht mehr loderte. »Und warum bist du dann hier?«

»Ich will nicht draußen pennen, ne. Wäre zwar super öko, aber ist mückenmäßig und wettertechnisch eher nicht so mein Ding.«

»Dann geh doch in deine *cabina* zurück«, schlug ich vor. Das schien mir das Logischste und für mich Erholsamste zu sein.

»Geht nich, ne.«

»Wieso das denn?«

»Die ist ... na ja ... nicht mehr so ganz bewohnbar, ne.«

»Die ist was?«, platzte es aus mir heraus. »Ich dachte, es war ein *kleiner* Zimmerbrand.«

»Stimmt auch, dann bin ich aber gegangen, bevor der noch größer geworden ist.« Rainer unterstrich seine Schilderung mit ausladenden Gesten, und ich meinte zu erkennen, dass er ein sich rasch ausbreitendes Feuer darstellen wollte. »Dann kam der Regen«, fuhr Rainer fort, ließ von der imaginären Feuersbrunst ab und sah zur Decke empor. Doch nur kurz, dann nämlich imitierte er mit zappelnden Fingern und riesigen Augen den Regen. »Der Regen kam aber nicht pünktlich genug, ne. Irgendwie ist das alles ganz schön krass. Aber meine Klamotten hab ich noch, ne!«, freute er sich und hielt seinen rußgeschwärzten Rucksack hoch und deutete auf den Seesack neben sich, der dieselbe Farbe aufwies.

»Mensch, das ist klasse, dann ist ja alles in Ordnung. Sag mal, Rainer, bist du etwa besoffen?« Jetzt erst fiel mir auf, wie er schwankte. Es war mehr als sein ständiges Kopfnicken, das Wackeln war sozusagen ganzkörperlich geworden.

»Genau!«

»Also hast du dir einen hinter die Binde gekippt und dann die Hütte angezündet?«, fuhr ich auf.

»Ist das hier 'n Bullenverhör, oder was? Oberstkrass! Wie bei der Antifa-Demo in Frankfurt, wo sie uns in den Mannschaftswagen …«

»Nein, ist es nicht«, fiel ich ihm ins Wort, »aber es kann durchaus passieren, dass die Polizei kommt, wenn Silberman sieht, dass deine *cabina* sich in Rauch aufgelöst hat und er Fahrlässigkeit oder Vorsatz vermutet.«

Ich blickte Rainer prüfend an. Okay, das mit dem Vorsatz würde auch die costa-ricanische Polizei schnell vergessen, aber Fahrlässigkeit würde bleiben.

»Das war eine Art Unfall, ne. Außerdem sieht man das von außen kaum, ne. Also ich hab auf die Revolution und die Freiheit getrunken und ein kleines Feuerchen draußen am Grill gemacht, ne, und die Flammen sind auf die eine Palme und dann aufs Dach übergegangen.«

»Einfach so?«

»Na, ich hab von dem Rum aus meiner Hütte etwas genommen. Nich viel«, beteuerte er und hob abwehrend die Hände in die Höhe. »So 'ne zwei, drei Tassen voll, ne. Und dann waren die Flammen plötzlich oberstkrass hoch.«

»Rum aus deiner Hütte? Zwei, drei Tassen? Oh Mann, Rainer.« Wer hatte Hochprozentigen in Rainers Hütte vergessen? Die Putzkolonne? Waren die deshalb immer so fröhlich? Und: Wie viel Prozent hatte das Gesöff, dass es brannte wie Benzin? Fragen über Fragen, doch ich besann mich und überlegte stattdessen angestrengt, was zu tun war. Dann kam mir ein Gedanke: »Ich hab morgen früh sowieso einen Termin mit unserem Clubchef und werde es ihm erklären. Ich hab schon eine Idee.«

»Silberman? Scheißunterdrücker! *¡Revolución o muerte!*« Er reckte die sozialistische Faust hoch und wankte noch mehr.

»Genau, Rainer. Scheißunterdrücker. Recht hast du! Jetzt wollen wir zwei uns aber hinlegen, was?« Ich sah auf meine Uhr. »Es ist halb vier, und ich bin müde. Aber vorher gehst du dich waschen. Du bist total verrußt und stinkst«, wies ich ihn an, als er sich so, wie er war, in die Kissen hauen wollte.

»Okay.« Er trabte mit gesenktem Kopf zur Badezimmertür. Dort angekommen drehte er sich um. »Du, Torsten?«

»Hm?«

»Danke, du.«

Zehn Minuten später lag Rainer grunzend neben mir und war bereits nach wenigen Augenblicken eingeschlafen. Ich betrachtete dieses menschliche Unikat noch eine Weile und beobachtete die fisseligen Barthaare, die sich bei jedem alkoholgeschwängerten Atemzug bewegten. Kleine Spuckebläschen bildeten sich zeitweise an seinen Mundwinkeln und lösten sich genauso unvermittelt wieder auf. Seine Brille hatte Rainer auf den Nachttisch auf seiner Seite gelegt. Abgesehen von seiner Frisur und der Gesichtshaut mit postpubertären dermatologischen Irritationen sah Rainer ohne sie fast normal aus. Mit einer anderen hätte er bestimmt auch tagsüber besser gewirkt, aber ich vermutete, dass die Modellauswahl aufgrund seiner unglaublichen Dioptrienzahl herstellerseitig auf ein wirtschaftlich vertretbares Minimalmaß reduziert worden war.

Ich schüttelte leicht fassungslos den Kopf. So hatte ich mir meinen Urlaub nicht vorgestellt, und wenn es keine andere freie Hütte gab, ahnte ich schon, wo Rainer ab sofort nächtigen würde. Ich atmete noch einmal tief durch, dann schaltete ich das Licht aus und träumte von Linda.

DIECIOCHO

Ich wachte nur mühsam auf, als der Wecker klingelte. Mein erster Gedanke galt Linda. Fazit: Diese Frau schien mich zu beschäftigen, trotz Ur-Mann-Coolness. Mein zweiter Gedanke war: Rainer. Ich drehte mich zur Seite. Immerhin, der war noch da und hatte in der Zwischenzeit keine anderen Dinge mehr in Brand gesetzt. Duschen musste ich trotzdem. Es war schwül und heiß, selbst am frühen Morgen schon. Ich ließ mich in meiner Nasszelle beträufeln und stellte zu meiner Zufriedenheit fest, dass mein Plan, Kriechtiere, Nager und sonstige Schädlinge vom Eindringen in meine Behausung abzuhalten, aufgegangen war – das Handtuch im Abfluss schien seinen Auftrag ernst zu nehmen.

Ich sah auf die Uhr. Zwanzig nach acht. Noch genug Zeit für ein Frühstück. Meinen Besuch bei Silberman wollte ich gestärkt begehen. Also weckte ich Rainer. Zumindest hatte ich es vor, aber als ich sein zerknittertes Gesicht erblickte, das eine stoffliche Einheit mit den zerdrückten Kissen eingegangen war, hielt ich inne. Sollte ich ihn liegen lassen? Ich beschloss: Ja, der sollte ruhig seinen gestrigen Rausch ausschlafen. Bei Silberman wollte ich ihn ohnehin nicht dabeihaben. Leise zog ich die Hüttentür zu und machte mich auf den Weg zum Frühstück im Hauptrestaurant, wo das *Breakfast*büfett auf derselben holzbeplankten Terrasse bereitgestellt wurde wie gestern Abend das Dinner. Zumindest versprach das der Clubprospekt.

Zuerst allerdings wollte ich mir Rainers brandgeschädigte Behausung ansehen, damit ich überhaupt wusste, welches Ausmaß an Zerstörung ich dem sympathischen Clubchef zu beichten hatte. Ich schlenderte durch die Anlage, die Sonne brannte mit morgendlicher Kraft auf mich herab, Vögel und andere Tropentiere brachten mir ein Konzert dar. Es hätte alles so besinnlich und schön sein können, so ruhig und erholsam.

Dann stand ich vor Rainers *cabina* und war erstaunt. Von vorne sah man kaum etwas. Gut, wenn man wusste, dass hier ein Feuer ausgebrochen war, deutete man das leicht geschwärzte Dach und auch die verkümmerte schwarze Palme, welche die Hütte überragte, als Brandschaden und nicht als Resultat natürlichen Verfalls, aber wenn man es nicht wusste?

Ich blickte mich um und ging auf die Rückseite der Behausung. Niemand war zu sehen, auch kein Reinigungspersonal, das im Mucho Gusto ohnehin die Ruhe weg hatte und mehr lachte als putzte, wie es schien. Okay, von hinten war der Anblick der Hütte nicht mehr ganz so unverfänglich. *El sueño tropical*? Der Tropentraum war für diese Bleibe leider definitiv ausgeträumt. Palmwedel lagen verkohlt auf dem Boden, direkt neben einem guten Dutzend Bierflaschen der heimischen Marke Imperial. Rainer hatte ordentlich gezecht. Die Terrasse selbst sah aus wie ein Bootsanleger aus Wikingerzeiten, dessen Stümpfe man aus dem Meer geborgen und mit einer Teerlösung für die Ewigkeit konserviert hatte. Die Scheiben der Terrassentür waren von der Hitze des Feuers zerborsten.

Dann betrat ich die Hütte. Drinnen müffelte es wie in einer Räucherei. Ich sah ein großes Loch im Strohdach, durch das der Regen freundlicherweise eingedrungen war und das Feuer hatte löschen können. Rainer hatte echt Schwein gehabt.

Was tun? Ich ersann einen Plan. Er war etwas einfach strukturiert, aber wahrscheinlich effektiv. Kurzerhand griff ich mir das signalrote und zum Glück unversehrte Schild mit der Aufschrift »*¡No molestar! Do not disturb!* Nicht stören!« von der Klinke, öffnete die Tür an der Vorderseite der Hütte und hängte es außen an. Dann trat ich einige Schritte zurück und betrachtete den Gesamteindruck. Das könnte klappen, zumindest bis zum Abreisetag. Ich war sicher, dass alle Bediensteten dieser Bitte um Ruhe liebend gerne Folge leisten würden, denn wenn die etwas richtig gut konnten, dann war das, durch unterlassene Arbeit nicht zu stören. Zumindest war das mein Eindruck.

Gegen kurz vor neun traf ich am Hauptrestaurant ein und entdeckte Bjørn, der alleine an einem Tisch mit Gartenblick unter einem leuchtend roten Sonnenschirm saß. Vor ihm befand sich ein unfassbar großer Haufen Omeletts aus bestimmt einem guten Dutzend Eiern, von dem er aber schon einiges verspeist zu haben schien, und zwei Becher eines schaumigen Mixgetränkes. Er sah nur kauend auf, als ich näher trat und mich zu ihm setzte.

»Morgen.«

»Hm.«

»Alles klar?«

»Hm.«

»Gut, das Omelett?«

»Hm.«

»Ich hole mir auch was. Bis gleich.«

»Hm.«

Ich kam mit einer Eierspeise zurück, die von der Menge her allerdings nur etwa einem Drittel von Bjørns entsprach, sowie mit einem Milchkaffee und einem Orangensaft, den man hier eisgekühlt und frisch gepresst bekam, wie ich ihn besonders liebte.

»Was ist das?«, fragte ich den heute Morgen auffallend wortkargen Norweger und nippte an meinem Kaltgetränk.

»Sportsman.« Bjørns Stimme klang, als hätte ich ihn gerade beim Auswendiglernen der Zahl Pi gestört.

»Aha. Und das ist?«, hakte ich nach.

»Rohe Eier, Grenadine und O-Saft.«

»Rohe Eier?«

»Hm.«

Der war ja richtig sauer. Plötzlich dämmerte es mir. Ich zählte Ei und Ei zusammen, und plötzlich war mir klar, was das zu bedeuten hatte.

»Hör mal, Bjørn«, begann ich behutsam. »Es gibt ein Alter im Leben eines Mannes, das hat Gott für … für … für … sagen wir einmal dafür vorgesehen, seinen Enkeln etwas vorzulesen oder Rosen zu züchten, und nicht, um noch …«

Bjørns Augen funkelten zornig. Seine schlohweißen Haare bebten. »Ich hab aber keine Enkel und keine Rosen. Und ich esse so viele Eier, wie ich will.«

Wie sollte ich dem erstaunlich fidelen und vitalen Mittachtziger beibringen, dass es, wie rüstig auch immer er sich fühlen mochte, weltweit nicht genug Eier gäbe, damit er noch Enkel zeugen beziehungsweise die körperliche Tätigkeit bis zum krönenden Abschluss vollführen konnte, welche die Grundlage zur Zeugung von Nachkommen bildete?

»Hauptsache, es schmeckt«, kommentierte ich ratlos.

Bjørn legte die Gabel aus der Hand, trank den Eier-Grenadine-O-Saft-Drink in einem Zug leer, knallte das Glas auf den Tisch und sagte mit sportsmantropfendem Bart: »Wusstest du, dass Leonardo da Vinci noch mit einundachtzig Jahren einen Sohn gezeugt hat?«

»Nee, wusste ich nicht. Hat der auch rohe Eier getrunken?«

»Vielleicht«, fauchte Bjørn, »aber mit Sicherheit hat der nicht mit einem Klugscheißer wie dir gefrühstückt. So, ich geh jetzt zur Massage!«

Damit stand er auf und durchmaß die Terrasse mit riesigen Schritten in Richtung *Wellness & Spa*. Irgendwie tat er mir leid. Auch wenn ich rund fünfzig Jahre jünger war als er, so war es bestimmt kein Unterschied, ob man wollte und nicht durfte oder wollte und es nicht mehr lief. Das Resultat war dasselbe, nämlich keines, das Frohsinn verbreitete.

Ich frühstückte zu Ende, dann machte ich mich auf zu Silbermans Büro. Auf dem Weg kam ich an einer Gruppe von Menschen vorbei, die unter einer Art Veranda mit Fliesenboden zu Hardcore-Technoklängen von mindestens hundertsiebzig bpm in knappen Klamotten herumhopsten. Ein im clubtypischen Design gefertigtes Schild mit der Aufschrift *Body & Mind* verriet, dass hier wahrscheinlich auch meditiert wurde, zumindest zu anderer Stunde. Das Publikum war im Schnitt ziemlich jung und sportiv, weshalb ich weder meinen Vater noch Renate entdeckte. Wo die sich herumtrieben, wusste ich nicht. Ich würde sie nach der Unterredung mit dem Clubchef suchen und sie über Rainers ungewollten Hüttenbrand informieren.

Ich drehte mich um und wollte gerade weiter, da stieß ich fast mit einer jungen Frau zusammen. Mir stockte der Atem. Es war die Frau aus der Empfangshalle, dieselbe, mit der mein Vater gestern Abend in der Bar geredet hatte.

»Hallo!«, sagte sie. Was für eine Stimme. Wow!

»Hallo!«

»Wolltest du beim Aerobic mitmachen?« Sie lächelte verführerisch.

»Nee, das ist nicht so meins«, gab ich zurück. »Schwimmen und Laufen schon eher.«

Sie hingegen *wollte* ganz offensichtlich beim Aerobic mitmachen, denn ihre außerordentlich ansprechende Figur steckte in nahtlosen, hautengen Sportklamotten. Ich schätzte den Stoff-Haut-Koeffizienten auf weniger als dreißig Prozent. Ihr Haar hatte sie zu einem Pferdeschwanz gebunden, und die etwas zu stark geschminkten Augen leuchteten tatsächlich smaragdgrün.

»Ganz schön schwül heute«, sagte ich.

»Ich schwitze ganz gerne.«

»Oh ja«, murmelte ich und schob rasch nach: »Ich heiße übrigens Torsten.«

»Ich weiß«, antwortete sie und lächelte, dass man ihre leuchtend weißen Zähne sah, bei deren Farbe sie bestimmt nachgeholfen hatte. »Dein Vater hat mir gestern von dir erzählt. Ich finde einen erfolgreichen Bestsellerautor mit Landgut in Schweden sehr sexy. Ich bin Chantal.«

Auch das noch!, hätte ich am liebsten laut ausgerufen, denn diese Frau verkörperte alles, was sich nach männlicher Vorstellung hinter einem wohlklingenden französischen Namen verbergen musste. Wie sie allerdings auf Bestsellerautor mit Landgut in Schweden kam, wusste ich nicht. Mich beschlich der Verdacht, dass mein Vater ein wenig übereifrig gewesen war. »Angenehm«, sagte ich und hielt ihr die Hand hin, die sie ergriff.

Sie hielt sie fest, aber nicht zu fest. War das ihr Puls oder meiner, der da pochte? Na, komm, fall doch gleich über sie her!, rief Linda in meinen Gedanken, und ich zuckte zusammen. Da rief mein Vater (ebenfalls in meinen Gedanken und mit einer Art Teufelskostüm ausgestattet): Genau! Schnapp sie dir! Nimm mit, was geht, Junge. Hau rein!

Dabei wollte ich doch bloß meine Ruhe.

»Nein«, sagte ich halblaut.

Sie sah mich leicht verstört an. »Was?«

»Äääh … Ja … Nein, was ist es schon spät! Ich wollte noch zum Clubchef.«

Chantal lächelte. »Dann geh mal, Bestsellerautor. Wir sehen uns später. Magst du Wein?«

»Ja, ja, ich … klar mag ich Wein.«

»Schön.« Sie hob die Hand zum Gruß und winkte mir federleicht zu, bevor sie ihren Traumkörper zur *Body & Mind-Area* bewegte, wo ein Animateur gerade mit einem lauten *»¡Ahora Zumba!«*-Ausruf den Inhalt der nächsten schweißtreibenden Bewegungsstunde ankündigte.

Chantal.

Bestsellerautor mit Landgut in Schweden.

Mein Vater würde mir einiges erklären müssen.

Die Zumba-Musik donnerte los, und ich ging weiter.

Ich erreichte die Empfangshalle nach wenigen Minuten. Schon während ich eintrat, drangen vertraute Klänge an mein Ohr.

»Ach, un des muss unbedingt sei, odder was? Mer müsse ums Verrecke in den deppe Wald latsche, um uns Vöschel un annere Viescher anzuschaue? Un des für fast hunnert Dollar pro Nas?«

»Ei, wann mer schon emal hier sin?«

»Des können mer aach im Frankfotter Zoo hawwe. Des kost nett emal 'n Zehntel, un da gibbs aach Frankfotter Wörschtsche.«

»Manschma fraach isch misch, waum isch son Simpel wie disch geheiert hab.«

»Von wesche Simpel. Du hättst besser aan Mann ohne Füß un Hirn geheiert, den hättste iwwerall mit hie schleppe könne.«

»Na ja, außer mit dene Füß hat des bei dir ja aach geklappt, weil isch dein Hirn bis heute noch net gefunne hab, wenischtens net in daam Kopp …«

Ich machte einen großen Bogen um Kall-Hainz und Gerdda. Dem mit Verve und in kristallklarem Hessisch vorgetragenen Dialog entnahm ich, dass diese beiden auch eine der anstehenden Dschungelexkursionen erleben wollten. Wie schön! Gerdda würde sich durchsetzen, davon war ich überzeugt, und ich hatte unabhängig davon beschlossen, Rainer, Bjørn, meinen Vater und Renate (die sich ja auch durchgesetzt hatte) in den Urwald zu begleiten. Wie Gerdda eben schon treffend sagte: Wenn man schon einmal hier war …

Das Gebabbel wurde leiser, und auch die Clubangestellte hinter dem Tresen, deren Gesicht aufgrund der für sie vollkommen unverständlichen Laute aus Hessen einen Ausdruck von absoluter Hilflosigkeit angenommen hatte, ließ ich hinter mir. Stattdessen bog ich um die Ecke in einen Gang, der von der Halle wegführte. Schlingenware mit Dschungelmotiven dämpfte meine Schritte, goldene Pfeile versprachen, dass dies die Richtung sei, die man einschlagen müsse, um wahlweise zum *Sports & Fitness Manager*, zum *Guest Relation Manager* oder zum *Chief Club Manager* zu gelangen. Die Türen mit den entsprechenden Schildern reihten sich auf der linken Seite des Ganges auf. Am Ende des Flurs stand ich vor einer Tür mit der Beschriftung *Chief Club Manager David A. Silberman*. Ganz gleich, was in seinem Pass und seiner Geburtsurkunde auch eingetragen sein mochte, ich hatte eine klare Vorstellung, wofür das »A« in Silbermans Namen stehen musste, auch wenn seine Eltern bei seiner Taufe sicherlich etwas anderes im Sinn gehabt hatten.

Ich klopfte.

Nichts.

Ich klopfte ein zweites Mal.

Wieder nichts.

Ich sah auf meine Uhr.

Kurz nach zehn. Typisch deutsch, dachte ich schmunzelnd und setzte mich auf einen der drei Stühle vor dem Büro.

Ich wartete verhältnismäßig geduldig. Als jedoch weitere zehn Minuten vergangen waren, erhob ich mich wieder. Auch nach erneutem Anklopfen kam keine Reaktion von drinnen. Vermutlich war Silberman nicht da. Um ganz sicherzugehen, drückte ich die Klinke nach unten und stellte zu meiner Freude fest, dass das Büro nicht abgeschlossen war.

Warum ich den Raum betrat, wusste ich selber nicht. Neugier? Was hoffte ich zu finden? Etwas, das Silberman belastete, zum Beispiel eindeutige Nacktfotos von ihm mit einer tropischen Schönheit? Doch irgendetwas in mir (ich glaube, es war mein Bauchgefühl) sagte: »Geh rein!« Ich schloss die Tür hinter mir und sah mich um.

Das war gar nicht so einfach, denn schwere, lichtundurchlässige Vorhänge waren so weit vors Fenster gezogen, dass das Tageslicht nur etwa einen handbreiten Spalt hineinfiel. Weiter aufziehen wollte ich sie lieber nicht, denn das hätte man sicher von draußen gesehen. Nachdem sich meine Augen etwas an die Dämmerung im Zimmer gewöhnt hatten, wurde mir klar, dass es sich nicht um ein normales Chefzimmer handeln konnte. Ich hatte nicht nur einen Schreibtisch aus dunklem Holz erwartet, hinter dem Silberman den devot vorgetragenen Anliegen der Gäste und Angestellten lauschte, sondern auch eine gewisse Ordnung.

Das mit dem dunklen Schreibtisch stimmte, aber der Rest erinnerte mich eher an eine Mischung aus dem Inhalt einer durchschnittlichen Damenhandtasche und der Requisite eines naturkundlichen Museums. Entweder war Silberman ein großer Fan der lokalen Fauna und Flora und zudem ein extremer Schlampsack, oder er hatte ein eigenes komplexes Ordnungssystem entwickelt, in dem nur er und Eingeweihte sich zurechtfanden. Wie auch immer – es passte zu ihm und seinem nur leidlich gepflegten Äußeren.

An der Wand hingen unzählige Schaukästen mit aufgespießten Insekten, Kleinreptilien, getrockneten Blättern, Stängeln und Früchten von Pflanzen, die ich noch nie zuvor gesehen hatte, zumindest weder in Schweden noch im Rhein-Main-Gebiet. Der besagte dunkle Schreibtisch war überhäuft mit Kladden, Ordnern und Notizen, zwischen denen der Monitor eines Computers herausragte wie eine Klippe aus dem tosenden Papierozean. An der Wand hing eine Schusswaffe, ein Gewehr mit mittelfingerdickem Kaliber. Sie verunsicherte mich, gelinde gesagt. War sie alt? War sie Zierrat? War sie funktionstüchtig, und wenn ja, zu welchem Zweck wurde sie verwendet?

Gerade wandte ich mich zum Gehen, da fiel mein Blick auf eine Landkarte, die mit Tesafilm an die Holztür geklebt war. Interessiert trat ich näher. War es nicht so eine gewesen, die Gonzales gestern Abend Ramirez vor die Füße geworfen hatte? Das Format war dasselbe, bildete ich mir ein, und sie zeigte den Club und seine nähere Umgebung. Ihr Maßstab war so gehalten, dass eine Daumenlänge etwa zwanzig Kilometern entsprach. Manche Gebiete des angrenzenden Gandoca-Manzanillo-Nationalparks waren rot eingekringelt. Daneben waren in kleiner Schrift Jahreszahlen notiert, von denen manche mit Fragezeichen versehen waren. Ich konnte mir keinen Reim darauf machen. Rechts auf der Landkarte befand sich ein kleiner Lageplan des Clubs.

Hastig durchwühlte ich den Papierhaufen auf Silbermans Schreibtisch. Nach einiger Zeit fand ich tatsächlich einen Kugelschreiber, den ich mit zur Tür nahm. Dann zog ich aus meiner Hosentasche den Mucho-Gusto-Prospekt, der eine ganz ähnliche Überblickskarte vom Club und seiner Umgebung enthielt. Ich übertrug die Jahreszahlen von der großen Karte in den Prospekt. Vielleicht war ich tatsächlich auf ein Geheimnis gestoßen? Oder hatte mich Rainer mit seinem irrsinnigen Geschwätz und seinen paranoid-politischen Wahnvorstellungen angesteckt?

Stopp! Ich war vor allem hier, um auszuspannen. Also beschloss ich, erst mal keine verworrenen Ideen zu sammeln, denn das lenkte nur ab, wie die Gedanken bei einer Meditation. Es galt, den Kopf frei zu bekommen, das war das Gebot der Stunde.

Es ärgerte mich, dass Silberman nicht zu unserer Verabredung gekommen war. Ich faltete den Clubprospekt mehrfach zusammen und steckte ihn in die Hosentasche. Dann warf ich noch einen letzten Blick auf die Landkarte an der Türinnenseite. Dabei entdeckte ich eine kleine Illustration am Rand. Interessiert trat ich näher und beugte mich vor. Es war das Abbild eines kleinen Reptils, vermutlich ein Krokodil oder Kaiman. War das gedruckt oder einfach nur ziemlich gut gezeichnet? Ich konnte es nicht mit Gewissheit sagen, und mit einem speichelbefeuchteten Finger darüberzuwischen, so wie man es mit den Unterschriften von irgendwelchen Einladungen macht, um zu prüfen, wie wichtig man den Gastgebern wirklich ist, wollte ich auch nicht. Vielleicht hatte es der selbstgefällige Onkel Silberman mit Mühe und spitzer Tuschefeder selbst skizziert, und ich würde sein Werk damit für immer zerstören.

Aber was war das? Ich beugte mich noch weiter vor. Mir sprang ins Auge, dass dieses Krokodil gestreift war. Gestreift? Was für ein Humbug! Und dann sprang mir noch etwas ins Auge.

Die Tür.

Sie flog plötzlich mit Schmackes auf und mir direkt an den Kopf. Ich taumelte mehr vor Schreck als Schmerz rückwärts und fiel relativ uncool auf den Hosenboden.

DIECINUEVE

»*What are you doing in my office?*«

Über mir stand David A. Silberman. Er hatte die Hände in die Hüften gestemmt und sah irgendwie befremdet aus, dass ich in seinem Büro eine für ihn nicht nachvollziehbar lange Zeit verbracht hatte. Meine Gehirnwindungen arbeiteten auf Hochtouren, bis mir endlich eine Idee kam.

Ich rieb mir den Kopf und sagte: »Auaaa, *damned, my head*. Ich glaube, ich bin schwer verletzt.« Silberman war doch Amerikaner und sollte daher wissen, dass ihn das in den Staaten vermutlich jetzt mehrere Millionen Dollar Schmerzensgeld sowie eine lebenslange, fünfstellige, monatliche Leibrente gekostet hätte, nur weil er a) versäumt hatte, anständig an die Tür zu klopfen, bevor er eingetreten war, und b) innen kein Schild mit einer Aufschrift wie: »*Extreme Danger! Watch your head! Door can be opened suddenly!*« angebracht war.

»Pünktlichkeit ist eine Tugend«, sagte ich, als ich bemerkte, dass mein erster Ansatz nicht griff.

Doch Silberman hatte offenbar schon zu lange in Mittelamerika gelebt, wo die Uhren anders tickten. Ungerührt von meinen subtilen Ablenkungsmanövern und meiner ungelenken Sitzposition lief er an mir vorbei zum Fenster und riss die Vorhänge auf, sodass das Licht mit einem Mal den gesamten Raum erfüllte. Dann drehte er sich erbost um.

»Sie habbe in *my office* herumgeschnuffelt. Was fällt Ihne ein?«

Ich erhob mich.

»Ich habe nicht in Ihrem Office herumgeschnüffelt, Mister Silberman. Wir waren um zehn Uhr verabredet, um über ein Problem zu sprechen, das ich mit meiner Unterkunft habe. Jetzt ist es ...«, ich sah noch mal auf meine Armbanduhr, diesmal erheblich theatralischer, »... bald halb elf. Ich habe lediglich in Ihrem Büro auf Sie gewartet. Es war ja nicht abgeschlossen, und ich dachte nicht, dass Sie so spät kommen würden. Gibt es denn einen Grund, warum man in Ihrem Büro herumschnüffeln könnte?«, fügte ich an und versuchte dabei, den unauffälligen Gesichtsausdruck eines Nick Knatterton nachzuahmen.

Ob mir das gelang, wusste ich natürlich nicht, dennoch war ich stolz auf mich. Ich hatte Silberman den kompletten Wind aus den Segeln genommen. Er stand jetzt etwas ratlos vor mir und setzte sich schließlich in seinen schwarzen Chefsessel.

»*Well*, vergesse wir das. Was habbe Sie fur eine Problem? Mit die *cabina*, sage Sie?«

»Meine Unterkunft ist miserabel, Mister Silberman.«

Der Clubchef in seinem Clubchefsessel zog eine Akte aus dem Papiermeer an Land und schlug sie auf. *»El corazón del bosque«*, bemerkte er bedächtig, »*yes, this cabin is* eine wenig *out of* die Clubniveau.«

»Mister Silberman«, hakte ich ein und machte einen Schritt auf den Schreibtisch zu. »Diese Hütte befindet sich ungefähr einen Kilometer außerhalb des Clubniveaus, obwohl das fast schon eine Kunst ist. Das Bad ist eine Katastrophe, das Klo ist eine Bretterbude, die fast schon im Urwald steht, und der Strom fällt ständig aus. *This cabin is a big shit!*«

Silberman klappte die Akte zu und lehnte sich im Clubchefsessel zurück. Seine Selbstgefälligkeit war zurückgekehrt. »*Maybe*«, sagte er, »aber *this cabin is also very cheap*. Hat Ihne die Reiseburo nix gesagt, *what's about* die Hutte?«

Grinste der? Es wirkte so. »Doch, die Dame vom Reisebüro hat angedeutet, dass es einen Rabatt gibt, weil das Clubniveau hier nicht ganz gehalten wird, aber nicht, wie die Zustände wirklich sind«, sagte ich. »Ehrlich gesagt ist die Hütte nicht *cheap enough*, nicht für Stromausfall und ohne richtiges Bad und Klo. Das Telefon geht ja nicht mal, wenn der Strom ausnahmsweise funktioniert.«

»Okay«, sagte er und beugte sich geschäftstüchtig vor. »Wie viele Rabatt wolle Sie?«

»Kein Rabatt, ich hätte gerne verlässlichen Strom und eine anständige Waschgelegenheit, das ist alles! Ich möchte eine nette *cabina* und ansonsten einfach meine Ruhe.«

»Aaargh, das habbe isch *completely* vergesse. Sie sinde ja eine beruhmte Schriftsteller.« So hämisch hatte das nicht einmal mein Vater je zu sagen gewagt. Trotz meines strengen Vorsatzes, nicht an den neuen Roman zu denken, wünschte ich mir in diesem Augenblick von ganzem Herzen, dass sich eine lustige Passage als Realität manifestierte, in der nämlich Silberman ein gesuchter Schwerverbrecher war, der gleich von einem Costa-Rica-SEK zu Boden geworfen, in Ketten gelegt und mit der dschungelgrünen Minna in den nächstgelegenen Steinbruch verfrachtet wurde. Dort würde er die kommenden zehn Jahre aus mittelgroßen kleine Kiesel klopfen müssen, und zwar mit seinem Kopf.

Es passierte aber leider nichts von alledem, außer dass Silberman in unerträglicher, beinahe schon beleidigender Ruhe weiterredete. »Wir habbe keine *other cabina* frei inne Augenblick, *Mister Netsnyder* …«

»BRETTSCHNEIDER!«

»*… oh, yes*, naturlisch, *sorry, Mister* Schriftsteller *Bredsnyder. Anyway*, isch kann inne Moment nix mache. Vielleischt *next week*, wenn eine paar von die Gaste abreise, da muss isch gucke in die *reservations*. Isch *cannot promise it, of course.*«

»*Of course* nicht«, wiederholte ich zähneknirschend und musste mich beherrschen, diesen Menschen nicht lautstark und unter Zuhilfenahme würgender Hände vom Irrtum seiner Überheblichkeit zu überzeugen.

Aufgrund meines subtilen Verschleierungsplans mit dem »Nicht stören!«-Schild an Rainers Hüttentür brauchte ich nun Clubchef Silberman den Verlust der *cabina* nicht mehr schonend beizubringen und das gestrige Malheur so darzustellen, dass Rainer keine allzu großen Repressalien zu erwarten hatte. Das Unwetter der gestrigen Nacht hatte ich als meinen Verbündeten für den Zeitpunkt auserkoren, an dem es zur Aufdeckung des Brandes kommen würde. Rainer hatte von Donner erzählt, der ja in aller Regel mit Blitz einherging. Und Unwetter mit Donner gleich Unwetter mit Blitz, Blitz gleich Blitzschlag, Blitzschlag gleich potenzieller Hüttenbrand. So mein Kalkül.

Doch selbst *wenn* ich vorgehabt hätte, Silberman jetzt schon die Wahrheit zu beichten, es wäre mir nicht gelungen. Denn schon wieder sprang die Tür auf.

»Hilfe, Hilfe! Kommen Sie schnell! Im Schwimmbad ist ein Krokodil!«

Spielten mir meine Sinne einen Streich? War das tatsächlich die zarte Stimme eines deutschsprachigen Kindes?

»*What the f…? I mean*: Wie bitte?« Silberman wirkte ziemlich überfordert.

»Haben Sie nicht gehört? Im Swimmingpool ist ein Krokodil! Sie müssen sofort mitkommen!«, wiederholte die Kleine, die niemand Geringeres als Vanessa-Elektra war.

»Eine *crocodile*?«

»Ja, hab ich doch gesagt, ooo Mann!«, zickte Zicki zurück.

»Was redest du da fur eine Quatsch, *little girl*?«

»Gar kein Quatsch!«, empörte sich Mademoiselle. »Kommen Sie jetzt endlich, sonst halte ich die Luft an!«

Silberman erhob sich und kam schwerfällig um seinen vollgepfropften Schreibtisch herum. »*We are* fertig, oder?«, fragte er mich.

»*Completely*«, sagte ich und folgte ihm und Vanessa-Elektra nach draußen.

Wir flitzten durch die Rezeptionshalle, die wie ausgestorben dalag, und traten ins Freie. Ich folgte dem ungleichen Paar hinab zum Pool, der zwischen Gastrobereich und Strandterrasse gelegen war. Das Becken war von bestimmt hundert Personen eingekreist, Gästen und Angestellten, und hätte ich nicht gewusst, dass dort ein Krokodil seine Bahnen zog, hätte ich ein Wasserballturnier der Putzfrauen, ein Wettschwimmen zwischen Fozzie Bär und anderen Fabelwesen oder eine ähnliche Attraktion vermutet.

Rechts auf einer kleinen Holzbrücke, die den Erwachsenenbereich vom Kinderbecken optisch abtrennte, erblickte ich meinen Vater, Renate, den auferstandenen Rainer und sogar Bjørn, der wahrscheinlich aufgrund seines mittlerweile vierstelligen Cholesterinspiegels keinen Mittagsschlaf mehr machen konnte und daher lieber zwei, drei Kokospalmen ausgerissen oder einen Jaguar mit der Hand gefangen hätte. Meine Leute sahen mich kommen und winkten mich zu sich. Ich hatte Glück, denn sie hielten diesen nahezu optimalen Aussichtspunkt für mich besetzt, und so bekam ich die Gelegenheit, einen unverstellten Blick ins Schwimmbad zu werfen.

Ich sah Wasser, blaue Fliesen und vor allem eine Menge Menschen am Beckenrand.

Aber kein Tier, geschweige denn ein Krokodil.

»Wo ist es denn?«

»Da«, sagte mein Vater und deutete in die rechte Ecke des Schwimmbades.

»Der kleine dunkle Strich da?«

»Was denn sonst?«

»Ich dachte eher an ein richtiges Krokodil, mit Zähnen und so«, wagte ich enttäuscht anzumerken. »Das ist ja kaum größer als ein Dackel.«

»Es ist halt noch jung«, erklärte mir mein Vater entnervt, als wäre ich ein ungelehriger Schuljunge.

Mit einem Mal bewegte sich der Strich ziemlich flott und elegant auf uns zu, ganz als wolle das Miniaturkrokodil beweisen, dass es schon groß sei. In der Tat. Als es näher kam, sah ich, dass es zwar noch klein war, aber lange nicht so klein, wie ich gedacht hatte. Ich schätzte es auf knapp einen halben Meter. Doch warum hatte es seinen natürlichen Lebensraum gegen eine Clubanlage für Pauschaltouristen getauscht?

»Wie kommt das denn hierher!«, wunderte ich mich.

Und ich war nicht der Einzige, der das ungewöhnlich fand. Um uns herum ertönten faszinierte »Aaahs!« und »Oooohs!« Einige Gäste hatten auch schon ihre Handys vor sich und versuchten, ihre ganz persönlichen YouTube-Blockbuster zu drehen oder wenigstens ein paar unvergessene und schlecht belichtete Handyfotos für das elektronische Urlaubsalbum zu schießen. Unter den Zuschauern sah ich auch Chantal in einem supersexy Bikini. Sie hatte sich zwischen den Leuten bis zum Rand des Pools durchgeschlängelt und winkte mir zu, als sie mich sah. Zwischen ihr und Vanessa-Elektra stand deren Mutter Petra und starrte nun ebenfalls auf das Krokodil. Auch sie schoss Bilder, und zwar mit einer auffallend guten Kamera.

Das Krokodil vollführte unterdes ein paar schwerelose Kapriolen im Wasser, tauchte ab und wieder auf, dann entfernte es sich und schwamm hinüber zu der Seite, wo Silberman und sein Gehilfe Minipli-Fernando standen und das Tierchen mit ihren Blicken fixierten.

»In diesem Geschöpf ist etwas Göttliches und Erhabenes«, murmelte Renate und schloss die Augen, wahrscheinlich um die Reptilienvibrations in sich aufzunehmen, die aus dem Kosmos auf sie herabrieselten.

»Genau«, pflichtete Rainer ihr bei. »Jedes Wesen kann ein Katalysator und Transmitter der menschlichen Seele sein, ne. Ich hatte an der Uni mal ein Mensch-Tier-Seminar, wo wir mit Maulwürfen und Nacktmäusen bei den introvertiertesten Probanden super Erfolge hatten.«

Doch keiner hörte ihm zu, denn alle blickten gespannt

auf das Clubleitungsduo. Fernando Gonzales bugsierte gerade mit wippenden Löckchen einen Kescher ins Wasser und versuchte, das kleine Krokodil einzufangen. Silberman hingegen tat das, was er am besten konnte: wichtig aussehen. Mit einer kraftvollen Bewegung stülpte Gonzales dem ahnungslosen Tier das Netz von hinten über und zog es unter Applaus der umstehenden Touristen aus dem Wasser. Silberman hatte sein Tausenddollarlächeln keineswegs im Büro vergessen, sondern strahlte siegesverwöhnt in die Runde. Beide sahen aus, als hätten sie das nicht zum ersten Mal gemacht. Silberman lächelte sicher schon jahrelang so dämlich, und was Fernando Gonzales anging, so mutmaßte ich, dass wahrscheinlich jeder costa-ricanische Junge während seiner Kindheit das Krokodilfangen mit Hand und Kescher erlernte.

Aus dem Getümmel hörte ich Vanessa-Elektra kreischen: »Es ist meins, es ist meins, ich habe es zuerst gesehen. Darf ich es behalten, Mama? Es hat schon einen Namen! Es heißt Fridolin von Kroko! Ich will es mit nach Hause nehmen!« Ihr Gebrüll ging jedoch im allgemeinen Jubel unter. Vanessa-Elektras Mutter würde es wohl nicht leicht haben, ihrer Kleinen, die sonst bestimmt alles bekam, worauf sie zeigte, beizubringen, dass es diesmal anders war.

»Die sind ja gut ausgerüstet«, sagte mein Vater unvermittelt und nickte zur anderen Seite des Pools hinüber. Er hatte recht. Dort waren nämlich zwei Angestellte mit einer Kunststoffkiste aufgetaucht, wie man sie aus den beliebten Zoosendungen im Fernsehen kennt oder auch vom feuchtfröhlichen Picknick mit Freunden.

»Logo sind die oberstkrass gut ausgerüstet, ne, weil das nämlich die Unterdrückertruppen von Silberman sind, ne!«, kommentierte Rainer leise, aber sichtlich erregt. »Voll militarymäßig!«

»Du redest einen unglaublichen Schwachsinn«, stellte mein Vater im Tonfall eines diagnostizierenden Facharztes fest.

Soeben wurde das Krokodil aus dem Kescher in die Transportbox gesteckt und von den beiden Clubangestellten davongetragen. Fernando Gonzales folgte ihnen.

»Auf den Spuren des kosmischen Krokodilkarmas«, fabulierte Renate und setzte mit geschlossenen Augen ein zur Empfängnis geistiger Erleuchtung bereites Gesicht auf.

Ich hingegen beschloss, mich an den Strand zu begeben, um auf einer bequemen Liege etwas von der gestrigen Nachtruhe nachzuholen, die mir von Rainer geraubt worden war.

VEINTE

Doch mir fehlte noch die geeignete Badebekleidung, denn die lag in meiner Hütte. Auf dem Weg zu meiner *cabina* durchquerte ich die Rezeption, wo mir eine als Aracari verkleidete Animateuse den Entertainment-Wochenplan des Mucho Gusto in die Hand drückte, der heute neu herausgekommen war.

Zuerst lehnte ich dankend ab, denn ich würde ja wahrscheinlich außer an der Dschungeltour ohnehin bei keiner Veranstaltung teilnehmen, doch dann fiel mir ein, dass es vielleicht gar nicht ungeschickt wäre zu wissen, was in den kommenden Tagen angeboten wurde. Auf ein paar Minuten kam es ja nicht an. Also setzte ich mich auf einen braunen Ledersessel und studierte den Prospekt. Neben den täglichen Events, die aus diversen Essen und Sportveranstaltungen bestanden, wurde das Highlight schlechthin in drei verschiedenen Sprachen angepriesen: die Aufführung von *Der König der Kaimane*, bei der Rainer ja die Rolle als Sumpfgrasbüschel übernommen hatte.

Das versprach lustig zu werden, und ich freute mich jetzt schon auf die deutschen Dialoge und noch mehr auf Rainers Auftritt. Ich war gespannt, was er aus seiner anspruchsvollen Rolle alles herausholen würde. Hofnarr bei *König Lear* konnte jeder, aber Sumpfgrasbüschel beim *König der Kaimane*? Das war echt lässig!

Doch auch die weiteren Programmpunkte versprachen

gute Unterhaltung, wenigstens, wenn man sie gedanklich mit den richtigen Menschen besetzte. Nett klang zum Beispiel das für heute Abend anstehende Langusten-Beach-Barbecue mit anschließender Open-Air-Disco-Nacht unter dem Motto *Besos de las estrellas* – Sternenküsse.

Und was war mit der Dschungeltour von Dienstag bis Donnerstag? Eigentlich reizte mich das ja, und eigentlich hatte ich es ja auch schon beschlossen. Hier im Club waren mir Ruhe und Entspannung anscheinend nicht vergönnt, dann vielleicht im Urwald? Und diese Führung klang allemal besser als die sogenannten Kreativtage am Strand, wo Frida, Freja und andere Damen höchstwahrscheinlich irgendwelche Kaftane und Tropengewänder in Naturtönen batiken oder Mobiles aus getrockneten Bananenschalen basteln würden.

Ich erhob mich aus dem Ledersessel, steckte den Wochenplan in die Tasche, zwinkerte der Aracari-Frau noch mal freundlich zum Abschied zu und ging hinüber zu meiner finsteren Hütte am tropischen Waldrand.

Dort angekommen stieg ich in eine meiner noch in Schweden zum Extra-Super-Mega-Sale-Price erworbenen Badetrousers des hawaiianischen Superlabels Easy Seashore, zog mir meine dagegen richtig spießig wirkenden marineblauen Shorts über, schlüpfte in farblich passende Espadrilles sowie ein frisches T-Shirt ohne Aufdruck, bevor ich mich mit Handtuch und Rucksack auf den Weg zum Strand machte, den ich bis jetzt ja nur aus dem Clubprospekt und vom Hörensagen her kannte. Dort sollte es mir doch möglich sein, ein paar Stunden urlaubsmäßiger Erholung zu bekommen.

Auf dem Weg zum Meer musste ich allerdings wieder an Linda denken. Ich sah ihr Lächeln, ihr hübsches Gesicht vor meinem inneren Auge. Sollte ich sie doch noch mal anrufen? Der Ur-Mann in mir war müde. Sie fehlte mir.

»Hallöchen, ne! Alles klar?«

Ich erwachte aus meinem Taghalbtraum und sah auf.

Rainer stand lächelnd vor mir, hatte drei Bücher unter den Arm geklemmt und schob sich die dicken Gläser vor die Augen. In meiner Hütte, die jetzt auch seine war, hatte er sein Camouflage-Shirt außerdem gegen ein neues, orangenes getauscht. Es sah noch recht frisch gewaschen aus, allerdings prangte recht prominent ein riesiges stilisiertes und in Rastafari-Farben gehaltenes Cannabisblatt darauf, gekrönt von dem weithin sichtbaren Aufruf »Legalize it!«, von dem man bei Rainers Anblick sofort wusste, dass er das ernst meinte.

»Geht so«, sagte ich.

»Wieso? Was geht'n ab bei dir? Biste ungelockert unterwegs, oder was?«

»Ja, irgendwie ungelockert«, gab ich zurück. »Die vergebliche Suche nach Erholung und Frauen und so.«

»Verstehe«, sagte Rainer wissend. »Mit Frauen ist das so ein Ding, ne. Irgendwie sind die so menschenmäßig eine Ebene mit uns, aber dann wieder oberstkrass anders unterwegs, ne.«

»Voll oberstkrass anders unterwegs«, pflichtete ich ihm bei. Hegel, Kant oder sonst wer aus der Philosophenliga hätte das nicht besser auf den Punkt bringen können. Höchstens mit weniger Kopfnicken.

»Aber wegen Erholung und so, ne, da bin ich auch gerade unterwegs.« Er lachte glucksend und deutete auf die drei abgewetzten Bücher. »Die habe ich aus der Bibliothek vom Club, ne. Die ist echt okay, ne. Voll die kulturelle Vielfalt und so. Jetzt bring ich die hier zurück und hol mir neue.«

»Ich wollte eigentlich zum Strand, aber ich komme mit«, erklärte ich. Bibliothek klang nach größtmöglicher Ruhe.

Die Clubbücherei, von deren Existenz ich bisher gar nicht gewusst hatte, lag am Anfang des Weges vom Hauptrestaurant zum Strand und genau gegenüber vom Brülli-Club, der Abgabestelle für die lieben Kleinen. Erschreckend blechern-monotone Kindermelodien zum Mitgrölen für zarte Kehlen erschallten gedämpft aus den mit bunten Szenen aus Disneys Dschungelbuch bemalten Gemäuern. Vor dem Gebäude befand sich ein Spielplatz, der durch einen für Menschen unter eins zwanzig unüberwindbaren Sicherheitszaun von der Außenwelt abgetrennt war. Mehrere Betreuer versuchten eine heulende, schreiende, plärrende, rennende und flüchtende Schar Kinder unter Kontrolle zu bringen. Es gelang ihnen nur leidlich, und ich fand meinen Job trotz Schreibblockade in diesem Augenblick wieder ziemlich gut.

»Schön, dass du entdeckt hast, dass es hier eine Bibliothek gibt«, sagte ich anerkennend zu Rainer, während wir vom Weg abbogen und uns in Richtung Bücherei bewegten, die in einem Holzhaus von vielleicht dreißig Quadratmetern Grundfläche untergebracht war.

»Genau, ne. Nach einer Woche war mir so krass langweilig, und irgendwie hab ich den inneren Auftrag gespürt, mich kulturell mit meinem Reiseziel auseinanderzusetzen, ne, weil ich schon die ganze Zeit das Gefühl hatte, hier so irgendwie die Ursachen für alles zu suchen.«

»Unterdrückte und so?«

»Genau, ne!«, nickte Rainer energisch. »Das ist alles so oberstkrass kommerzmäßig hier, aber auch so eine oberstkrasse Diskrepanz zwischen Unterdrückten und Unterdrückern, zwischen Produktivkräften und Geldadministration, dass ich an die Wurzel der Erkenntnis wollte, ne.«

Ich stellte mir vor, wie Rainer in seinem Halb-Kifferhalb-Guerillero-Outfit im politischen Paradies die Wurzel des biblischen Baumes der Erkenntnis mit einem kleinen, vom toten Karl Marx geliehenen Schäufelchen freilegte und mühsam daran knabberte, um sein Wissen zu mehren.

»Das ist ja alles echt interessant«, sagte ich. Hatte mein Vater verstorbene Politiker und Utopisten gemeint, als er davon sprach, Rainer pflege den falschen Umgang?

Zwei Stufen später standen wir vorm Eingang der Bibliothek. Rainer schob eine schlichte Glastür auf, und ich folgte ihm ins Innere, wo es erstaunlich schummrig, kühl und ruhig war. Ein einzelner gellender Schrei ertönte vom Brülli-Club herüber. Vielleicht hatten sich die Kinder wie beim *Herr der Fliegen* zusammengerottet, sich eine Betreuerin geschnappt, sie mit Kuchenförmchen grausam misshandelt und zur Abschreckung für alle anderen mit benutzten Wickeltüchern am Klettergerüst gekreuzigt? Dann fiel die Tür zu, und es war totenstill.

»Gibt es hier denn niemanden, der die Bücher entgegennimmt und ausleiht und verzeichnet?«, fragte ich flüsternd, obwohl ja keiner da war, den ich durch Nicht-Flüstern hätte stören können. Es musste die Atmosphäre sein, die mich unbewusst dazu brachte.

Rainer schüttelte den Kopf. »Nee, du. Das ist hier alles so eher vertrauensmäßig und so, ne. Es gibt ein paar Regelvorschläge, an die man sich hält, ne, und dann klappt das auch super, ne. So 'ne Art Literaturkommune.« Er lachte wieder glucksend, wie er es immer tat.

»Super, so 'ne Literaturkommune«, sagte ich, weil ich Rainer meine Mutmaßung vorenthalten wollte, nach der es eher etwas mit Silbermans Einsparung von Personalkosten und weniger mit dem Vertrauen den Gästen gegenüber zu tun hatte (die in der Regel eh alles klauten, was nicht festgedübelt war), dass hier niemand arbeitete und sich um die Ausleihe kümmerte.

Der Raum enthielt zwei freistehende und beidseitig zugängliche Bücherregale von etwa drei Metern Länge, die fast bis zur Decke reichten. Auch ringsum an den Wänden waren Bücherregale. Die Lagerfläche hätte der Gemeindebücherei eines mittelgroßen Dorfes vollkommen genügt, und auch wenn nicht einmal die Hälfte der Regale mit Lesestoff bestückt war, so mussten es doch mit Sicherheit zweitausend Bücher oder mehr sein, die hier auf Leser warteten. Ich mutmaßte, dass es sich nicht ausschließlich um Bücher handelte, die der Club angeschafft hatte, sondern auch um Bände, die die Gäste nach ihrem Urlaub einfach hiergelassen hatten.

Beeindruckt schlenderte ich an den Bücherregalen vorbei, während Rainer zielstrebig auf den Bereich zuhielt, über dem ein handgeschriebenes Schild mit der Aufschrift *Política y cultura* an die Wand genagelt war. Die meisten Bücher waren auf Spanisch, doch auch deutsche und englische Titel waren zu finden. Die größte Abteilung war die Belletristik, wo sich Klassiker neben modernen Werken tummelten. Die zweitgrößte Abteilung trug die Überschrift *Naturaleza*. Hier befanden sich geschätzte einhundert Bücher über die Fauna und Flora Mittelamerikas.

Rainer stand vor dem *Política-y-cultura*-Regal und stellte ein englisches Werk mit dem Titel *Systems of Mass Oppression* und ein deutschsprachiges Werk über Machtstrukturen im Konsumzeitalter zurück. Er liebäugelte sichtlich mit Marx und Engels, die in friedlicher Eintracht nebeneinanderstanden, allerdings im obersten Regal, wodurch sie etwas unzugänglich wirkten. Ich wunderte mich, was ein Mensch sich dabei dachte, solche Sachen im Urlaub zu lesen. Das war ja schon im Normalfall ziemlich starker Tobak, aber sich hier, bei fast dreißig Grad und strahlend blauem Himmel, die trockenen Schilderungen über die Unterdrückung der Massen durch politische Systeme anzutun, das fand ich echt schräg.

Während Rainer sich einen Marx-Band griff, blieb mein Blick an einem ziemlich antiquarisch aussehenden Buch hängen, das mich sofort in seinen Bann zog. *A Guide To The Legends And Mythical Creatures Of Costa Rica.* Ein Legendenführer? Auf dem löchrigen Buchrücken des Folianten war ein Wesen zu sehen, das durchaus einer Sage hätte entstiegen sein können.

Es war ein gelb-rot gestreiftes Krokodil.

Oder ein Kaiman, so genau vermochte ich das nicht zu sagen. Soweit ich wusste, hatten beide Tierarten viele Zähne, waren grün und länglich, und man wollte ihnen ab einer gewissen Größe lieber nicht begegnen. Ich langte nach dem Buch, welches so weit oben stand, dass ich es nur auf Zehenspitzen stehend mit den Fingerspitzen langsam nach vorn zum Regalrand bugsieren konnte, bis es schließlich kippte und ich es zu mir herunterholen konnte.

»Was'n das?«, fragte Rainer interessiert und sah neugierig auf das ledergebundene Buch in meinen Händen.

»Weiß ich auch nicht«, erklärte ich ehrlich, »vermutlich ein etwas älterer Band über costa-ricanische Fabelwesen.«

»Fabeln sind die Wurzeln aller kulturellen Identität«, kommentierte Rainer und hob schulmeisterlich den rechten Zeigefinger, woraufhin ihm beinahe der arme Marx entglitten und auf den Dielenboden geknallt wäre. Aber Marx hatte Glück. Mit Ach und Krach schaffte Rainer es, ihn festzuhalten. »Nee, echt du, das ist immens wichtig«, fuhr er fort, als er seine Gliedmaßen wieder unter Kontrolle hatte. »Wir hatten mal ein Seminar an der Uni über die Wirkungen von Fabelwesen in bestimmten Soziotopen und Urkulturen. Man glaubt gar nicht, wie viel Einfluss insbesondere der solchen Wesen innewohnende …«

»Und was hast du da?« Verwirrt zeigte ich auf einen zweiten Band, dessen Umschlag durch den Buchrutsch sichtbar geworden war. Er zeigte einige menschenähnliche Wesen mit gehörnten Helmen.

»Das ist die *Edda*«, sagte Rainer.

»Die Edda?«

»Genau.«

»Wer ist die Edda?«

Rainer gluckste. »Nee, du, das ist mal keine Frau so im Sinne von Frau, ne, sondern ein Buch mit nordischen Götter- und Heldenliedern, ne. Das Original ist auf Altisländisch und wurde im dreizehnten Jahrhundert aufgeschrieben.«

»Aha. Und du willst während deines Urlaubs im tropischen Mittelamerika nordische Götterlieder lernen und verträllern?«

»Nee, die singt man nicht, die liest man. Vor allem

ist das so ein oberstkrasser Kontrast zur Umgebung und den anderen Stoffen, die ich so in mich aufnehme. Sind ja auch Sagenstoffe, so wie in deinem Buch. War bestimmt eine Fügung des Schicksals, dass wir uns beide fürs selbe interessieren, ne.«

Ich betrachtete Rainer, so wie man Affen im Zoo betrachtet. Wenn man die sieht, dann hat man auch das seltsame Gefühl, mit ihnen verwandt zu sein, obwohl man weiß, dass ein paar Chromosomen fehlen. Mein Vater hatte vielleicht tatsächlich gut daran getan, mich herzubitten. Wer wusste schon, wozu Rainer noch in der Lage war? Sein Haus hatte er immerhin schon mal abgefackelt.

»Ja, ist bestimmt eine Schicksalsfügung und ist bestimmt auch ein prima Buch, diese *Edda*.«

»Genau, ne.«

»Wollen wir?«

»Logo«, antwortete Rainer und ging zu einem Notizbuch, das im Eingangsbereich der Bibliothek auf einem Tischchen auslag. Darin trug er die insgesamt drei Buchtitel und den Namen unserer Hütte ein und strich die Titel der eben von ihm zurückgestellten Bände durch.

Jetzt aber wollte ich endlich an den Strand und mich meiner wohlverdienten Erholung hingeben. Beschwingt und motiviert stieß ich die Glastür auf, und wir wandten uns der Karibischen See zu, die nur wenige hundert Meter von uns entfernt lag und deren unablässiges Tosen und kühlende Wassernebel ich bereits von hier aus zu vernehmen glaubte.

VEINTIUNO

Der Weg führte von der Bibliothek schnurstracks zum Meer. Links davon gab es einen schmalen Grüngürtel mit den üblichen blühenden Gewächsen und Palmen sowie einigen einfachen, aber strohbedeckten Unterständen mit je einem Tisch und sechs Stühlen. Inmitten dieser Anlage verrichtete eine Handvoll müde wirkender Gärtner ihren Dienst. Bei dem Tempo hätte man ihnen die Schuhe bei der Arbeit besohlen können, allerdings wäre das schlecht möglich gewesen, denn die meisten von ihnen trugen keine. Nichtsdestotrotz schienen sie frohgemut, stützten sich auf ihre Hacken und Schaufeln, als sie uns sahen, und winkten Rainer und mir fröhlich zu.

»Die sehen total unterdrückt aus«, stichelte ich und winkte zurück.

Rainer schwieg erst, dann sagte er in vollem Ernst: »Genau. In einem totalitären System passt man sich an und findet Freude und Zuversicht im Kleinen, ne.«

Jetzt schwieg ich. Dem war nicht zu helfen, den musste man bewachen. Ich blickte auf die andere Seite des Weges, was meine Laune noch mehr senkte. Dort nämlich, umsäumt von hübschen Rabatten, lagen weitere *cabinas*, und die sahen im Gegensatz zu meiner aus, als gäbe es da immer fließend Wasser und sogar Strom. Es schienen Unterkünfte derjenigen Gäste zu sein, die sich nicht auf das rabattierte Angebot eines Reisebüros in Leksand eingelassen hatten. Diese Tourihütten lagen auch nicht in der feuchten Finsternis des angrenzenden Dschungels wie meine, sondern größtenteils in der Sonne und hatten vermutlich einen Bombenausblick über den türkisfarbenen Ausläufer des Ozeans, der jetzt vor uns lag.

»Wow!«, sagte ich.

»Genau«, sagte Rainer.

»Willst du auch einen Cappuccino?«, erkundigte ich mich, als wir an der Strandbar angekommen waren. Da man hier sogar einen lokalen Ökokaffee feilbot, nahm Rainer mein Angebot an, und wir setzten uns und blickten in die Ferne, wo am Horizont der Himmel und das Meer um die Gunst des Auges wetteiferten.

»So«, sagte ich schließlich, als ich meinen Cappuccino geleert hatte, und stand auf. »Ich glaube, ich will mal ans Wasser.«

Rainer hatte zwar noch Milchschaum am Oberlippenbart kleben, zeigte sich aber einverstanden. »Okay, ne, ich bin dabei.« Kleine Tröpfchen flogen vaporisiert über den Tisch.

Gemeinsam gingen wir die letzten Schritte zum Strand, dessen Sand so rein und hell und fein war, dass man meinte, Puderzucker klebe einem an den Schuhen.

»Hallo, ihr Flöten!«, rief jemand von links. Mein Vater und Renate hatten uns entdeckt. Auch heute trug er diesen peinlichen weißen Panamahut, und seine noch erheblich peinlichere goldene Panzerkette glitzerte ungeniert. Und er winkte, als wäre er ein Schiffbrüchiger auf einer kleinen Insel und wollte einen vorbeituckernden Dampfer auf sich aufmerksam machen. Andere Gäste schoben ihre Sonnenbrillen nach oben und sahen ihn skeptisch an, doch meinen Vater kümmerte das nicht.

Renate hatte sich ihres Wallawallagewandes entledigt und sich in einen nur bedingt erotischen String-Bikini gezwängt. Auch das störte meinen Vater nicht, ich befürchtete eher, dass es ihm gefiel. »Schicke Badebekleidung«, sagte ich, als wir vor ihnen standen.

»Klappe«, sagte mein Vater.

»Danke«, sagte Renate.

»Ich les mal«, sagte Rainer und setzte sich in einen der freien Liegestühle, um die *Edda* zu studieren.

Ich hingegen legte meinen Rucksack neben eine andere Liege und zog mein T-Shirt aus. Und dann meine Hose.

»Ich fass es nicht«, stammelte mein Vater, den Blick starr auf meinen Unterleib gerichtet.

»Auch nicht schlecht«, lobte mich Renate (obwohl ich diesmal nicht ausschließen konnte, dass da ein ganz klein wenig Zynismus mit im Spiel gewesen war, was ich ihr eigentlich nicht zugetraut hätte).

»Was denn?«, fuhr ich auf. »Die kosten normalerweise ein Vermögen. Das sind Leisure-Shorts von Easy Seashore, ihr Modeignoranten!«

»Du bist echt nicht mehr ganz dicht«, meinte mein Vater, noch immer völlig gebannt von meinen Badeshorts. »Was hat das denn mit Mode zu tun? Dass du dich nicht schämst.«

»Das sagt der Richtige«, schoss ich zurück. »Ich lass mir doch nicht von einem Ruhrpott-Modeluden *par excellence* meine modischen Hawaiihosen schlechtreden. Die sind der letzte Schrei!«

»Klar«, sagte mein Vater völlig ungerührt, »und den Schrei haben die Verkäufer vor Freude ausgestoßen, als du bezahlt und den Laden verlassen hast, weil die seit Jahren im Regal lagen.«

»Was habt ihr denn? Gut, das Muster ist etwas …«

»Unfassbar!«, fiel mein Vater mir ins Wort. »Es ist unfassbar! Aber du musst ja wissen, was du trägst. Tu mir nur einen Gefallen und lauf ein paar Meter hinter uns, okay?«

»Mit dem größten Vergnügen«, entgegnete ich. »Können auch gern ein paar Meter mehr sein. Tausend zum Beispiel.«

Klar sahen die Shorts nicht ganz so dolle aus, aber ich wollte das nicht zugeben, schon gar nicht vor meinem Vater, und außerdem waren es im Einkaufszentrum bei Leksand eben die Letzten gewesen. Wegen komischer Kleidung war noch nie einer verhaftet worden, wegen unerlaubten Nacktbadens schon öfter.

»Oh Mann, verdammte Hacke!«, rief Rainer plötzlich und setzte sich auf den Rand der Liege.

»Was hat denn der andere Irre jetzt wieder für ein Problem?«, fragte mein Vater, ohne von seiner Zeitung aufzusehen. »Hat der endlich auch die Badehosen meines geschmacksverirrten Sohnes entdeckt?«

»Nee, nee. Ich hab doch Probe um zwei, ich muss los, ne.« Dann zögerte er und musterte meine Badehose. »Okay, die ist schon ziemlich krass, aber ökologisch ist es jedenfalls besser, sie zu tragen, als sie wegzuwerfen, ne. Wir haben echt schon genug Kunststoffabfälle in den Weltmeeren, ne.«

»Vielen Dank für dein Verständnis, Rainer«, sagte ich, während sich mein Vater auf seiner Liege krümmte und dabei vor Lachen fast die Zeitung zerriss.

»Bitte, du. Also dann bis später, ne, ich mach mal die Biege, ne. Tschüssi!«

Mein Vater beruhigte sich nur langsam, aber irgendwann war er unter seiner Zeitung eingeschlummert. So mochte ich ihn am liebsten. Renate legte eine Hand auf den Unterbauch, schloss die Augen und atmete tief. Wahrscheinlich übte sie eine gewisse Art der Beckenbodenatmung, um dem Kosmos ein kleines Stück näher zu kommen.

Jedenfalls ein günstiger Moment, um mich mit meinem entliehenen Buch zu befassen. Ich nahm meine Sonnenbrille ab, stellte meine Liege in Sitzposition und holte den Schinken über die costa-ricanischen Legenden aus meinem Rucksack. Das rot-gelb gestreifte Reptil prangte auf dem abgestoßenen Umschlag. Im Vergleich zu den ebenfalls abgebildeten Bäumen schätzte ich das Tier auf einen halben Meter oder so. Es war also ein eher kleines rot-gelb gestreiftes Krokodil.

Das Impressum verriet, dass das Werk aus dem Jahr 1956 stammte. Die Autorenbiografie überflog ich nur, denn was viel spannender war: Ein Schwarz-Weiß-Foto zeigte zwei Männer in hellen Tropenanzügen, die einträchtig nebeneinander vor einer dichten Urwaldkulisse standen. Einer der beiden trug sogar einen passenden Helm (wenn mein Vater solche Kleidung gewählt hätte, wäre es auch nicht peinlicher gewesen als das, was er jetzt anhatte). Die Bildunterschrift lautete: *»The author of A Guide To The Legends And Mythical Creatures Of Costa Rica, James Wickenworth, Ph.D., beside his friend, the illustrator Henry Suddendale«*. Ich fragte mich zwar, was jemanden dazu trieb, aus New York in den Urwald eines winzigen Landes zu düsen, um die Legenden der Eingeborenen aufzuschreiben, aber vielleicht hatte Wickenworth ja auch eine kreative Blockade gehabt.

Das Buch war recht gut strukturiert, und zwar nach

den Landesteilen und den ehemaligen Stammesgebieten der Ureinwohner. Diese hatten Wickenworth und Suddendale in eine Karte eingezeichnet, die die Verbreitung der einzelnen Legenden in Costa Rica abbildete.

Das war alles schon ziemlich interessant. Es gab Schlangengötter, Mini-Drachen, einen mächtigen und einen furchteinflößenden Primaten mit Januskopf. Letzterer wies eine erschreckende Ähnlichkeit mit Fozzie Bär respektive Brülli, dem Clubmaskottchen, auf. Aus den vergilbten Seiten glotzten mich außerdem chimärenhafte Wesen mit bunten Gliedmaßen, Vögel mit Menschenköpfen und vieles mehr an.

Am interessantesten aber war, dass sich just hier, also ganz in der Nähe des Clubs, eine Legende gehalten hatte. Wenigstens bis 1955: *The legend of the yellow-red-striped Gandoca-Manzanillo cayman.* Die Legende vom gelb-rot gestreiften Gandoca-Manzanillo-Kaiman, schau an. Das Tierchen vom Umschlag, das mir so gut gefallen hatte, war also ein Kaiman und kein Krokodil (ich kannte den Unterschied immer noch nicht, hatte aber zumindest endlich Gewissheit). Ich blätterte, bis ich das Kapitel über den Kaiman gefunden hatte.

Das Gandoca-Manzanillo-Gebiet fing landeinwärts hinter dem Club an, also quasi direkt hinter meinem Urwald-Dixi-Klo. Heute war es allerdings ein Nationalpark, wie ich bereits aus meinem Reiseführer wusste. Es reichte im Süden bis zur costa-ricanisch-panamaischen Grenze, die durch den Río Sixaola markiert wurde. Derjenige Wasserlauf, der dem Refugio Nacional de Vida Silvestre Gandoca-Manzanillo den Namen gegeben hatte, war der Gandoca, der vielleicht zwanzig Kilometer südlich vom Mucho Gusto ins Meer plätscherte.

Vielleicht erhielt damit die in einigen Tagen geplante und bereits auf Druck von Renate gebuchte Dschungelexkursion eine tiefere Bedeutung? Ich war seit Kindesbeinen anfällig für Mythen, Legenden und derlei Geschichten, und wenn ich mir vorstellte, durch einen Urwald zu wandern, der Quell einer so sympathischen Legende gewesen war – ein Mini-Kaiman, kaum größer als ein anständiger Rauhaardackel, und dann noch gelb-rot gestreift –, freute ich mich richtig darauf. Vielleicht war der Spirit dieses mythischen Wesens noch in den Wurzeln der Bäume verfangen und raunte mir dann neue Eingebungen zu oder brachte mich endlich zur Ruhe? Vielleicht hatte ich aber auch nur einen Sonnenstich.

Ich las weiter. Wickenworth behauptete tatsächlich, man habe in den Jahren, während er das Buch schrieb, diesen Kaiman angeblich mehrfach gesichtet. Da keine Bilddokumente existierten, könne man dies nicht verifizieren, allerdings seien zwei Quellen recht seriös, eine aus den Vierziger- und eine aus den Fünfzigerjahren, eine weitere müsse jedoch als Fantasterei angesehen werden. Suddendale hatte entsprechende Markierungen in die Karte des heutigen Nationalparks eingetragen.

Mir wurde siedend heiß. Mit total fahrigen Fingern holte ich den Clubprospekt aus der Tasche meiner Shorts hervor, in den ich die Jahreszahlen von Silbermans Landkarte übertragen hatte. Vor lauter Aufregung hatte ich gewisse Mühe, den Prospekt mit dem Überblicksplan auseinanderzufalten.

Ich klemmte ihn mir in den Mund und fummelte mit meiner rechten Hand daran herum, bis ich ihn aufklappen konnte. In diesem Moment legten sich zwei warme Hände über meine Augen. Vor Schreck ließ ich den Clubprospekt fallen. Im nächsten Moment hörte ich ein altbekanntes Kichern.

»Ach, ist der süß, ach, ist der süß, guck nur mal die Hose, die er anhat!«, rief Frida oder Freja auf Schwedisch.

»Ja, voll süß! Komm, hol dir die Karte, komm!«, stimmte die andere ein.

Die Hände verschwanden von meinen Augen, und es war wieder hell. Vor mir standen die Schwedenzwillinge in obszön knappen Badeanzügen, aus denen die properen Gliedmaßen wie Rindswürste hervorquollen. Farblich kam das auch gut hin – die beiden Damen hatten schon jetzt einen schönen Sonnenbrand.

»Komm, hol sie dir!«, jubelte Frida (oder Freja) lautstark und hüpfte in Richtung Meer davon. Die andere echote: »Hol sie dir, hol sie dir!« und hüpfte hinterher.

Ich sprang von meiner Liege hoch. Das alte Legendenbuch fiel in den Sand. »Mann! Hallo! Den Prospekt brauch ich noch! Gebt ihn mir sofort wieder!« Ich war alles andere als erfreut.

»Dann hol ihn dir doch, hol ihn dir doch!« rief Frida (oder Freja) und walzte den Strand platt. Dabei hielt sie den Prospekt in den Küstenwind und wedelte damit herum, als wollte sie einen Hund mit einem Spielzeug anlocken.

In diesem Moment riss ihr eine Windböe das Faltblatt aus den Fingern. Der Prospekt mit der Karte segelte hoch hinauf, weiter und weiter am Strand entlang und aufs Wasser zu, bis er an eine andere Luftströmung übergeben wurde, die ihn geradewegs nach unten wirbelte, sodass mein Dokument geräuschlos, aber mindestens fünf Meter entfernt vom Ufer auf dem Meer aufsetzte und von einer Welle überspült wurde.

Frida und Freja hörten auf zu hüpfen und starrten aufs Wasser hinaus.

»*Oj!*«, sagte Freja oder Frida mit einem Anflug von Bedauern.

»*Hoppsan!*«, sagte die andere im selben Tonfall.

»Ärgerlich«, bemerkte Bjørn, der sie anscheinend auf Schritt und Tritt begleitete.

»Na, prima. Dann hole ich sie mir mal.« Ich rannte ins Wasser.

Das Nass umspülte mich warm und erfrischend zugleich. Nach einigen Metern spürte ich einen durchgeweichten Lappen an meinem Bein. Ich zog die Karte, die bis eben noch mein unversehrtes Eigentum gewesen war, aus dem Meer und sah sie prüfend an. Wenn man sie zum Trocknen in die Sonne legte, könnte man mit ein wenig zielgerichteter Fantasie gewiss noch ahnen, wo man sich befand, aber die Silberman-Jahreszahlen waren unleserlich geworden. Dunkle Kugelschreibertränen liefen übers klitschnasse Papier und hinterließen bläuliche Spuren.

Wütend stob ich durch die Wellen, die kniehoch an den Strand brandeten, und holte tief Luft, um diesen dämlichen Schwedenhennen mal ordentlich den Marsch zu blasen. Doch kaum war ich dem Meer entstiegen, bemerkte ich, dass Frida, Freja und Bjørn mich entsetzt anstarrten. Auch mein Vater und Renate waren herbeigeeilt, weil sie das Gezeter um die geraubte Karte geweckt hatte. Ihnen standen die Münder offen, und sie glotzten ebenfalls auf meinen Unterleib. Alle.

»Das ist ja noch schlimmer, als ich dachte«, sagte mein Vater, der sich als Erster gefasst zu haben schien, und bedeckte voller Scham seine Augen.

Renate fragte: »Ist das so ein Stoff, der die Aura des Wesens in unserer Welt sichtbar macht?«

Bjørn sagte: »Und vor euch habe ich mal gezittert im Zweiten Weltkrieg.«

Frida und Freja hingegen hielten sich die Hände vor die Münder und kicherten anzüglich.

Ich sah an mir herab. Herr im Himmel! Was war das denn? Ich beschloss, spontan den Sportartikelverkäufer in der Leksander Shoppingmall irgendwie zu bestrafen, zum Beispiel, in dem ich ihn entführte und zwang, einen Monat lang *surströmming* zu essen, die schlimmste aller schwedischen Fischkonserven. Und dann, wenn das erledigt wäre, würde ich die Firma Easy Seashore anzünden.

Die nackten Elche, die in Neonpink gehaltene Hotpants trugen und unmissverständlich an laszive Pin-up-Girls erinnerten, wären ja schon schlimm genug gewesen. Die Tatsache, dass eines dieser Centerfoldtiere mit Botoxlippen und in anzüglicher Pose auf Höhe meines Genitals abgebildet war, machte das Ganze nicht besser. Die Krönung aber war, dass die Badehose, wie ich jetzt erkennen musste, überdies aus einem thermochromen Gewebe gefertigt war, das sich bei Temperaturschwankungen farblich veränderte. Nun hatten die Pin-up-Elche ihre Hotpants gegen Nacktheit getauscht. Der Botox-Elch auf Höhe meiner Lenden hatte seine viel zu dicken Lippen weit geöffnet, offenbar in sexueller Erwartung des Badehoseninhalts.

Ach, du lieber Himmel!

Ich überlegte kurz, ob ich mir diese Hose des schamhaften Grauens sofort vom Leib reißen solle, doch im selben Moment tauchte Vanessa-Elektra auf, die ein riesiges Eis in der Hand hatte und jetzt zu mir herüberdeutete.

Das Kind rief wahrheitsgemäß: »Guck mal, Mami, der Elch auf der Hose von dem Mann hat so einen großen Mund, als hätte er ganz viel Hunger, hi, hi!«

Jeder außer Vanessa-Elektra wusste auch, worauf.

Aus der Nummer kam ich nicht mehr raus, wenigstens nicht mit Gelassenheit und Würde. Ich rannte zu meiner Liege zurück und sprang in wenigen Millisekunden in meine Shorts, die ich mir über die triefende Badehose zog. Ach, sollte die doch Wasserflecken bekommen! Hauptsache, die Elche verschwanden endlich.

Vielleicht waren es aber auch Verwandte der Elche auf dem Handtuch in Schweden, die mich wegen meiner Schreibblockade ausgelacht hatten, und es war eine von langer Hand vorbereitete und konzertiert durchgeführte Racheaktion, weil die Viecher in Schweden nun in der Garage als Öllappen neben Terpentinersatz und Frostschutzmittel in einer Kiste liegen mussten. Vielleicht standen alle Textilelche dieser Welt in telepathischer Verbindung miteinander? Vielleicht sollte ich Renate mal dazu befragen. Oder auch nicht. Meine Hose hatte jedenfalls das letzte Mal die Sonne gesehen, das schwor ich mir. Zumindest an *meinem* Körper.

Ich schnappte mir meine Sachen und zog grußlos ab, um den Rest des Tages bis zum Langusten-Beach-BBQ in meiner *cabina* oder einem anderen abgeschiedenen Örtchen zu verweilen. Diesen Schrecken musste ich erst einmal verdauen. In meiner Hütte war es zwar dunkel und ungemütlich und womöglich mal wieder stromlos, aber es gab da wenigstens keine halb nackten und sexuell entfesselten Elche.

VEINTIDÓS

Mein unschönes Erlebnis am Strand hatte mir klargemacht, dass ich mich dringend um neue Badebekleidung bemühen musste. Die zweite Hose von Easy Seashore, die in meinem Schrank lag, war wahrscheinlich aus dem gleichen fatalen Material. Ein genauerer Blick verriet mir, dass ich vorhin glücklicherweise nur die zweitpeinlichste Badehose angezogen hatte. Die andere zeigte nämlich Polarbärpärchen dicht nebeneinander, und ich wagte mir nach meinen bisherigen Erfahrungen gar nicht vorzustellen, was der Thermochromieeffekt mit denen anstellte, kaum wären sie Temperaturschwankungen oder Nässe ausgesetzt. Wahrscheinlich veranstalteten die dann Sodom und Gomorrha rund um mein bestes Stück.

Das Schicksal meinte es aber gut mit mir. Ganz entgegen meiner Befürchtung, ich würde in Costa Rica ohne Badehose dastehen müssen, fand sich in der Nähe der Rezeption der Mucho-Gusto-Shop, wo man neben überteuerten Feuerzeugen mit Vogelmotiven, überteuerten T-Shirts mit Vogelmotiven, überteuerten Postkarten mit Vogelmotiven auch überteuerte Badeshorts mit Vogelmotiven erstehen konnte, was ich notgedrungen tat. Allerdings verwirrte ich vermutlich den Verkäufer mit meiner Frage, ob die Vögel auf meinen neuen überteuerten Badeshorts denn bei Nässe oder Wärme fliegen könnten. Er sah in diesem Moment aus wie mein Vater und betrachtete mich mit einer Mischung aus Mitleid, Argwohn und Belustigung.

Schließlich sagte er nur: »*Pura vida, mae!*« und drückte mir das Wechselgeld in die Hand.

Das verstand ich mittlerweile gefühlsmäßig, auch ohne fundierte Spanischkenntnisse. Ich verabschiedete mich und setzte den Weg zu meiner *cabina* fort. Dort angekommen beschloss ich, die obszönen Thermochromiebadeshorts zu entsorgen. Allzu gern hätte ich sie dem coolen Leksander Sportartikelverkäufer um die Ohren gehauen, sobald ich wieder in Schweden wäre, am besten nass, dass es schön klatschte. Aber dann wurde mir klar, dass ich mich damit nochmals der Lächerlichkeit preisgegeben hätte. Nein! Ich sollte sie besser dahin werfen, wo sie nie wieder die Sonne sehen würden, wo weder kopulierende Polarbären noch vermenschlichte, fellatiobereite Fabel-Elchwesen sich zeigen konnten, und da fiel mir nur ein einziger Ort ein.

In meiner muffigen Hütte warf ich meinen Rucksack aufs Bett, entledigte mich der peinlichen Badebekleidung und entschied mich für eine gewöhnliche Herrenunterhose, über die ich frische Bermudashorts zog. Wenige Sekunden später stand ich mit den beiden Hassobjekten in meinem costa-ricanischen Dixi-Abort. Eine Trauerrede ersparte ich mir, das hatten die bescheuerten Beinkleider auch wirklich nicht verdient. Ich hielt sie bedächtig über das Loch im Donnerbrett, wollte sie eben loslassen, da klingelte das Klo.

Häh?

Außerdem drang ein schwacher Lichtschein aus dem Dunkel der unergründlichen Tiefen nach oben. Ein Wunder? Sollte sich sonderbares, mutiertes Leben in diesem Cocktail aus kompostiertem Verfall und tropischer Wärme gebildet haben? Herrschten drunten im fäkalen Klima Bedingungen, die neue Wesen hervorbringen konnten und zum Beispiel armdicke, klingelnde Glühwürmchen gebaren? Ich legte die Badeshorts beiseite und lugte vorsichtig hinab. Wer wusste schon, ob sich die Glühwürmchen nicht etwa von Touristengesichtern ernährten und genau deshalb so dick geworden waren?

Im nächsten Moment ging mir auf, dass es sich nicht um Monsterglühwürmchen handelte, sondern um mein Handy, das da unten im Fäkalschlund gut sichtbar leuchtete.

Der Akku hatte noch nicht schlapp gemacht.

Und die Grube war gar nicht so tief, wie ich angenommen hatte. Doch selbst wenn mein Arm zwanzig Zentimeter länger gewesen wäre, hätte ich mein Telefon nicht erreicht. Ich sah mich um. Tatsächlich stand neben mir ein alter Besen. In Windeseile schnappte ich ihn mir, drehte ihn um, verdrängte jeden Gedanken daran, was dieser Besen schon alles hinweggefegt haben mochte, und packte ihn an den Borsten, um mit seinem Stielende das Handy zu betätigen. Vielleicht war es ja Linda? Dabei wusste sie doch, dass mein Handy abgetaucht war.

Nach dem sechsten Klingeln und dem dritten Versuch klappte es schließlich. Ich erwischte sogar das Freisprechsymbol beim Abnehmen.

»Brettschneider«, rief ich ins Klo hinab und wünschte mir sehnsüchtig, dass mich niemand dabei beobachtete. Die Badehosen hatten mein Ansehen gewiss schon gehörig geschädigt, und auch wenn es sich mit einem ruinierten Ruf ja bekanntermaßen recht ungeniert leben ließ, musste es einem Passanten doch mehr als bedenklich erscheinen, wenn einer mit seiner Toilette sprach.

»Ja, Brettschneider?«, wiederholte ich deshalb leiser.

»Dr. Schmidt-Heinemann hier!«, kam es aus dem Untergrund.

Ach, du Scheiße!

»Ha… Ha… Hallo, Frau Dr. Schmidt-Heinemann. Wie geht's?«

»Ihre Stimme ist so leise, und was hallt denn da so? Sind Sie in einer Höhle?«

Die ehrliche Antwort wäre gewesen: »Nein, nicht ich, sondern Sie! Und zwar in einer ganz besonders ausgefallenen!« Eine andere: »Nein, wir sind zusammen auf dem Klo.«

Beide fand ich unangemessen.

»Ja, ja«, sagte ich, »diese Höhlen hier in Costa Rica. Toll, was es alles für Höhlen gibt.«

»Ach, Sie sind in Costa Rica. Freut mich für Sie«, summte es hochtourig aus der Tiefe. »Na, wenn Sie sich das leisten können, prima. Aber deswegen rufe ich nicht an. Herr Brettschneider, wissen Sie, was ich noch weniger schätze als schlechte Texte?«

»Nein, was denn?«

»Ignoriert zu werden.«

»Das verstehe ich. Wer mag das schon …«

»Mir egal. Ich jedenfalls nicht. Ich hatte Ihnen eine SMS geschickt und Sie gebeten, sich kurz zu melden. Haben Sie aber nicht.«

»Ja, das war etwas schwierig mit der SMS-Antwort. Mein Handy ist … ich meine, es war … sozusagen verhindert. Und dann war ich drauf und dran, Sie anzurufen, aber dann kam mir etwas dazwischen …«

Ich bildete mir ein, das wütende Summen meiner Agentin bis hierher zu hören. Aktuell erinnerte es mich an eine Traube wütender Killerbienen, die sich in Kürze mit dem imaginären Todesglühwürmchen drunten im Abort zu einem autorenvernichtenden Schwarm zusammenschließen würde.

»Sozusagen verhindert? Etwas dazwischen? Hören Sie zu, Herr Brettschneider. Ich bin Ihre Agentin und prinzipiell erst mal auf Ihrer Seite. *Prinzipiell*, verstehen Sie? Aber verstehen Sie auch den Unterschied zu *generell*? Ich will, dass Sie erfolgreich werden, damit Sie Geld verdienen, am besten viel. Noch lieber aber möchte ich, dass *ich* Geld verdiene, da bin ich ganz ehrlich, und zwar am besten sehr viel. Ich mache meinen Job gerne, aber nicht zum Spaß, und Autoren, die mich ...«

Flupp! Aus.

Der Akku war leer. Um Himmels willen! Wenn Frau Dr. Schmidt-Heinemann nun dachte, ich hätte sie einfach weggedrückt, weil ich ihre ehrliche und zielgerichtete Ansprache als überflüssiges Gelaber aufgefasst hätte, dann ... ich wollte mir die Konsequenzen lieber nicht ausmalen.

»Frau Dr. Schmidt-Heinemann? Frau Dr. Schmidt-Heinemann?«, rief ich verzweifelt in die Tiefe, auch wenn ich wusste, dass sie mich nun nicht mehr hören konnte.

»Torsten, Grundgütiger, was treibst du da? Gott im Himmel!«

Ich wandte mich kniend um. Das hatte mir gerade noch gefehlt: mein Vater. Sein Gesicht war aschfahl. Ich sah ihm an, dass er sich ernsthafte Sorgen um mich machte. Außerdem war er Ingenieur und damit ein Planer vor dem Herrn. Deshalb dachte er wahrscheinlich schon darüber nach, welche Komplikationen es mit sich bringen würde, einen geistig offensichtlich total verwirrten Sohn von Costa Rica nach Europa zu bekommen. Mit oder ohne fachkundige Begleitung? Mit oder ohne hinten zugebundener Jacke? Mit oder ohne Bewachung? Sollte man mich besser sedieren, oder half es womöglich, mich einfach freundlich anzusprechen, um zu verhindern, dass ich zubiss? Wo sollte ich untergebracht werden? In einem schwedischen Sanatorium in schöner Umgebung oder besser in Frankfurt, wo man den Psychiatern vielleicht leichter klarmachen konnte, wo mein Problem lag: Ich sprach mit Toiletten.

»Papa, ääh … Huhu!«

»Sag mal, bist du noch ganz dicht?«

»Das war Frau Dr. Schmidt-Heinemann.«

»Verstehe …« Die Gesichtsfarbe meines Vaters lag irgendwo zwischen Smog und Edelschimmel, und der Tonfall seiner Stimme hatte etwas präventiv Beschwichtigendes.

Ich stand auf, die Badeshorts mit den animalischen Motiven in der einen und dem Besen in der anderen Hand.

»Was machst du mit den Hosen auf dem Klo?«, erkundigte sich mein Vater vorsichtig.

»Keine Sorge, Tiere erregen mich nicht, falls du das geglaubt haben solltest. Aber mein blödes Handy ist mir ins Klo gefallen, das habe ich dir doch erzählt. Eben hat es geklingelt, und ich bin mit der Hand nicht drangekommen, darum der Besen. Es war Frau Dr. Schmidt-Heinemann, meine Literaturagentin.«

»Und die Hosen?« Mein Vater wirkte ein wenig beruhigter, der Smog verflüchtigte sich langsam aus seinem

Gesicht, aber vollkommen überzeugt von der Unversehrtheit meines Geisteszustandes schien er noch immer nicht zu sein.

»Die Drecksdinger wollte ich entsorgen.«

»Im Klo?«

»Ja, im Klo. Was Besseres haben die nicht verdient.«

»Wenn ich dich nicht schon so lange kennen würde, Junge ...«

»Ja, ja, ich weiß. Aber irgendwoher muss ich das ja haben, oder? Meine Mutter war zu Lebzeiten jedenfalls ganz normal, soweit ich mich erinnere.«

»Das kann ich zwar bestätigen, aber ich bin eigentlich vorbeigekommen, um dir zu sagen, dass wir uns wie immer gegen halb acht am Restaurant treffen wollen«, überging mein Vater den Vorwurf. »Wir gehen von da aus gemeinsam zum Strand hinunter. Heute ist doch dieses Langusten-Barbecue. Renate und ich machen jetzt noch einen kleinen Mittagsschlaf.«

»Okay, danke, dann weiß ich ja jetzt in jeder Hinsicht Bescheid.« Ich sah auf meine Uhr. Kurz vor drei. Bis dahin könnte ich noch ein wenig in meiner *cabina* relaxen. Bisher hatte das ja nicht ganz so gut geklappt.

»Bis später«, sagte mein Vater. »Ach, Torsten?«

»Hm?«

»Jag mir nie wieder so einen Schrecken ein.«

»Ich werde mir Mühe geben«, antwortete ich.

Unter dem Anflug eines Schmunzelns hob mein Vater die Hand zum Abschied, wandte sich um und ging davon.

VEINTITRÉS

Ich brachte die doofen Easy-Seashore-Hosen wieder in mein Zimmer. Vielleicht war das Plumpsklo doch kein angemessen erniedrigendes Grab für sie? Mir würde schon noch was Angemessenes für die Dinger einfallen. Dann spurtete ich an die Rezeption, wo ich versuchte, Frau Dr. Schmidt-Heinemann telefonisch zu erreichen, was mir nur bedingt gelang. Sie war nämlich nicht mehr im Büro. Ich entschuldigte mich stellvertretend bei ihrem Anrufbeantworter für das abrupt beendete Telefonat und erklärte ihm darüber hinaus, dass mein Mobiltelefon nun endgültig den Geist aufgegeben habe, sodass es im Falle eines persönlichen Gesprächsbedarfs fortan nur die Möglichkeit gäbe, mir über die Nummer des Clubs eine Nachricht zu hinterlassen. Ich riefe dann natürlich umgehend zurück, und überhaupt käme ich super voran, und die Idee mit Kultur und Club und so wäre ganz, ganz großartig. Daraus ließe sich selbstredend pünktlich bis Ende Januar etwas machen, sogar ein *wirklich guter* Text (ein leichtes Betonen dieser Wörter konnte ich mir einfach nicht verkneifen; ich hatte es versucht). Ich hoffte sehr, dass sich der Killerbienenschwarm dadurch wieder beruhigen würde.

Dann aber, nur etwa zehn Minuten später, war ich endlich, endlich in meiner halb hellen *cabina*, setzte mich auf den Bettrand und ließ mich nach hinten in die Federn fallen. Ich hätte gerne etwas abgeschaltet, aber das war gar nicht so einfach. Sollte ich mich doch an den Strand begeben und Boccia spielen oder das Legendenbuch weiterlesen? Meine Gedankenfetzen ließen mich kaum zur Ruhe kommen, Realität und Traum erzeugten einen wirren Film mit Wirklichkeitsbezug. Regie: Quentin Tarantino. Ich sah mich in einem leeren Dokument herumhüpfen und Buchstaben einfangen, die bestrebt waren, lachend vor mir zu fliehen. Aus spontaner Einfallslosigkeit heraus nannte ich die Datei *costa-rica_buch.doc* und drückte auf *Speichern.* Am Horizont meines Traumes tauchte ein Zahnarztbohrer mit den bebrillten Augen von Frau Dr. Schmidt-Heinemann auf. Um seinen hochfrequent rotierenden Kopf summte ein Schwarm aggressiver Killerbienen. Frau Dr. Schmidt-Heinemann sagte nichts, starrte mich nur an und summte. Angst durchzuckte mich. Wenn das so weiterging, würde ich Ende Januar bestimmt keinen witzigen, turbulenten und mitreißenden Roman abliefern.

Aber ich stand ja erst am Anfang. Nur Mut, Torsten!, rief ich mir im Traum zu. Das zweite Buch ist das schwerste, hieß es doch. Ich schreckte kurz auf. Die Gedanken blieben. Frau Dr. Schmidt-Heinemann hatte das auch gesagt. Bei ihr hatte sich das allerdings während unseres Telefonates in Schweden nicht gerade mitfühlend angehört, sondern wie die Drohung eines Kidnappers, von dem man gerade den Mittelfinger seiner Ehefrau in einem Kuvert erhalten hatte.

Apropos Ehefrau …

Wie es Linda wohl ging?

Ich seufzte.

Und dann schlief ich endlich ein.

Um sieben Uhr wachte ich auf und ließ mich in meiner Dusche saubertröpfeln, so gut es ging, um mich danach in eine etwas gehobenere, abendliche Garderobe zu kleiden. Lange Hose und Hemd mussten schon sein. Langusten-Barbecue klang gut, ich freute mich darauf, und nach meinem heutigen Bekleidungsfiasko empfand ich es als notwendige Maßnahme, diese doch eher tiefe textile Scharte meines Modeschwertes wieder einigermaßen auszuwetzen.

Rainer schien meine Ansicht über angemessene Körperhygiene und Abendbekleidung nicht zu teilen, denn er war nicht wieder aufgetaucht. Sein verrußter Seesack stand noch genau da, wo er schon stand, als ich mich hingelegt hatte.

Fünf Minuten vor der ausgemachten Zeit kam ich am Hauptrestaurant an, wo bereits Bjørn und mein Vater auf mich warteten.

»Hallo«, grüßte ich. »Wo stecken denn Rainer und Renate?«

Bjørn zuckte mit den Achseln, und mein Vater erklärte: »Die sind schon vorgegangen, weil Renate ihm etwas zeigen wollte. Tiere, Kosmos, Karma und so weiter, du weißt schon.« Er schüttelte den Kopf und winkte ab.

»Verstehe«, sagte ich. »Na, wir werden sie gleich treffen. Gehen wir?«

Bjørn sagte »Hmpf!« oder so ähnlich, kickte einen kleinen Stein vom Weg, der hüpfend im Gebüsch verschwand, und ging wortlos voran.

»Was hat er?«, wandte ich mich leise an meinen Vater.

»Ich schätze, der ist beleidigt.«

»Wieso?«

»Ach, der und die beiden Schwedentanten. Damit liegt

er mir ständig in den Ohren. Ich habe ihm gesagt, dass man ab einem gewissen Alter eben nicht mehr so kann.«

»Deswegen ist er beleidigt?«

Wieder zuckte mein Vater die Achseln. »Vielleicht eher, weil ich ihm geraten habe, er solle einfach fünf Pfund Langusten essen. Die haben viel Eiweiß und bringen bestimmt Tinte auf den Füller, selbst auf so einen alten wie seinen, habe ich ihm gesagt. Seitdem ist er etwas zickig.«

»Du bist manchmal wirklich ein gefühlloser Prolet«, zischte ich kopfschüttelnd.

»Wenigstens spreche ich nicht mit Toiletten.«

Es war zwecklos.

Schweigend schritten wir durch das stimmungsvoll beleuchtete Gelände, das so gar nicht zur Stimmung passen wollte. Zumindest nicht zu der von Bjørn. Unterwegs kam die putzige Vanessa-Elektra an uns vorbei und sagte: »Guck mal, Mami, da ist der Mann aus dem Bus mit dem hungrigen Elch auf der Hose«, woraufhin Petra »Pssst!« machte und rasch weiterging. Mein Vater grinste, schwieg aber netterweise. Ach, was soll's, dachte ich mir. Soll er doch grinsen.

Die laue Luft umschmeichelte meine Haut und strich durch mein Haar wie eine zarte Elfenhand. Wir waren auf dem Weg zu einem karibischen Strand, wo ein Seafood-Barbecue auf uns wartete und als Vorboten bereits sanfte Musik durch die Dunkelheit sandte. Und ich hatte ein schönes Nachmittagsschläfchen hinter mich gebracht. Es gab wahrlich schlechtere Augenblicke im Leben!

In diesem Moment brach ein Tumult am Strand los, von dem wir nur noch einen Steinwurf entfernt waren. Spanische Wortfetzen, Rufe und Schreie drangen zu uns empor, und einige Angestellte kamen schon mit Taschenlampen angelaufen, um sich am Grill zu versammeln, wo der Kern der Unruhe sich eingenistet zu haben schien.

»Was ist denn da los?«, wunderte ich mich.

Bjørn sagte wieder: »Grmpf!« und ging weiter.

»Das sehen wir uns mal aus der Nähe an«, meinte mein Vater.

Wir beschleunigten unsere Schritte und hielten auf die tanzenden Kegel der Taschenlampen zu, die in diesem Augenblick am Grill auseinanderstoben und zum Meer hinunterspurteten.

Wir liefen neugierig hinterher.

Und dann sahen wir den Grund für die Aufregung. Unser Essen lief davon. Dutzende von Langusten wetzten auf kleinen Schalentierfüßchen zum rettenden Wasser. Einige von ihnen hatten ihr Element bereits erreicht und tauchten in die Fluten ein. Vier Kisten, die wahrscheinlich als Langustengefängnisse gedient hatten, lagen auf die Seite gekippt etwas oberhalb der Brandungslinie. Es sah nicht nach einem Unfall, sondern eher nach einer konzertierten Befreiungsaktion aus.

»Wo, sagtest du noch mal, sind Rainer und Renate hin – von wegen Tieren, Kosmos und Karma und so weiter?« Jetzt grinste ich.

»Die haben doch einen totalen Knall«, fluchte mein Vater fassungslos.

»Da spreche ich doch lieber mit Toiletten«, setzte ich noch einen drauf.

Mein Vater holte Luft, er hatte bestimmt eine Bombenantwort parat, doch er kam nicht dazu, sie mir um die Ohren zu hauen, denn plötzlich standen Renate und Rainer neben uns. Leider hatten sie auch Silberman, Gonzales und zwei ebenso ungehaltene Köche bei sich.

Silberman tobte, was seinem Deutsch allerdings nicht weiterhalf. »Diese *man and* diese *woman here* hat *destroyed* die *whole event. All* Langusten sind *gone away.*«

»Genau!«, sagte Rainer überflüssigerweise.

»Niemand kann die Geister des Kosmos gefangen halten«, bemerkte Renate. »Tierquäler!«

»That's eine Schaden *of many hundreds of dollars. Who pays* dafür?«, donnerte Silberman ungerührt.

»Echt krass«, sagte Rainer, um dessen Sozialkompetenz es in diesem Moment so bestellt war wie um das Einfühlungsvermögen meines Vaters. »Es geht echt immer nur um Kommerz und so, ne. Wie ihr alle unterwegs seid, echt hier. Ich dachte, wenn ihr schon alle unterdrückt, dann habt ihr wenigstens einen Bezug zu eurer Umgebung und so, ne. Außerdem ...«

»SHUT THE FUCK UP YOU IDIOT!« Silbermans Gesichtszüge entglitten. »Isch werde alles setze *on top of your* Rechnung, *each and every* Scheißelanguste. Eure ganze *group is completely nuts!* Du mit *your fat glasses*, die beide *old guys* und die verruckte Frau hier mit die verruckte Kleider und *you*«, er deutete zu meiner Überraschung unvermittelt auf mich, »du *ridiculous novel writer*, ihr seid alle *completely crazy. And* wenn isch noch habe eine *single problem* mit ein of *you, I gonna kick you out of the club. All together!*« Damit drehte er sich um und stapfte wutentbrannt und mit seiner Entourage im Schlepptau davon. An seinem zerknitterten und vom Meerwasser bis in Kniehöhe befeuchteten Leinenanzug hatte zu meiner großen Freude auch die eine oder andere Alge zeitweilig Halt gefunden, und seine durchnässten Lederslipper machten bei jedem Schritt lustige Schmatzgeräusche.

»Gewalt und Drohungen sind das Gegenteil einer potenziell konstruktiven Diskussion. Dieser Mann hat ein Kommunikationsproblem, ne«, beurteilte Rainer den Auftritt des Clubchefs.

»Ich spüre, wie der Kosmos die Tiere wieder in sich aufgenommen hat«, sagte Renate. »Ich finde, wir haben richtig gehandelt.«

»Für ein paar Wahnsinnige auf jeden Fall«, kommentierte mein Vater trocken. »Aber dieser Silberman sollte lieber aufpassen. Es ist eine Frechheit, uns hier in Sippenhaft zu nehmen. Das gibt Rache!«

Bjørn knurrte zornig: »Grmpf!«, und wer ihn und seine Kriegsvergangenheit kannte, wusste, dass das keine leere Drohung war.

Ich versuchte die Stimmung zu retten. »Mal ernsthaft: Was habt ihr euch denn dabei gedacht?«, hakte ich nach und sah Rainer und Renate fragend an. »Ich meine, keine Langusten zu essen, okay, wer nicht will, der hat schon, oder meinetwegen auch aus Tierschutzgründen, aber weshalb muss man allen anderen den Abend versauen und deren Essen ins Meer treiben?«

»Man muss den Leuten bewusst machen, was sie tun, wenn sie diese Tiere verspeisen, die qualvoll und lebendig in einen Topf mit siedendem Wasser ...«, hob Renate an.

»Gegrillt«, korrigierte sie mein Vater. »Sie wollten uns die Langusten lecker grillen, nicht kochen. Deswegen hieß es Barbecue am Strand und nicht Cooking am Strand.«

Ich musste schmunzeln.

»Gerd, du bist wirklich manchmal ein furchtbarer ...«, fauchte Renate.

Ich wandte mich Rainer zu. »Und du? Ich meine, du

hast doch sonst kein Problem damit, ein Tier zu essen. Was sollte das?«

»Ich wollte für die Sache einstehen, ne, in der Gruppe und so.«

Ich starrte Rainer an. Ratlos. »Ich dachte, es geht dir eher um die Unterdrückten und so? Gut, die Langusten waren in gewisser Hinsicht auch unterdrückt, aber trotzdem. Ich hatte da eher an was anderes gedacht als an die Befreiung von Meerestieren.«

»Sehr gut!«

Alle fuhren herum. Vor uns stand Ramon Ramirez in seiner sehnigen, fast zwei Meter großen Gestalt. Was machte der denn hier? Er trug ein weites Hemd, das mit aztekisch anmutenden Mustern überzogen war und vom Licht der Fackeln illuminiert wurde. Sein volles, schulterlanges Haar flatterte im Wind, und die kohlrabenschwarzen Augen funkelten.

»Was war sehr gut?«, fragte ich, als ich mich einigermaßen gefasst hatte.

Statt zu antworten, lächelte Ramirez und deutete in einer ausschweifenden Bewegung von Renate zu Rainer. Dann wiederholte er in anerkennendem Tonfall: »Sehr gut!« und verschwand zwischen den Gästen, die gerade an den aufgestellten Tischen und Bänken Platz nahmen, wo sie noch bis vor Kurzem ein feines Langustendinner erwartet hätte. Einige von ihnen warfen uns wütende Blicke zu.

»Der hat ja wohl auch komplett die Pfanne heiß«, merkte mein Vater an und schüttelte den Kopf. »Können wir jetzt endlich was essen?«

»Na ja, Eier, Bohnen und Reis dürften sie ja wohl noch haben«, stellte ich lakonisch fest.

»Vegetarisch ist okay«, sagte Renate zustimmend.

»Genau«, meinte Rainer und nickte.

Mein Vater schüttelte nur den Kopf, dann grinste er und sagte: »Wer weiß, wozu das alles gut war. Komm, Bjørn, wir holen dir ein schönes Omelett, hä, hä.«

VEINTICUATRO

Das Barbecue am Strand hatte sich etwas unschön gestaltet. Nicht die wunderbare Umgebung oder das Wetter der tropischen Nacht hatten es atmosphärisch in Mitleidenschaft gezogen, nein, es waren die vielen, vielen unzufriedenen Gäste, von denen sich nicht einer zu uns an den abseits stehenden Tisch setzen wollte und die uns mieden wie der Teufel das Weihwasser.

In gewisser Weise konnte ich das ja nachvollziehen. Wer sich mit knurrendem Magen und wässrigem Mund auf den Weg zu einem über mehrere Tage angepriesenen kulinarischen Highlight macht, das aus fangfrischen Langusten bestehen soll, der ist natürlich leicht verstimmt, wenn es nicht so klappt wie erhofft.

Irgendwann war dieser Spießrutenlauf zum Glück vorbei gewesen, denn Bjørn und mein Vater hatten schon einige böse Blicke an diejenigen zurückgeschleudert, die allzu dreist mit den Fingern auf uns zeigten, und ich war froh, dass man mittlerweile ernsthafte Schwierigkeiten bekam, wenn man Waffen auf dem Luftweg in andere Länder einführte. Hätte Bjørn seinen alten, erbeuteten Wehrmachtskarabiner dabeigehabt, wäre das Abendessen vielleicht weniger glimpflich verlaufen. So aber aß er nur wieder sein Standardomelett aus geschätzten zwölf Eiern und war aus mehreren Gründen weiterhin schlecht gelaunt.

Ich nahm diese etwas beklemmende Atmosphäre des Abendmahls, die übrigens Rainer und Renate – wie alle Überzeugungstäter – vollkommen kalt zu lassen schien, zum Anlass, sie darum zu bitten, sich in den nächsten Tagen ein ganz klein wenig zurückzuhalten, zumindest was die Teilnahme an clubinternen Veranstaltungen und insbesondere deren gezielte Sabotage anging. Auch riet ich dringend zum Verzicht auf die in Kürze stattfindende Open-Air-Disco-Nacht, *Besos de las estrellas*. Ich fand, wir sahen geküsst genug aus für heute. Am nächsten Dienstag sollte unsere mehrtägige Dschungeltour beginnen, und bis dahin, so vermutete ich, wäre zwar das Gras über die Sache wahrscheinlich erst ein paar Millimeter hoch gewachsen, aber besser als gar keins. Renate begehrte kurz auf, weil sie sich schon auf den morgigen Schamanenabend mit ekstatischer Fußmalerei und Gebärdentanz gefreut hatte, doch mein Vater drohte ihr glaubhaft mit einer ganz anderen Art von Tanz, sollte sie sich nicht daran halten.

Rainer erbat sich lediglich, zu den Proben von *Der König der Kaimane* gehen zu dürfen. Ich überlegte kurz, ob er währenddessen Unheil stiften konnte, und kam zum Schluss: Selbstverständlich konnte er! Ich war mittlerweile sogar davon überzeugt, dass Rainer und Renate dazu in der Lage waren, mit den richtigen Argumenten und zwei Kuchengabeln einen Weltkrieg auszulösen. Die hatten einfach ein unschlagbares Talent in solchen Dingen. Allerdings sagte ich mir, dass man Rainer unmöglich diese kurzen Proben untersagen konnte. Er besaß Wahlrecht und war erwachsen. Altersmäßig zumindest. Nicht einmal ein politisch verwirrtes Sumpfgrasbüschel dürfte eine wirkliche Bedrohung darstellen. Hoffte ich wenigstens. Ansonsten kamen wir überein, dass mein Vorschlag nicht der schlechteste sei, insbesondere befand mein Vater das für gut. Bjørn meinte nur »Grmpf!« dazu.

Als ich in meine *cabina* kam, war es ruhig und besinnlich. Gut, es war auch muffig, aber egal. Ich war alleine, und das zählte. Rainer wollte mit den anderen noch ein paar Bier trinken und später nachkommen, hatte er mir zum Abschied zugeraunt, und ich hatte ihm nahegelegt, bis zum Ende des Urlaubs bitte auf Feuer jedweder Art zu verzichten.

Da ich müde war, machte ich mich bettfertig und begab mich mit meinem Legendenbuch in die Horizontale. Die Mythen der *ticos* und *ticas* waren teils witzig, teils grotesk, und die Lektüre machte wirklich Spaß. Insbesondere die Legenden über diverse Tierarten und Mischwesen mit ungewöhnlichen Eigenschaften unterhielten mich prächtig.

Plötzlich klopfte es.

»Komm schon rein!«, rief ich und blätterte um.

Die Tür öffnete sich, und dann stand Rainer vor mir. Ich traute meinen Augen nicht. Er war wunderschön. Sein Haar, seine Augen, seine Figur, in der Hand hielt er eine Flasche und zwei Gläser.

»Hallo!«, hauchte er und lächelte verführerisch.

Verdammte Axt! Das war nicht Rainer.

»Ch… Ch… Chantal?«

»Gefalle ich dir?«

Sie stellte den Wein und die Gläser auf einer Kommode ab und kam zu meinem Bett.

»Ja … ich meine: Nein! Quatsch doch, natürlich. Sehr! Gut! Ziemlich! Mist!«, stammelte ich, doch nur bis sie ihr Kleid fallen ließ und in unfassbar reizvoller Reizwäsche vor mir stand.

Was für eine Frau. Verführerisch. Sündig. Ein zungenwarmes *Mousse au chocolat* mit Himbeermark. Mir wurde heiß und kalt.

»Und so? Besser?«, fragte sie scheinheilig, schenkte die Gläser voll und hielt mir eines hin. Ihre Fingernägel waren zwar zweifarbig lackiert, aber darüber sah ich gnädig hinweg und nahm das Glas mit fahrigen Händen entgegen. Ich trank es fast leer. Sprechen konnte ich aktuell nicht so gut. Liiindaaa! Wo war sie denn, wenn man sie noch mehr brauchte als sonst? Ich liebte diesen Anblick genau so, wie ich meinen Vater in diesem Moment verfluchte.

»Was machen wir zwei Hübschen denn jetzt, Herr Bestsellerautor?«, erkundigte sie sich noch scheinheiliger.

»Keine Ahnung!«, sagte ich. »Prost! Auf die Liebe und das Leben!«, rief ich und schüttete mir den Rest des Weines hinunter.

»Ich habe eine Idee«, flötete Chantal, stellte ihr Glas auf dem Nachttisch ab und setzte sich auf den Bettrand. Verflucht! Was machte die denn jetzt? Fummelte die etwa an ihrem Spitzen-BH herum?

»Ich habe eine Freundin!«, platzte es aus mir heraus. Sehr souverän und überzeugend.

»Wo ist sie denn?«, fragte Chantal und sah sich schlecht gespielt im Zimmer um.

Plötzlich sprang die Tür auf.

»Hallöchen! Bin zurück, ne!« Rainer brauchte einige Sekunden länger als der Durchschnitt, um zu erfassen, was hier vor sich ging. »Oh! Krass! Nee, eher oberstkrass! Was geht'n hier ab? Ich stör doch nicht, oder? Ich wär nämlich dann auch mal müde.«

Chantal sprang nicht auf, bedeckte ihren Körper nicht, nein, sie blieb einfach sitzen und sah zuerst zu Rainer, dann zu mir und dann wieder zu Rainer. Der trug noch immer sein T-Shirt mit der rastafarifarbenen Cannabis-Applikation von heute Mittag, nur zeigten sich wegen der tropischen Hitze deutliche Schweißränder im Achselbereich. Die Flecken in Brusthöhe mochten hingegen von Bier, Bohnen oder Speichel herrühren. Oder von allem zusammen.

»Ein Freund von dir?«, erkundigte sich Chantal deutlich ernüchtert und richtete ihren Blick wieder auf mich, wobei sie mit ihren offenbar kosmetisch gepimpten Wimpern klimperte.

Wie oft hatte ich mir diese Frage in den vergangenen Monaten selbst schon gestellt. Die Antwort schwankte von »Na klar!« bis »Auf gar keinen Fall!«. Im Moment war ich unsicher und schwieg deshalb lieber.

Wahrscheinlich zögerte ich selbst für Rainer zu lange, denn er sagte etwas missmutig: »He, Torsten, du, ich finde, du könntest echt zu unserer Beziehung stehen, ne!«

»Beziiiehung?«, intonierte Chantal, und in diesem Moment wurde mir klar, dass ich nur eine Chance hatte, aus der Sache heil rauszukommen, denn ich musste da raus. Wenn mich nämlich Rainer mit dem lieblichen Wimpernvamp allein ließ, dann würde es eng werden für mich. Und für Linda. Oder für mein Gewissen.

Zum Glück schien Chantal in der Schule nicht ganz vorne gesessen zu haben. Oder sie war nicht so oft da gewesen, weil sie sich lieber vorm Schminkspiegel aufgehalten hatte.

»Na, ja«, hob ich an und versuchte verschämt zu wirken, was in dieser Situation relativ leicht war. »Du hast doch mit meinem Vater gesprochen, oder?«

»Habe ich. Er hat mir gesagt, dass du Bestsellerautor bist und ein großes Gut in Schweden hast in einem Ort, der Sösseldorf heißt oder so ähnlich. Und er hat mir gesagt, dass du mal Abwechslung brauchst und die große Liebe suchst. Deine letzten beiden Freundinnen hätten dich nur ausgenutzt, weil du so ein gutgläubiger und großzügiger Mann bist. Und reich.« Sie sah mich an wie einen preisgekrönten Dackelrüden, dem man soeben zwei Beine amputiert hatte.

Klar, Chantal war nur wegen meiner inneren Werte hier, logisch! Und mein Vater war ein fieser Sack! Das würde ich ihm heimzahlen. Ich verzichtete darauf, Chantal zu sagen, dass der Ort Gödseltorp und nicht Sösseldorf hieß und dass ich keineswegs ein riesiges Hofgut hatte und dass ich zudem von kommenden Bestsellern noch etwas entfernt war, wenn man meiner Agentin Frau Dr. Schmidt-Heinemann Glauben schenken wollte. Stattdessen sagte ich: »Das stimmt ja alles, aber hat mein Vater nicht von Rainer erzählt und unserer *speziellen* Beziehung?«

»Nein.« Chantals Bräune verblasste um die Nase.

»Es ist so«, fuhr ich fort, »dass Rainer und ich, also mein Freund Rainer und ich, gell, Rainer …?«

»Genau!«, sagte dieser zum Glück wieder leicht beseelt vom Tropenbier.

»Also, er und ich, wir mögen Frauen. Oder, Rainer?«

»Klaro! Frauen sind supi!« Er nickte so überzeugend, als hätten wir diese Nummer einstudiert.

»Aber wir mögen auch *uns*. Sehr sogar. Oder, Rainer?«

»Genau, genauestens. Oberstkrass sogar!« Vollkommen unangemessen, aber meinen Plan wunderbar unterstützend, griff Rainer zur Rotweinflasche auf der Kommode neben sich und rief: »Auf die Liebe!«

Herrlich! Es funktionierte. Chantal stand auf und hob ihr Kleid vom Boden hoch.

»Na, dann will ich mal nicht weiter stören«, sagte sie in einer Mischung aus Unterkühlung und aufkommender Panik. Hastig zog sie sich an. Ihr schien plötzlich unwohl zu sein.

»He, Mann, du störst doch nicht!«, rief Rainer. »Echt, du, Torsten, sorry, ne, das hab ich jetzt echt nicht gewollt, ne.«

Ich schon.

Darum schickte ich nach: »He, Chantal, bleib doch noch bei uns. Zu dritt ist alles noch schöner!«

»Genau«, stimmte Rainer zu, ohne von meinem Plan zu wissen. »Es ist noch Wein da, und in meinem Seesack ist Bier von gestern.« Er hob den verrußten Seesack in die Höhe. Flaschen klirrten. »*Let's make a party and love, not war*, ne!«, lachte er und begann sich zu imaginärer Musik zu bewegen.

»Alles kann, nichts muss«, gab ich Chantal noch mit auf den Weg, aber das hatte sie wahrscheinlich nicht mehr gehört, denn sie verließ fluchtartig, die Schuhe in der Hand und mit schräg zugeknöpftem Sommerkleid, meine *cabina*.

Rainer und ich tranken noch den restlichen Rotwein auf die Liebe und die Männerfreundschaft, dann legten wir uns schlafen.

VEINTICINCO

Am nächsten Morgen wurde ich von der Internationalen geweckt, die Rainer in der Dusche lauthals zum Besten gab. Ich setzte mich auf und rieb mir die müden Augen. Mit Freude dachte ich an den Verlauf des gestrigen Abends zurück, als Rainer und ich Chantal von meinem Bett ferngehalten und anschließend aus meiner *cabina* und hoffentlich sogar für immer aus meinem Leben vertrieben hatten. Ich hatte meine Moral nicht auf dem Altar fleischlicher Gelüste geopfert – zwar nicht sehr urmannhaft, aber immerhin relativ mannhaft.

War ich stolz? Na ja, wenn ich an ihren durch aufreizende Spitze mehr als mangelhaft bedeckten Körper zurückdachte, eher nicht, aber irgendwie auch schon. Linda war eben präsent. In meinem Herzen. Ach ja …

Die Internationale wurde schlagartig lauter, denn die Badezimmertür sprang auf. »In Stadt und Land, ihr Arbeitsleute, wir sind die stärkste der Partei'n, die Müßiggänger schiebt beiseite! Diese Welt muss unser sein! Unser Blut sei nicht …«, schmetterte Rainer, dann hielt er inne, als er sah, dass ich aufrecht im Bett saß. »He, krass, du bist ja auch schon wach, ne.«

»Ja, echt ein Wunder, bei der leisen Musik.«

Rainer hatte einen grauenhaften Bademantel aus Kindertagen an. Völlig kommerziell und gar nicht marxistisch waren Mickey Maus und Donald Duck vorne aufgedruckt. Sie lösten sich bereits an den Rändern und sahen kümmerlich aus. Das Kleidungsstück war größenmäßig prima für einen Zwölfjährigen, und deshalb reichten ihm die Ärmel nur bis kurz über den Ellbogen, und der Saum endete in Rainers Fall bereits knapp unter dem Schambereich. Ich freute mich, dass es nicht der Bademantel eines Zehnjährigen war, den er über die Jahre bis in die Gegenwart gerettet hatte. Völlig bizarr wurde dieser Anblick – unterstützt von Rainers ohnehin markantem Aussehen mit Fisselbart und leicht beschlagener Flaschenbodenbrille – durch das Handtuch auf seinem Kopf, das er kunstvoll zu einer Art Turban gewickelt hatte. Er sah aus wie ein Nasszellen-Taliban in der Irrenanstalt von Entenhausen.

»Wo hast du denn das Handtuch her?«

»Cool, was? Es hat genau die richtige Größe für eine Kufiya. Fast besser als ein Palästinensertuch, ne.« Er lachte glucksend, bückte sich, um eine gallgrüne, abgetragene Unterhose aus seinem Seesack zu kramen, griff sich zu meinem hygienischen Schrecken das Rastafari-Cannabis-T-Shirt von gestern und erklärte: »Weißt du, ich hatte in der Uni mal ein Kolloquium, das die kulturelle Identifikation von Glaubensgruppen im Gesamtkontext der islamischen Gesellschaft …«

»Rainer, woher hast du das Handtuch?«

»Aus dem Abfluss. Das lag da so einfach drin. Ist dir sicher da reingefallen, ne. Na ja, kann ja mal passieren. Ich hab's gestern Abend schon rausgeholt und aufgehängt. Die wissen ja nicht, dass wir hier zu zweit sind, ne.« Wieder lachte er.

»Aus dem Abfluss …«

»Genau. Ich mach mich mal fertig, ne.« Damit wandte

er sich um und hielt wieder aufs Bad mit der Stroboskopbeleuchtung zu.

In dem Moment sah ich etwas auf seinem Bademantel, das meinen Atem stocken ließ. »Rainer!«, rief ich leicht panisch.

Er drehte sich zu mir um. »Was ist denn, du?«

Ich überlegte fieberhaft und sah mich hektisch im Zimmer um. Mist! Mir fiel nichts ein. Doch, da! Das Costa-Rica-Legendenbuch. Vielleicht klappte es damit.

»Ach, nichts. Komm doch mal mit zur Tür. Ich muss dir was zeigen.« Ich ging mit dem Buch in der Hand zur Tür und öffnete sie weit. »Komm!«, rief ich auffordernd und trat auf die morsche Veranda. Die Sonne schien, und die schwüle Tropenluft trieb mir sofort den Schweiß aus den Poren. Hoffentlich klappte es. Meine feuchten Hände hatten sicher nicht nur mit den klimatischen Bedingungen zu tun.

»Was wolltest du mir denn zeigen?«, fragte Rainer interessiert und folgte mir nach draußen.

»Da!«, sagte ich und deutete nach links.

Er drehte sich um und wandte mir somit den Rücken zu. »Was denn genau?«

Ich nahm allen Mut zusammen, trat etwas zurück, holte beidhändig mit dem Legendenbuch aus, zielte und schlug zu.

Ich traf. Die handtellergroße und fies behaarte Spinne, die es sich auf der rückseitigen Morgenmantelbestickung bequem gemacht hatte, flog in hohem Bogen auf den Weg vor unserer Hütte, rappelte sich verstört auf und krabbelte zügig ins Unterholz.

Rainer drehte sich fragend um. »Was war das denn, Torsten?«

»Tust du mir einen Gefallen und steckst das Handtuch wieder in den Abfluss und lässt es auch da?«

»Okay, ne, alles klärchen, ne. Wenn du meinst. Respekt vor deiner Hütte, ne. Gast ist Gast, ne.«

»Genau«, sagte ich. »Tausend Dank!«

Die nächsten Tage waren endlich mal erholsam. Sollte das doch noch klappen mit meinem Urlaub? Da ich auch keine Badeshorts mit peinlichen Elchen und Polarbärchen mehr trug, sondern nur noch halbwegs normale mit bunten Vögeln drauf, wagte ich sogar das eine oder andere Bad im Meer und dem fast genauso türkis leuchtenden Swimmingpool.

Dabei entspannte ich mich.

So etwas war ich gar nicht mehr gewohnt.

Anschließend schlief ich ein und hatte abends einen Sonnenbrand.

VEINTISÉIS

Nach diesen zwei erholsamen Tagen traf ich mich am Montagmorgen mit meinem Vater, Renate und Bjørn beim Frühstück, der scheinbar noch immer nicht gut, sondern eher schweigsam und grimmig drauf war. »Rainer ist bei der Probe für seine Rolle im *König der Kaimane*«, erklärte ich den dreien und trank einen großen Schluck costa-ricanischen Biokaffee.

»Schon wieder? Und das um diese Uhrzeit?«, wunderte sich mein Vater. »Was ist das denn für eine sonderbare Rolle, bei der ein Grasbüschel lange Reden halten muss?« Er schüttelte verständnislos den Kopf in einer Mischung aus Unwissenheit und Akzeptanz des Unvermeidlichen. »Na, vielleicht muss er drei Stunden in die Maske, und sie kleben ihm jedes Mal eine halbe Wiese auf den Buckel, oder er muss ein langes spanisches Gedicht einstudieren.«

»Mir gegenüber hat er auch nichts Genaues erzählt. Es soll eine Überraschung werden. Aber ein Gedicht als Sumpfgrasbüschel? Das halte ich für eher unwahrscheinlich. Ich habe in Frankfurt mal den *König der Löwen* gesehen, und da gibt es zwar eine Szene im letzten Akt, wo die Savanne wegen eines Gewitters in Flammen aufgeht, aber da gab's kein sprechendes Gras, und schon gar keins, das fremdsprachige Gedichte daherplappert.«

»So wie ich den kenne, hat der auch keinen vorgegebenen Text, sondern denkt sich selber einen aus«, mutmaßte mein Vater und schob sich genüsslich den letzten Löffel Rührei in den Mund.

Das klang plausibel.

»Was macht ihr heute?«, wechselte ich das Thema.

»Gleich ist Fußball«, antwortete mein Vater.

»Fußball?«

»Das ist das Spiel mit dem großen runden Lederball und den beiden Toren.«

»Danke, Papa, ach so.«

»Angestellte gegen Gäste«, fuhr er fort. »Bjørn und ich gehen jedenfalls hin. Um elf geht's los, hinten am Fußballplatz.«

»Ich würde lieber zum Batiken an den Strand gehen«, maulte Renate, aber niemand beachtete sie.

Ich sah auf die Uhr. »Das ist ja schon in etwas mehr als einer Stunde. Ich glaube, das schaue ich mir auch mal an.«

Mein Vater und Bjørn tauschten erschrockene Blicke. »Bist du dir sicher, Sohn? Willst du dich nicht lieber erholen?«

»Doch, Papa, aber ein Fußballspiel mehr oder weniger wird mich nicht daran hindern. Außerdem dachte ich, *du* wolltest mich auf Teufel komm raus ablenken und unterhalten. Bei der Gelegenheit könntest du mir auch mal erklären, was dir eigentlich einfällt, mir wildfremde Frauen auf den Hals zu hetzen.«

»Was meinst du?«

»Ach, tu doch nicht so. Diese Chantal hat mich Freitagnacht in meiner Hütte besucht und …«

»Ha, ha, und wie war's?«

»Gar nicht.«

»Gefällt sie dir nicht?«

»Doch!«, rief ich und schob unsanft den Stuhl zurück. »Optisch schon«, relativierte ich, »aber zum einen hast du ihr das Blaue vom Himmel erzählt über mich, und zum anderen möchte ich doch darauf bestehen, mir meine Lebens- und Geschlechtspartnerinnen künftig selbst auszusuchen.«

»Na, bisher hat das ja super geklappt«, frotzelte mein Vater. »Mit Linda zum Beispiel.«

»Ja, genau«, sagte ich ungehalten. »Linda. Ihr gehört mein Herz ...«

»Eine Klassefrau, aber das wird eh nichts, weil du oft so ein Weichei bist. Herz? Blödsinn. Du brauchst Hilfe. Nichts entspannt einen mehr als eine gute Frau im Bett. So.«

»Da hat er leider recht. Grmpf!«, grummelte Bjørn und pellte dabei hart gekochte Eier.

»Nichts beflügelt die Sinne mehr und sorgt dafür, dass ein Mensch sich seinen emotional-tantrischen Wurzeln zuwendet, als innige Körperlichkeit«, ergänzte Renate. »Aber auch das Herz ist Element der kosmischen Wesensfindung«, fuhr sie fort und warf meinem Vater einen missbilligenden Seitenblick zu. »Wenn man merkt, dass Herz und Sinne sich voneinander entfernen, kann die Körperlichkeit leiden. Sehr sogar.«

»Aber, mein Schmetterling«, sagte mein Vater, der offenbar um körperlich betonte Nächte mit Renate bangte, weil er seinen Mund zu voll genommen hatte.

»Siehste«, sagte ich zufrieden. »Wer ist denn hier jetzt das Weichei? Ich brauche keinen Ruhrpottluden als Kuppler, okay? Und du vergiss mal dein Herz nicht.« Ich grinste ihn an. »Bis nachher.«

Um kurz vor elf fand ich mich am Fußballfeld ein, einer staubigen und spärlich mit Grasresten bepflanzten Halbwüste von der Größe eines Tennisplatzes. Rainer hätte in seiner Rolle hier bestens reingepasst. Ein gutes Dutzend Zuschauer hatte sich um den Platz herum postiert, doch ich sah weder meinen Vater noch Bjørn, sondern nur Renate, die etwas verloren herumstand und an einem Saft nuckelte.

»Wo sind denn Gerd und Bjørn?«, fragte ich sie.

»Na, da drüben.« Sie deutete aufs Spielfeld. Ich folgte ihrem Fingerzeig mit den Augen. Da standen doch tatsächlich die beiden Herren in Fußballmontur zusammen mit einigen anderen Gästen mit demselben Outfit den Angestellten des Clubs gegenüber. Ich erkannte siedend heiß, was hier gespielt wurde: nicht Fußball, sondern Rache. Ich hatte geahnt, dass weder mein jähzorniger Vater noch der militärisch gut ausgebildete Norweger es hinnehmen würden, sich am Strand vom Clubchef in Sippenhaft nehmen und obendrein auch noch beleidigen zu lassen. Ich sah meine Befürchtungen bestätigt, als ich unter den Clubspielern auch Silberman und Minipli-Gonzales entdeckte. Bjørn hatte eine für sein Alter unerhört sehnige Figur, doch mein Vater war definitiv unsportlich. Nebenbei bemerkt war er auch nachtragend. Ziemlich sogar, und ich vermutete, Silberman hatte keine Ahnung, was da auf ihn zukam. Allerdings starrte auch Bjørn den Clubchef recht seltsam an. Vermutlich würde das Ganze ziemlich unlustig werden.

Der Anpfiff ertönte.

»Ich hoffe, das geht gut«, bemerkte ich tonlos.

»Das Schicksal nimmt seinen Lauf«, prophezeite Renate.

Ich stellte mich näher an den Spielfeldrand, um gegebenenfalls dazwischengehen zu können.

Es war ein furchtbares Spiel. Zumindest für die Gäste, deren Zielsetzungen mannschaftsintern geringfügig zu divergieren schienen und die nach der ersten Halbzeit bereits mit vier zu eins im Rückstand lagen. Ein Grund dafür war, dass die meisten Mitspieler komischerweise einfach nur Tore schießen wollten, um zu gewinnen. Mein Vater und Bjørn jedoch hefteten sich ungeachtet ihrer jeweiligen Position wie Kadaverfliegen an Silbermans Fersen und traten und schlugen nach ihm, wann immer sich die Gelegenheit bot. Und davon gab es viele.

Silberman schwitzte und versuchte sich durchzusetzen, was ihm aufgrund seiner Leibesfülle bestimmt auch gelungen wäre. In einem fairen Zweikampf jedenfalls. Es gab aber keinen Zweikampf, einen fairen schon gar nicht, sondern Silberman musste einen ständigen Dreikampf führen – gegen Bjørn und meinen Vater gleichzeitig. Die beiden traten mit ihren dünnen Stelzen nach ihm, so oft sie konnten, ob mit oder ohne Ball, und schließlich erwischte ihn mein Vater mit einer Blutgrätsche dermaßen übel am Knöchel, dass Silberman strauchelte und fast vornübergestürzt wäre, hätte Bjørn ihm nicht noch im Stolpern den Ball abgeluchst und ihm dabei noch einen echt norwegischen Widerstandskämpferbodycheck verpasst, dass es den dicklichen Clubchef von den Füßen hob und er rittlings auf den staubigen Untergrund aufschlug.

Er blieb liegen und stöhnte.

Mein Vater und Bjørn gaben sich ein High-five.

Das Spiel wurde durch einen energischen Pfiff des Schiedsrichters unterbrochen. Silberman war mittlerweile schon wieder auf die Füße gekommen und fluchte.

Ermahnungen. Freistoß. Weiter ging's.

Das Ganze wiederholte sich noch mehrmals, und nach dem siebten Foul verließ ich den Ort des Geschehens. Ob Silberman die Botschaft verstanden hatte, sich nämlich nicht mit einem deutschen Ingenieursfrührentner und einem norwegischen Ex-Widerstandskämpfer gleichzeitig anzulegen, wusste ich nicht. Das alles hatte mich doch sehr an blutige Schlachtenszenen erinnert, und nicht gerade an ein Freundschaftsspiel. Ich wollte lieber ans Meer.

Außerdem würde morgen in aller Herrgottsfrühe unsere Dschungelexkursion mit zwei Übernachtungen im Urwald beginnen. Ich wollte noch meine Sachen packen und hoffte, dass sich alle Gemüter bis morgen wieder einigermaßen beruhigt haben würden.

VEINTISIETE

Für uns hatte man ein Frühstück lange vor den eigentlichen Öffnungszeiten des Restaurants vorbereitet. Es gab – Hurra! – Bohnen, Eierspeisen, Fleisch und Reis. Der Grund war, dass wir heute einen ordentlichen Weg zurückzulegen hatten. Zuerst, wenigstens versprach das unser Tourenplan, den jeder Teilnehmer auf seinem Teller vorfand, sollte es ein paar Kilometer mit Jeeps in den Urwald gehen bis zu einem Meetingpoint, wo angeblich ein zweites Frühstück auf uns wartete. Von da aus würden wir auf einem alten Indianerpfad bis zu unserem Tagesziel wandern, einer Urwaldlodge namens Amazing Dshunglehouse. *Amazing* klang dufte. *Dshunglehouse* auch. Die letzten Tage hatten mich ein wenig entspannt. Ich war bereit für das Urwaldabenteuer!

Weniger dufte fand ich die Zusammensetzung der Reisegruppe. Dass meine Kompanie des Wahnsinns dabei war, hatte ich ja von Anfang an gewusst: Bjørn, der noch immer ziemlich miesepetrig dreinblickte – ob wegen akuten Eiweißoverkills oder einfach aufgrund von Altersstarrsinn, vermochte ich nicht zu beurteilen –, mein Vater, der trotz des körperlichen Sieges über Silberman einige Blessuren im Gesicht davongetragen hatte, Renate, die mit ihrer Hochsteckfrisur heute aussah wie die Schwester von Marge Simpson, und natürlich Rainer, der schon frühmorgens in die *Edda* vertieft war und von

Zeit zu Zeit an seinem Bart herumnestelte. Zumindest hielt er sich in letzter Zeit auffällig mit Revolutions- und Unterdrückungsgedanken zurück. Selbst in unserer *cabina*, wenn wir alleine waren. Immerhin.

Die anderen Teilnehmer waren mir noch nicht ganz so gut bekannt, ich wollte sie aber auch gar nicht besser kennenlernen. Kall-Hainz und Gerdda saßen am Kopfende unseres Reisegruppenfrühstückstisches und babbelten pausenlos – zum Glück jedoch etwas verhaltener als bei ihren bisherigen Auftritten. Frida und Freja, top frisiert und mit knallrotem Lippenstift geschminkt, saßen nebeneinander und tuschelten. Ich hätte wirklich nicht erwartet, dass sie sich zu Fuß und für zwei Nächte in den Urwald wagen würden, sondern hätte sie eher beim Parallelprogramm vermutet, den Kreativtagen am Strand – beim Zusammenstecken von Mobiles aus getrockneten Bananenschalen und in naturtongebatikte Kaftane gehüllt.

Aber vielleicht hatten es ihnen ja nicht Flora und Fauna des Dschungels angetan, sondern etwas ganz anderes. Oder jemand. Ab und an sahen sie nämlich verstohlen zu Bjørn hinüber und gickelten, und tatsächlich entlockten sie dem Nordmann das eine oder andere verhaltene bis verschmitzte Lächeln. Womöglich taten die gefühlten zweihundert Eier, die Bjørn in den letzten Tagen verspeist hatte, langsam ihren Dienst, vielleicht hatte er aber auch einen Cholesterinrausch, wenn es so etwas gab. Egal. Ich war froh, dass sie nun Bjørn anbaggerten, den sie scheinbar als besondere Herausforderung begriffen, körperlich wie mental.

Wenigstens die monetär-nymphomane Chantal blieb mir erspart. Der Dschungel wäre wahrscheinlich eh nichts für sie und ihre aufgeklebten zweifarbigen Fingernägel gewesen. Ich hatte sie noch ein- oder zweimal gesehen im Club, aber sie hatte mich mit völliger Missachtung gestraft und sich an den Hals eines dicklichen Münchners geworfen, der Brauereibesitzer war, wie mein Vater herausgefunden hatte. Es sollte mir recht sein. Vielleicht fand diese ansehnliche, aber einfach strukturierte Frau ihr Glück in der bayerischen Hopfenernte.

Als Führer der Exkursion war uns Ramon Ramirez an die Seite gestellt worden. Das war okay. Der hatte sicherlich auch einen ordentlichen Schlag am Ranzen, wie ich seinem Verhalten nach der Befreiung der unterdrückten Langusten entnahm, aber ich hatte ja bereits auf der Fahrt zum Mucho Gusto gemutmaßt, dass er aus pathologischer Sicht eher in die Kategorie »harmloser Irrer« als in die Sparte »gemeingefährlicher Wahnsinniger« einzustufen sei.

Mir fiel fast die Bohnenpampe aus dem Mund, als die Tür aufging und Fernando Gonzales mit frisch glänzender Minipli den Raum betrat. Auch in seinem Gesicht fanden sich Spuren des gestrigen Fußballduells. Wahrscheinlich hatte sich Gonzales eingemischt und eine verpasst bekommen, als mein rachsüchtiger Vater und der tobende Bjørn sich zum wiederholten Male auf den Clubchef gestürzt und ihn niedergemacht hatten.

Ich hatte nicht weiter nachgefragt und wollte es ehrlich gesagt auch gar nicht so genau wissen. Die Blicke, die Gonzales mit meinem Vater und dem alten Norweger tauschte, genügten mir völlig. Das würde eine einträchtige Wanderung werden! Allerdings verstand ich nicht, warum Gonzales überhaupt mitkam. Ein simpler Angestellter hätte doch gereicht.

Um kurz nach sechs ging es los. Die Sonne war gerade erst aufgegangen und hangelte sich müde hinter den Bäumen hoch, als wir in unsere beiden großen Landrover mit den drei Sitzreihen stiegen. Irgendwo zwischen den Bäumen brüllten die Affen, ein Papageienschwarm zischte vorbei, der Ruf eines Aracari erklang. Ganz schön schön, dachte ich.

Am Steuer des ersten Wagens saß Ramon Ramirez, dessen Fahrkünste mir noch in bester Erinnerung waren. Seine Passagiere waren Bjørn, die doppelten Schwedinnen sowie Kall-Hainz und Gerdda, womit in unserem Wagen eine gewisse verbale Ruhe sichergestellt war. Unterstützt wurde diese Ruhe auch dadurch, dass unser Fahrer, Fernando Gonzales, offenbar keine Lust hatte, mit uns zu sprechen, am wenigsten mit meinem Vater. Immer mehr drängte sich mir der Verdacht auf, dass Silberman seinen schärfsten Hund zu unserer Bewachung angesetzt hatte. Ich fand zwar Minipli-Fernando genauso unsympathisch wie Silberman, aber dass man mit meinem Vater in Clinch geraten konnte, wusste ich am allerbesten. Ich beschloss, mich aus der Sache rauszuhalten, und klappte nochmals das Infoblatt über unsere bevorstehende Exkursion auf.

Bei dem Gewackel, das der Landrover auf der buckligen Piste veranstaltete, war das Zettelchen allerdings nur schwer zu lesen. Was ich sah, war unsere Route. Sie führte in einer Art Dreiviertelkreis vom Mucho Gusto in den Nationalpark Gandoca-Manzanillo und dann weiter zum Amazing Dshunglehouse, unserer ersten Übernachtungsstation. Von dort beschrieb unser geplanter Weg einen Bogen zum Indianerdorf der Chépuletzkalmotzekaka, wo echte Indianer von unserem vollkommen unerwarteten Besuch total überrascht sein würden, weil sie seit Generationen keinen weißen Mann gesehen hatten (wenn überhaupt schon jemals!). Laut Infoblatt warteten sie natürlich schon auf uns, um uns mit original indianisch-costa-ricanischer Kleinkunst und ebensolchen Tanzdarbietungen nebst Gaumenfreuden zu unterhalten. Das Indianerdorf war unsere zweite Übernachtungsstation.

Ich fragte mich, ob wir Touristen womöglich zum wesentlichen Bestandteil besagter indianisch-costa-ricanischer Gaumenfreuden werden sollten, vor allem deshalb, weil Silberman und Gonzales uns ja nicht mehr ganz so gut leiden konnten. Man würde uns nie wiederfinden, und wer würde schon mutmaßen, dass der lustige Knochenschmuck des Häuptlings mein linkes Schienbein sein könnte, aus dem er sich eine putzige Schalmei gebastelt hatte, der er anlässlich von Festivitäten jeder Art ein fröhlich Liedlein entlockte? Oder dass der Schrumpfkopf mal zu einem quietschlebendigen Rainer gehört hatte? Nein, Quatsch, sagte ich mir, ich hatte weder im Reiseführer noch im Internet Hinweise über Kannibalen in diesem Land gefunden. Und außerdem wäre Rainers Schrumpfkopf selbst für den hartgesottensten Menschenfresser-Indio mental kaum zu ertragen und würde wahrscheinlich noch post mortem Unheil stiften und Dinge spontan in Brand setzen oder so.

Nach der hoffentlich unversehrt überstandenen Nacht bei den Indianern ging es laut Plan am nächsten Tag noch etwa zwei Stunden durch den Wald, bis wir an unserem Ziel angelangt sein würden, von dem aus wir dann mit den Autos, die dort schon auf uns warteten, zurück zum Mucho Gusto gebracht werden sollten.

Klang gut, so alles in allem.

Ich verstaute den Plan in meinem Rucksack. Leider hatte sich an der angespannten Stimmung im Auto nichts verändert. Im Gegenteil. Die Atmo war voll krass daneben, hätte Rainer jetzt bestimmt gesagt, wäre er nicht schon wieder in sein Wikingergötterbuch vertieft gewesen.

Dann war da noch Linda. Mist! Mein Magen zog sich vor Sehnsucht zusammen, wie immer, wenn ich an sie dachte, und ich dachte verflucht oft an sie – in den letzten Tagen immer öfter. Bald eine Woche, dass ich zum letzten Mal mit ihr gesprochen hatte. Sie fehlte mir echt.

Ich starrte wie in Trance aus dem leicht geöffneten Fenster, während das undurchdringliche Grün der Umgebung an mir vorbeischaukelte.

Irgendwann hielt der Wagen an.

Wir hatten den Meetingpoint erreicht, und ich konnte schon von weitem erkennen, dass dort ein aus rohem Holz gezimmerter Tisch mit allerlei Speisen und dampfenden Thermoskannen auf uns wartete.

Na, dann mal los!

VEINTIOCHO

Beim Imbiss war noch alles gut. Es gab ausnahmsweise mal keine Bohnen und keinen Reis, dafür aber, zu Bjørns sichtlicher Freude, Eier in vielerlei Gestalt und zudem belegte Brote mit Huhn und Grillfleisch. Langusten gab es übrigens auch keine. Nach dem zweiten Frühstück allerdings staunte ich nicht schlecht, als Gonzales die beiden Clubangestellten, welche sich um Aufbau und Verteilung der Esswaren gekümmert hatten, anwies, eine große Militärkiste zu öffnen. Daraus holte er, ich fasste es nicht, Gummistiefel hervor! Nicht nur, dass ich mich für einen Moment in Schweden wähnte, wo dieses Schuhwerk die zweite Hornhaut eines jeden Bauern und Landbewohners ist, nein, auch das Muster kam mir bekannt vor. Es war dasselbe wie auf meiner unlängst im clubeigenen Shop überteuert ersteigerten Badeshorts, nämlich leuchtende Vogelmotive auf dunklem Grund.

»Kannste mir mal verraate, was des färrn härnrissische Quatsch sein soll mit dene Gummistiefele?«, brauste Kall-Hainz gut hörbar auf.

»Ei, des is wesche dene klaane Tiere unn Schlange, dass die ahm net in die Fieß stesche und beiße, und aach weil des mit Sicherheit so e sumpfisch Gebiet is, wo mer dorschgehe tue.«

»Die zieh isch net a. Isch mach mich doch net zum Aff.«

»Des machste awwer genau grad jetzt«, konterte Gerdda. »Jetzt komm un schlupp schon enei, du Zorngickel.«

»Vielleicht haben wir Glück, und sie werden aufgefressen«, sagte mein Vater zu mir, allerdings einen Tick zu laut.

Kall-Hainz, der sich gerade hatte breitschlagen lassen, tatsächlich in die gebrauchten Gummistiefel zu steigen, fuhr herum: »Was habbe Sie gesaacht?«

»Ich sagte, das wir vielleicht Glück haben und …«

»… sind keinem Irrtum *aufgesessen*«, führte ich seine Aussage in eine versöhnlichere Richtung. »Hier ist es wirklich wunderschön, Papa, ha, ha.« An ihn adressiert zischte ich: »Halt mal die Klappe, und hör endlich auf, mit jedem Streit anzufangen!«

Schweigend klaubte er zwei Paar Gummistiefel für sich und Renate in entsprechenden Größen aus der Kiste und zog sie wortlos an. So ganz traute ich dem Braten nicht, denn mein Vater war schließlich nachtragend. Bjørn hatte seine Stiefel bereits an den Füßen und wirkte darin – trotz der albernen Motive – mehr wie ein stolzer Oberst in Kunststoffknobelbechern als ein greiser Rentner mit Regenbekleidung. Auch Kall-Hainz und Gerdda, Ersterer trotz beständigen, halblauten Hessengemeckers, stiegen in ihre Stiefel. Nur Frida und Freja benötigten etwas länger und zu meinem großen Amüsement die massive Unterstützung von Bjørn und Minipli-Fernando, die die engen Stiefelschafte nur mit Mühe um die Waden der blonden Schwedenmoppel brachten. Nach mehreren Kicherattacken standen sie schließlich bei der übrigen Gruppe, und Fernando Gonzales nickte den beiden Angestellten, die am Urwaldimbiss ihren Dienst getan hatten, zu, woraufhin diese ihre Siebensachen inklusive nunmehr leerer militärischer Schuhkiste zusammenpackten, alles in den Jeeps verstauten und schließlich auf dem unebenen Weg davonfuhren.

Ich blickte den Staubwolken nach, bis die Autos verschwunden waren.

Eine unfassbare Geräuschkulisse legte sich über uns. Sie fiel mir erst jetzt auf, als endlich menschliche Ruhe eingekehrt war. Irgendwo brüllten Affen – trotz meines zoologischen Halbwissens vermutete ich, dass es Brüllaffen sein mussten, zumindest aber mal brüllende Affen. Hunderte, ja Tausende von unterschiedlichen Vögeln riefen, trällerten, tschilpten, säuselten, pfiffen, krakeelten und flogen manchmal durch das tiefgrüne Dickicht. Es zischte und knarzte, es rumorte und bewegte sich. Überall. Ich war nicht als Einziger davon tief beeindruckt.

»Oberstkrass«, sagte Rainer – die ersten deutlichen Worte nach seinem »Guten Morgen« am Frühstückstisch im Mucho Gusto. Er hatte seine *Edda* nicht in der Hand, sondern wahrscheinlich im Rucksack.

Renate breitete mit einem Mal die Arme aus, machte einen Schritt auf den Rand des Dschungels zu und rief: »Ich bin zu Hause!« Ich bildete mir ein, dass es daraufhin für einen Moment deutlich stiller im Wald wurde. Vielleicht hatten die Tiere gemerkt, was da auf sie zukam, und wägten gerade die Erfolgschancen von panischer Flucht und sofortigem Angriff gegeneinander ab. Vielleicht war es aber auch nur Zufall, denn wenn man einem beständigen Geräuschpegel ausgesetzt ist, scheint dieser ja bisweilen zu schwanken.

Bjørn stand nur da. Einfach so. Reglos. Ich wusste nicht, was ihn umtrieb. Dachte er zurück an die Zeiten des Zweiten Weltkriegs und überlegte sich, wie er wohl in einer solchen Umgebung anstatt im eisigen Norwegen seinen ehemaligen Feinden den Garaus gemacht hätte? Oder dachte er an die Eier unbekannter, aber dafür umso größerer Vogelarten dieses Biotops, die einen außergewöhnlich hohen Aminosäureanteil aufwiesen, um sie als Heilmittel in seine genitale Rosskur zu integrieren? Womöglich aber tat ich ihm unrecht, und er fand das alles einfach nur ebenso schön und bewegend wie ich und war sich in diesem Moment dessen bewusst geworden, dass er, gerade in Anbetracht seines fortgeschrittenen Alters, diesen Anblick genießen musste. Hätte ich ein paar väterliche Brettschneider-Gene weniger in der DNS gehabt, meine Augen wären sicher feucht geworden. So atmete ich lediglich tief durch.

Mein Vater war immer noch still. Auch er blickte fasziniert um sich wie ein Kind im Süßwarenladen, genauso wie Kall-Hainz und Gerdda, die nichts sagte außer: »Des iss ja schaäi!«, woraufhin Kall-Hainz bemerkte: »Ich schwitz mir de Wolf in dene Treter.«

Plötzlich zerrissen Frida und Freja die andächtige Stimmung durch ein lautes Aufschreien. Alles blickte zu ihnen hinüber. Die beiden Schwedinnen liefen einem ziemlich großen und wunderschönen Schmetterling nach, der schlauerweise hoch genug über ihren Köpfen seine unsteten Bahnen zog. Er hatte die Ausmaße eines deutschen Durchschnittssingvogels und leuchtete strahlend blau, beinahe irisierend.

»Morpho!«, sagte Ramon Ramirez. Ich hatte ganz vergessen, dass der sprechen konnte. Was er meinte, wusste ich trotzdem nicht. Hatte er unsere Gruppe verflucht oder sich nach der Uhrzeit erkundigt?

»Was?«

»Morpho«, wiederholte er stoisch und deutete dem metallisch glänzenden Zweiflügler hinterher, der scheinbar genug von Frida und Freja hatte, die in ihren unterdimensionierten T-Shirts aufgeregt herumhüpften. Vielleicht hatte er Angst vor den vier Brüsten bekommen, die er irrtümlich als Fressfeinde unbekannter Art identifizierte. Oder er fürchtete sich vor den Vögeln auf unseren Gummistiefeln.

»Morphofalter«, ergänzte Ramon Ramirez seine Aussage um eine für mich hilfreiche Information.

»Ach so, der Schmetterling heißt Morpho!«, sagte ich.

»Nee, seine Großmutter«, kam es von meinem Vater, der mich kopfschüttelnd und auch ein klein wenig verächtlich anblickte.

»Ich bin zu Hause«, rief Renate noch mal. »Mein kosmischer Ursprung, ich komme!« Ihre Marge-Simpson-Frisur war wegen der anhaltenden Luftfeuchte von über achtzig Prozent schon etwas in die Knie gegangen und seitlich eingeknickt.

»Ich fühle auch echt so was ganz Spezielles«, sagte Rainer, »so Vibrations und so, ne.«

»Willst du wissen, was ich fühle, wenn ich euch beide so sehe, ihr Knalltüten?«, fragte mein Vater.

»Wann geht's denn los?«, erkundigte ich mich und schielte zu Gonzales hinüber.

»*Ahora*. Jetzt«, kam es in militärischem Ton zurück.

Ich schätze es, wenn sich Dienstleister ihrer Rolle voll und ganz bewusst sind. Danke für die freundliche Auskunft, lieber Herr Reiseleiter.

Gonzales nickte Ramon Ramirez zu, dessen Rucksack noch größer als der seines Vorgesetzten war. Es hätte bequem ein ganzer Singlehaushalt hineingepasst. Mr Minipli betrat einen Pfad, den ich gar nicht als solchen erkannt hätte, denn er war wirklich nicht zu sehen, bevor nicht einige Lianen und kleinere Äste per Machete weggehauen waren. Dann aber konnte man die Andeutung einer dunklen Röhre erahnen, die sich wie ein Wurmloch im All durch den Kosmos des Dschungels fraß und darin verschwand. Ich hoffte, Renate würde nicht dieselbe Metapher einfallen, aber die brauchte sie auch nicht, wie mir ein Seitenblick bestätigte. Beseelt von irgendetwas eilte sie Fernando Gonzales hinterdrein, die Arme leicht vom Körper abgestellt, die Handflächen etwas nach oben gewendet, wahrscheinlich, um kosmische Strahlen irgendwelcher Art zu empfangen oder wahlweise körpereigene Schwingungen an selbigen zu versenden.

Einerseits fand ich es irgendwie beruhigend, dass Gonzales nicht nur eine mächtige Machete in seiner muskelbewehrten Klaue hielt, sondern auch das Gewehr, das ich in Silbermans Büro an der Wand hatte hängen sehen, geschultert bei sich trug. Andererseits vermittelte mir gerade seine Fähigkeit im Umgang mit beliebigen Hieb-, Stich- und Schusswaffen gepaart mit der Einsamkeit der Umgebung und Fernando Gonzales' miserabler Laune ein ziemlich ungutes Gefühl. Hier würde uns wirklich niemand schreien hören …

VEINTINUEVE

Beeindruckend waren nicht nur die Tiere und Pflanzen, die uns begegneten. Mal räkelte sich eine giftgrüne Schlange im Geäst über uns, mal hing an einem vermodernden Baum eine fette Vogelspinne, die tatsächlich große Ähnlichkeit mit den behaarten Händen von Ramon Ramirez hatte. Überhaupt schien Ramirez nicht nur optisch, sondern auch mental immer mehr mit der Umgebung zu verschmelzen. Ich erklärte mir das so, dass er eben aus dem Wald kam und irgendwie doch noch ein Indio war und generell ein komischer Typ.

Renate hatte seit Beginn unserer Wanderung ein seliges Lächeln auf den Lippen. Das eine oder andere Mal mussten wir sie davon abhalten, ein Insekt oder Reptil zu liebkosen, da die Berührung mindestens eine ordentliche Hautirritation, vermutlich aber eher einen Besuch in einer costa-ricanischen Poliklinik nach sich gezogen hätte, obwohl ich nicht mal wusste, ob es so etwas im näheren Umkreis überhaupt gab. So riefen mein Vater, Gonzales und ich in regelmäßigen Abständen Dinge wie: »Nein, Renate, nicht den Tausendfüßler anfassen!«, »*¡No, déjalo, por favor! ¡Es muy, muy peligroso! ¿Comprende?*« und: »Renate, ich weiß nicht, ob die Schlange dich so mag wie du sie. Lass es besser!«

Sie summte aber immer nur: »Ich bin zu Hause, ich bin zu Hause!« und eilte mit geöffneten Armen und Händen weiter dem schwer bewaffneten Gonzales hinterher, der währenddessen kaum einen Blick nach hinten geworfen hatte. Ein zäher Typ. Aber seine Frisur hatte gelitten. Seine Haare sahen mittlerweile aus wie eine überfahrene Amsel mit öligen Locken.

Nach einer gefühlten Ewigkeit – es war aber erst kurz vor zehn – erreichten wir ein Waldstück mit auffallend vielen schlanken Palmen. Die Vegetation unterschied sich hier deutlich vom Rest der Umgebung. Gonzales formulierte nun zum ersten Mal ein paar zusammenhängende Sätze und erklärte gelangweilt, dass es sich um Wanderpalmen handele, die sich durch den Urwald bewegten, immer auf der Suche nach dem Platz mit dem meisten Licht und Wasser.

Von der Existenz solcher Bäume hatte ich bisher noch nichts gewusst. Aber es war eine ziemlich gute Idee von den Palmen, fand ich. Warum machten das nicht alle Pflanzen so? Dann könnten meine Küchenkräuter während meines Urlaubs einfach zum Nachbarn gehen, wenn sie Durst hatten, statt zu vertrocknen. Und ich hätte Linda auch nicht bitten müssen, sie zu gießen.

Linda! Mist! Da war sie wieder. Mir war es gelungen, sie in den letzten Stunden ein wenig aus meinem Gehirn – oder aus meinem Herzen? – zu verdrängen, aber jetzt …

Ich raufte mir die klammen Haare. Durch die Hitze und die hohe Luftfeuchtigkeit klebte mir die Kleidung am moskitomalträtierten Körper. Vor allem meine linke Hand hatte es schwer erwischt. Irgendeine besonders fiese Mittelamerikamücke hatte da wohl ziemlich fest und gierig hineingestochen. Die Hand war richtiggehend angeschwollen von ihrer Attacke. Außerdem pochte und brannte sie, als wäre sie in ein ABC-Pflaster eingewickelt.

»Sieht irgendwie krass aus, ne«, sagte Rainer noch, als er meine mehrfarbige Extremität neugierig betrachtete, dann aber schloss er sich Gonzales und dem Rest der Truppe an, die sich bereits wieder in Bewegung gesetzt hatten, nachdem sie das Naturwunder der wandernden Palmen hinreichend gewürdigt hatten.

Ramirez allerdings, der die ganze Zeit über schon die stille Nachhut bildete, trat nun unvermittelt zu mir und musterte meine Verletzung mit seinen kohlefarbenen Augen. Ich meinte in ihnen ein Glimmen wahrzunehmen, wie nach der Langustenrettungsaktion von Rainer und Renate am Strand. Sollte mir das Angst machen, oder was passierte hier?

Ich ließ es geschehen, dass Ramirez meine zerstochene Hand ergriff. Dann packte er eine kleine, violett blühende Pflanze zu seinen Füßen am Stängel, murmelte ein paar unverständliche Worte und riss die Blume schließlich aus. Anschließend steckte er sich einige Blätter und die Blüte des Gewächses in den Mund, kaute sie langsam und spie dann den organischen Brei so plötzlich auf meine Hand, dass ich mich vor lauter Verblüffung gar nicht wehren konnte. Nachdem er wieder ein paar Worte in der seltsamen Sprache heruntergeleiert hatte, sagte er zu mir: »Wird besser heute Nacht.«

Dann machte er mir ein Zeichen, dass ich mich wieder den anderen anschließen solle. Ich stotterte noch ein ungeübtes: *»¡Muchas gracias!«*, dann kam ich seiner Aufforderung gerne nach. Meine Hand fühlte sich jetzt schon ruhiger an, kühler, und ich war irgendwie glücklich. Es ging mir viel besser, und ich wusste nicht, warum. Trotzdem war mir das Ganze ein bisschen unheimlich.

Mittlerweile war ich mir ziemlich sicher, dass Ramirez, dieser an Charles Bronson gemahnende Hüne, nicht der war, für den man ihn hielt, vor allem aber war er ganz anders als Silberman und Gonzales, auch wenn er eng mit ihnen zusammenarbeitete. Aber tat er das wirklich …? Seine Talente reichten über das einfache Rasen mit nicht klimatisierten Kleinbussen und das Säubern von Swimmingpools weit hinaus.

Nach einer kurzen Mittagsrast auf einer bezaubernden Lichtung zu Füßen einer Anhöhe, wo sich Bäume von der Höhe eines Frankfurter Dreiparteienhauses ins Gestein gegraben hatten, ging es weiter dem Amazing Dshunglehouse entgegen, das wir laut gewohnt freundlicher Auskunft unseres Reiseleiters in drei Stunden erreicht hätten. »*¡Tres horas! ¡Vamos!*«, rief Fernando Gonzales und war schon wieder macheteschwingend auf dem Weg durch den Urwald, als die letzten noch ihre Sachen zusammenpackten.

Gonzales versprach mit tonloser Begeisterung ein *famous* Affen- und Vogelgebiet, das sich angeblich zwischen uns und unserer Bleibe für die erste Nacht befinden sollte. Und tatsächlich, nach einem einstündigen Fußmarsch durchs grünfeuchte Ambiente kamen wir an eine Stelle, die so aussah, als wäre sie teilweise gerodet. Inmitten der Fläche erhoben sich braune Steinhügel, und dazwischen standen Ansammlungen von riesigen Bäumen, deren Kronen von unzähligen Lianen durchzogen und so miteinander verbunden waren. Überall flatterte es in allen Farben und Formen. Es war so laut wie in einer Voliere, in der man Feuer gelegt hatte. Man hatte den Eindruck, als hätten sich alle Vögel dieser Welt hier versammelt.

Das war in der Tat ziemlich *famous*, das musste ich schon sagen. Noch mehr *famous* war, dass auch an Affen kein Mangel herrschte: Gonzales hatte nicht übertrieben. Erst auf den zweiten Blick bemerkte ich die ganzkörperbehaarten Urwaldbewohner, die hier von Liane zu Liane sprangen. Renate schien es ähnlich zu gehen, denn sie begann urplötzlich, Affengeräusche zu imitieren (oder was sie dafür hielt), um den bemitleidenswerten Primaten ihre Ankunft und Zugehörigkeit anzukündigen.

»Ich komme nach Hause!«, rief sie. »Ich spüre meinen Ursprung und meine Verbindung!«

Dann stürmte sie mit geöffneten Armen in den Urwald und war weg.

»Krass!«, sagte Rainer.

»Los, wir müssen hinterher!«, rief ich und bewegte mich auf den Rand des Dschungels zu. Mein Vater kam mir nach, doch ich zögerte, denn ohne Führung würden wir uns nur verirren, und Gonzales machte keine Anstalten, uns zu unterstützen.

Zum Glück brauchten wir seine Hilfe gar nicht, denn rechts von uns brach Renate plötzlich durchs Unterholz und kam auf uns zu. Das war schön. Und auch das Affenbaby, das sie in den Armen hielt, war irgendwie süß, aber da ich bereits diverse Verbalzusammenstöße mit Extremmüttern der menschlichen Spezies bei Radtouren, Spaziergängen und beim Einkaufen gehabt hatte, die mir zumeist aber wenigstens körperlich unterlegen gewesen waren, wollte ich lieber nicht herausfinden, wie eine physisch überlegene Affenmutter wohl reagierte.

Gonzales rief entsetzt: *»¡No, no, no!«*, mein Vater tobte: »Mann, Renate, bist du jetzt vollkommen verrückt geworden?«, und Bjørn kommentierte: »Oh, oh, oh! Ob das gut war?«

Rainer und die schwedischen Zwillinge hingegen eilten Renate im emotionalen Überschwang entgegen und riefen: »Aaach, ist das süß!« und: »He, total krass, ein kleiner Vorfahre, ne. Hallo du, *hello brother!*«

Gerdda meinte: »Ach, gugge mal do, des klaane Bobbelsche is awwer wärklisch sieß, gell, Kall-Hainz?«

»Des sieht aus wie dein Kusäng aus Nidderau, nur net so hässlisch. Könne mer jetz weiter? Mir glühe die Fieß in dene Stiefele.«

Ramirez blickte fast schon erhaben auf die Situation und verschränkte die Arme wie in Erwartung eines altbekannten Schauspiels. Er sagte kein Wort, doch seine Kohlenaugen begannen bereits wieder zu glühen.

Ich selbst schwieg ebenfalls, hatte aber kein gutes Gefühl bei der Sache, worin mich die hektischen Rufe und erschrockenen Blicke von Exkursionsleiter Gonzales leider noch bestätigten.

Und es kam, wie es kommen musste.

Affenmutti fand Renates Verhalten voll daneben.

Zwecks Rückeroberung ihres Nachwuchses hatte sie sich auch gleich Verstärkung mitgebracht. Und der war nicht gerade entspannt drauf, ganz im Gegenteil. Brüllend und schreiend rannten die Tiere auf uns zu und begannen, uns zu umkreisen. Das erinnerte mich schwer an einen typischen Indianerüberfall auf eine Wagenburg, der für die eingeschlossenen Cowboys und Siedler ja nur in jedem dritten Film gut ausging. Trotz Schusswaffen. Im selben Moment nahm Gonzales sein Gewehr von der Schulter, entsicherte es, lud durch und legte an. Aber er schoss nicht, er wartete.

Dann aber polierte Ramirez sein Image noch weiter auf. Er ging zu Renate, deutete mit einer unmissverständlichen Geste auf das Affenjunge – das wirklich sehr süß aussah, wie ich mir eingestehen musste – und sagte: nichts. Doch Renate wusste sofort, was er meinte. Diesmal diskutierte sie nicht einmal. Sie nickte und setzte das Affenkind auf den Boden. Mit einer überzeugenden Handbewegung verwies Ramirez Renate des Platzes, und ich hoffte nur, er würde mit dem intensiven Glühen seiner tiefschwarzen Augen nicht den Busch anzünden.

Alle, die eben noch voller Begeisterung das Äffchen als niedliche Reinkarnation ihrer Vorfahren begafft hatten, wichen tief beeindruckt einige Schritte zurück, dorthin, wo Gonzales noch immer mit seiner Knarre stand, die er aber mittlerweile ein wenig abgesenkt hatte.

Ramirez hob die Hände, so ähnlich wie Renate vorhin, und murmelte irgendetwas. Dann schubste er das Affenbaby, das sich gar nicht zu fürchten schien, ein wenig in Richtung der tosenden Primatenhorde. Schließlich hoppelte es los und erreichte seine Mutter, die es in die Arme nahm. Und plötzlich beruhigten sich die Affen, fast glaubte ich, dass sich Ramirez mit ihnen telepathisch unterhielt. Vielleicht auf Spanisch oder Indianisch oder Äffisch. Jedenfalls schien er zu sagen: »So, Leute, alles paletti. Hier ist das Baby, und nun lasst es gut sein. Ihr wisst doch, wie bescheuert Pauschaltouristen sind.«

»Wenn das noch einmal vorkommt, reiß ich eine von den Flachpfeifen in Stücke!«, drohte ein Affe.

Und ein anderer pflichtete ihm bei: »Genau!«

Ich zuckte zusammen und sah mich um. Keiner der Affen hatte einen Fisselbart oder eine dicke Hornbrille. Na ja, vielleicht hatte er auch etwas anderes gesagt. Das Ergebnis dieser nonverbalen Kommunikation war jedoch, dass sich die ungehaltenen Primaten langsam wieder in den Urwald zurückzogen und kurz darauf verschwunden waren.

Zurück blieben ein Mann, der anscheinend Wunder vollbringen konnte, acht beindruckte Touristen, ein bewaffneter, unfreundlicher Reiseleiter, der ebenfalls staunte, sowie eine greinende Renate, die für einen Moment ihrer kosmischen Illusionen beraubt war.

TREINTA

Eine wortlose Stunde später, gegen halb drei, erreichten wir unser Quartier, das Amazing Dshunglehouse, im Herzen des Gandoca-Manzanillo-Nationalparks. Es war in der Tat recht *amazing*, weil es auf einem kleinen Hügel lag und man einen Bombenblick über den Urwald hatte, der uns umgab. Zwar hörte man noch die Tiere schreien und zwitschern, aber es schien, als habe man die Logenplätze des Dschungeltheaters verlassen und befände sich nun in einem der höher gelegenen Balkons, wo man zwar etwas mehr sah, aber dafür etwas weniger dicht am Geschehen war.

Es war deutlich ruhiger, und auch die Sonne brannte nicht mehr ganz so heiß auf uns herab wie noch vor einer Stunde. Das kam uns nach den letzten Erlebnissen gerade recht, denn noch mehr Stress und Hitzewallungen als bei der um Haaresbreite überlebten Affenattacke wollte wohl heute keiner mehr erleben.

Wir bekamen immer zu zweit eines der spartanisch, aber dennoch gemütlich eingerichteten Doppelzimmer zugewiesen, was auch beinahe aufging. Rainer und ich teilten uns eines, und übrig blieb nur Bjørn, dessen Räumlichkeit aber direkt neben der von Frida und Freja gelegen war. Ich hoffte auf eiweißarme Nahrung. Die Wände waren dünn.

Bis zum Abendessen war noch etwas Zeit. Rainer setzte sich an einen Tisch und bestellte sich einen politisch korrekten Cuba libre. Ich tat dasselbe, aber nicht wegen Fidel, sondern wegen des Geschmacks. Rainer blätterte wieder konzentriert und thematisch unpassend in seiner *Edda*, mein Vater und Renate, die sich mittlerweile beruhigt hatte, waren in ihrem Zimmer verschwunden. Vielleicht brachte er ihr jetzt in einem Vieraugengespräch schonend bei, dass sie heute wegen ihrer kosmischen Primatenvibrations beinahe sich selbst und andere auf dem Altar des ausgemachten Schwachsinns geopfert hätte. Vielleicht fummelten sie auch bloß wieder. Frida und Freja spazierten ein wenig durch die Lande. Ich sah sie mit Bjørn unten in einer Art Miniaturpark durch blühende Gartenwege flanieren und hörte sie kichern.

Wo Ramirez und Gonzales abgeblieben waren, wusste ich nicht. Um uns herum wuselten nur einige Angestellte der Lodge herum, mal hinter der Bar, mal in der Küche, mal trugen sie Bettwäsche von einem Ort zum anderen.

»He, Torsten. Das ist echt voll das Wunder, ne«, holte mich Rainer aus meinen schweigenden Beobachtungen zurück in die Gegenwart.

»Was denn? Bist du gerade an der Stelle, wo die Nordgötter die Erde vernichten, oder was?«

»Nee, ne«, antwortete Rainer, legte ein Jutelesezeichen mit der Aufschrift *Antifa-Demo 2010 – Hamburg – Nie wieder Faschismus! Nie wieder Krieg!*, das er sich von zu Hause mitgenommen haben musste, zwischen die Seiten und klappte das Buch zu. »Ich meine deine Hand, ne. Oberstkrass, wie die aussieht.«

Rainer hatte recht! Die Hand sah nämlich fast wieder ganz normal aus. Noch ein klein wenig geschwollen vielleicht, aber farblich schon wieder sehr ansprechend. Kein Vergleich jedenfalls zu heute Morgen.

»Erstaunlich«, sinnierte ich. »Ich würde zu gerne wissen, was der da draufgemacht hat.«

»Wer denn?«, erkundigte sich Rainer.

»Der Onkel Ramirez, dein Lieblingsunterdrückter.«

»Verstehe«, meinte Rainer und nickte. Das passte zwar nicht, aber er nickte trotzdem. »Der ist irgendwie ja echt seltsam, ne.«

»Irgendwie schon, ja. Sogar ziemlich seltsam. Jedenfalls hat der einfach eine wild wachsende Pflanze gekaut und mir den Brei auf die Wunde ... äh ... gegeben.« Ich vermied die Beschreibung des tatsächlichen Hergangs, der mir so im Nachhinein doch etwas eklig vorkam. »Und, was soll ich sagen? Es hat geholfen. Guck dir das mal an!«

Ich rubbelte die grünen Überreste des ramirischen Pflanzenspeichelgemischs mit meinem ohnehin schon dreckigen T-Shirt von meiner Haut.

»Der Typ hat voll die krassen Vibrations«, meinte Rainer. »Irgendwie ist der total eigenartig unterwegs, so spiritmäßig und so, ne. Was der wohl sonst noch so kann? Dabei hab ich gedacht, der ist total unterdrückt, ne.«

»Das ist er nicht, Rainer, versprochen. Wenn einer mit seiner Spucke und einem seltsamen Indiogebet Wunden heilen und eine Horde wilder Affen durch Telepathie besänftigen kann, dann ist der null unterdrückt.«

»Telepathie?«, horchte Rainer auf. »Ich hatte mal im vierten Semester eine Selbsterfahrungsgruppe ...«

»Prost!«, unterbrach ich ihn und hob meinen kühlen Cuba libre, von dem mich eine frische Limettenscheibe anlächelte. »Auf alle Unterdrückten und Spirituellen.«

Rainer stockte, dann lachte er glucksend und stieß mit mir an. »Genau, ne. Prost, du!«

Als die Sonne bereits seit einer halben Stunde untergegangen war, saßen wir alle beim Abendessen zusammen. Zu meiner großen Überraschung gab es heute mal Gerichte auf der Basis von Bohnen, Reis und Huhn sowie Omelett. Leider hielt sich Bjørn bei der Eierspeise nicht zurück, und Frida und Freja schaufelten ihm immer wieder einen Nachschlag auf den Teller. Sie ließen sich nicht von ihrer offenbar gemeinsam verabredeten Norweger-Eiweißkur abbringen.

Da erst tauchten Ramon Ramirez und Fernando Gonzales wieder auf, beide ziemlich verschwitzt. Gonzales wirkte unzufrieden, Ramirez hingegen schien in sich zu ruhen. Beide hatten ihre Rucksäcke bei sich. Offenbar waren sie von einer kleinen, ganz privaten Exkursion zurückgekommen, deren Ziel mir verschlossen blieb.

Gonzales hatte obendrein eine seltsame Kiste mit Tragegriff in der Hand, die mich an eine etwas zu groß geratene Kühlbox erinnerte, in die man normalerweise ein paar Bierdosen packt, um im Sommer auf der Wiese zu picknicken. Oder Langusten für ein Barbecue am Strand, bevor man sie freilässt. Sie ähnelte der am Swimmingpool von vor einigen Tagen. War das Behältnis leer? Wenn nicht, was befand sich darin? Meine Neugier war geweckt.

Während Gonzales sich kurz in Richtung der Gemeinschaftsduschen entfernte, wahrscheinlich, um sich ein wenig frisch zu machen, und Ramirez in ein Gespräch mit dem Betreiber der Lodge vertieft war, erhob ich mich und ging zum Büfett. Als könnte ich gar nicht genug bekommen von Bohnen und Reis, lud ich mir mechanisch

Löffel um Löffel auf meinen Teller. Eigentlich jedoch interessierten mich in meiner Wissbegier nur zwei Dinge – erstens die rätselhafte Kühlbox und zweitens die Landkarte, die Gonzales auf ein Tischchen in der Ecke des Speisesaals gelegt hatte, direkt neben den Rucksack und die Transportkiste.

Zuerst trat ich vorsichtig und wie zufällig gegen die Box. Sie war eindeutig leer. Darum konzentrierte ich mich auf das andere Objekt meiner Neugier und schaufelte mit links weiter Bohnen und Reis auf den bereits beachtlich angewachsenen Haufen, während ich mit meiner Rechten Gonzales in die Karten schaute und wie zufällig darin las.

Ich fuhr zusammen. Es war die Karte aus dem Büro von Silberman oder wenigstens eine genaue Kopie derselben und etwas kleiner. Hier waren ebenfalls Jahreszahlen eingetragen – auch an Stellen, die wir heute passiert hatten. Unsere Route war als rote, gestrichelte Linie eingezeichnet. Irgendetwas war hier ziemlich seltsam. Aber was?

Ich fuhr noch mal zusammen.

Eine Hand legte sich auf meine Schulter. Sie gehörte Bjørn.

»Man merkt, dass du keinen Krieg mitgemacht hast, Junge«, sagte der alte Norweger und zeigte missbilligend auf meinen Teller.

»Ich dachte, ein ganz klein wenig gute Basiserziehung hätte ich dir mitgegeben«, kam es von meinem Vater, der nun auch auf meinen überbordenden Teller deutete. War er noch nachtragend oder einfach schon wieder gewohnt freundlich?

Zugegeben, das waren schon viele Bohnen und viel Reis. Etwa so viel wie für eine durchschnittliche Bergarbeiterfamilie. »Es ist nicht so, wie ihr denkt und wie es aussieht. Ich … ich … habe hier nur …«

Zu allem Überfluss tauchte Ramirez auf und gesellte sich zu den beiden alten Meckerköppen. Auch er bestaunte die Menge auf meinem Teller, allerdings zum Glück kommentarlos.

»Ja«, sagte ich, »Mensch, mmmh, Bohnen und Reis, da könnt ich mich glatt vergessen. So was Leckeres.« Damit verließ ich das Büfett und trug meinen Teller beidhändig zu meinem Platz, wo ich auch noch die Blicke der anderen Mitreisenden ertragen musste, die meine Portion als klares Zeichen von Egoismus werten mussten.

Rainer holte schon Luft, doch ehe er auch nur einen Ton von sich geben konnte, zischte ich: »Wenn du jetzt irgendetwas von der Dritten Welt und einem Tutorium oder Kolloqium erzählst, kipp ich dir den Mist in deine *Edda*. Dann fressen das die Asen!«

Rainer war kurz still, nickte, atmete aus und sagte schließlich: »Du, wenn du über irgendetwas reden willst, ne, dann steht dir die Tür zu meinem Zimmer immer offen.«

»Danke, Rainer, aber wir schlafen wie immer im selben Zimmer. Es ist also auch meine Tür.«

»Genau«, gab Rainer zurück. »War nur 'n Witz, um die Atmo aufzulockern, ne.«

Ich musste lächeln. Sozialpädagogik hatte auch Vorteile. »Ist dir gelungen. Danke. Willst du etwas Bohnen und Reis von mir abhaben? Am Büfett gibt's kaum noch was, und ich hätte hier zufälligerweise noch was über …«

Trotz der vielen bösen Blicke hatte sich mein peinliches Verhalten gelohnt, denn auf der Karte von Gonzales war mir eine Zahl ganz besonders ins Auge gesprungen. Ich konnte mich nicht daran erinnern, sie auf der in Silbermans Büro gesehen und abgeschrieben zu haben, sie musste also neu sein. Gonzales hatte sie direkt an unsere Route geschrieben, und zwar an einen von drei Seen in der Nähe des Indianerdorfes, das wir morgen besuchen würden.

Es war die Jahreszahl 2014.

Also quasi jetzt.

Was bedeutete das nur, verflixt?

TREINTA Y UNO

Die Nacht war einigermaßen erholsam gewesen, was sicherlich auch daran gelegen hatte, dass ich mir irgendwann einfach Klopapierfetzen in die Ohren gestopft hatte, weil das Gekicher aus dem Zimmer des schwedischen Zwillingsgespanns kaum auszuhalten gewesen war. Ich ging davon aus, dass Bjørn in den Gemächern der beiden Fregatten sein Fahrwasser suchte. Ich träumte unruhig.

Nach dem Frühstück, das vor allem aus Eierspeisen und Maisbrot bestand, sammelten wir unsere Sachen zusammen und checkten aus, wenn man das so nennen kann. Wir sagten einfach: »*Hasta luego*« zum Besitzer und seinem vierköpfigen Team, er sagte dasselbe und: »*Pura vida.*«

Dann stürmte Gonzales auch schon wieder voran und verschwand macheterotierend und mit geschultertem Gewehr im Buschwerk. Wir hinterher. Ramon Ramirez bildete wie immer die Nachhut.

Ich würde diesen Teil der Exkursion nicht zwingend als langweilig bezeichnen, aber es war eben recht ähnlich wie gestern, nur eben ohne einen *famous* Wanderpalmenwald und ohne geraubtes Primatenbaby. Es war Urwald. Renate hielt sich auffallend zurück. Das Gespräch mit meinem Vater musste etwas gebracht haben. Sie stürzte sich jedenfalls nicht mehr auf jeden x-beliebigen Gliederfüßler, jedes Reptil und jedes Kriechtier, um es in ihrem Kosmos willkommen zu heißen. Es schien fast so, als wäre sie zeitweilig zur Vernunft gekommen.

Nach einer einstündigen Rast gegen dreizehn Uhr ging es weiter, und um vier Uhr nachmittags blickten wir von einer leichten Erhebung, auf die uns unser Trampelpfad geleitet hatte, auf ein idyllisch gelegenes Dorf hinab, dessen Häuser sich wie palmwedelgedeckte Körper zärtlich an die Kurven eines kristallklaren, mäandernden Flusslaufs schmiegten.

Kinder spielten am Wasser, in leuchtende Gewänder gehüllte Frauen wuschen Wäsche, zumindest sah das von hier oben so aus. Einige Männer liefen umher, scheinbar ohne konkrete Aufgabe, wie zur Arbeitslosigkeit verdammte Einwanderer oder Beamte auf deutschen Zulassungsstellen. Gonzales raunte Ramirez etwas zu, der sich dabei ziemlich hinabbeugen musste, war er doch einen gefühlten Meter größer als der missmutige Giftzwerg mit den Schamhaarlocken. Ich verstand nicht, was er sagte, aber Gonzales deutete verhalten in die Richtung, wo die Sonne gerade am Himmel stand. Dann holte er die Karte mit den Jahreszahlen hervor. Ramirez beugte sich noch tiefer hinunter, und sie versuchten die Köpfe zusammenzustecken. Gonzales zeigte jetzt nicht mehr auf den bewaldeten Horizont, sondern auf die Landkarte und fuhr darauf mit dem Finger herum.

Doch nach kurzer Zeit verstaute er die Landkarte wieder in seiner aufgesetzten Hosentasche, zog die Machete aus dem Gürtel und fräste sich durch den Forst hinab in Richtung Dorf, deren Bewohner mittlerweile auf uns aufmerksam geworden zu sein schienen. Unten im Tal strömten die Indios auf dem zentral gelegenen Dorfplatz zusammen. Dann verschluckte der Urwald meine Sicht.

Die Chépuletzkalmotzekaka waren ein fröhliches Völkchen, schien mir. Allerdings hatte mich meine Vermutung bezüglich der Originalität ihrer Riten und ihrer nahezu uniformierten Bekleidung nicht getäuscht. Das war eine fiese Touri-Show hier im Dorf. Nicht, dass ich annahm, diese Menschen seien keine echten Ureinwohner oder hätten keine von den Urahnen ererbten Gebräuche. Aber ich war mir nicht sicher, ob die Urahnen dieser Indios auch mit Preisschildern an ihren farbenfrohen Kutten und Gewändern herumgelaufen waren, wenn die überhaupt jemals in farbenfrohen Kutten und Gewändern herumgelaufen waren. Doch vielleicht täuschte ich mich, und beides war Teil der überlieferten Kultur.

Sicherlich hatte man damals damit eine potenzielle Sprachbarriere überwinden und den Kauf des betreffenden Kleidungsstücks beschleunigen können, falls mal ein freundlicher und empathischer Spanier wie Cortez oder Columbus vorbeikam. Dennoch beschlich mich das Gefühl, dass ich hier verarscht wurde. In dem Dorf waren überall Preisschilder, nicht nur an den Kleidern. An Tongefäßen, Schnitzereien, an Pfeil und Bogen und an tierhautbespannten Trommeln. Ich war nur froh, dass die Kinder, die zwischen den Erwachsenen herumtollten, nicht ausgepreist waren. Das hätte mir moralisch doch schwer zu denken gegeben.

»Krasser Kommerz hier«, meinte Rainer. »Anscheinend hat hier eine gnadenlose Ökonomie die Kulturreste der indigenen Urbevölkerung aufgefressen, ne.«

»Könnte hinkommen«, sagte ich, während ich mit einer Handbewegung dankend das Angebot einer anmutigen Indianerin ablehnte, die mir eine hundertprozentig originale Indiokürbisrassel für fünfzehn Dollar unter die Nase hielt. Was sollte denn dieser Mummenschanz? Hielten die uns für bekloppt, nur weil wir im Dschungel der Mainmetropole aufgewachsen waren?

Frida und Freja hingegen schien es zu gefallen, und Bjørn sowieso, weil er mittlerweile so gut wie alles gut fand, was den Zwillingen gefiel. In ihrer Mitte stakste er auf sehnigen Füßen umher und bemühte sich, beim Rhythmus der hundertprozentig originalen Indiomusik mitzugehen, und das alles in Gummistiefeln mit Vogelmotiven drauf.

Auch Gerdda und Kall-Hainz, Letzterer schlecht gelaunt wie immer, ließen sich dann doch von dem Reigen erfassen und tanzten mal zur Auslage der Töpfereihüttchen, mal zu den lustigen Tierschnitzereien, die am Nachbargebäude feilgeboten wurden. Rainer indes nickte und wippte trotz des Kommerzvorwurfs mit dem Fuß im Takt der Musik.

Mein Vater allerdings sah es ähnlich wie ich. Er stand auch etwas unschlüssig herum und wusste wahrscheinlich nicht, ob er in Anbetracht dieser drittklassigen Darbietung lieber weinen oder fliehen sollte. Ich ging zu ihm, und wir beschlossen, ein Bier am Getränkestand zu erwerben, der glücklicherweise im letzten Haus des Dorfes gelegen war und damit weit weg von der auf die Dauer unerträglichen Musik. Auch das Flaschenbier für vier Dollar war sicher ein typisch indianisches Getränk.

Unsere Unterkünfte befanden sich, so versprach es wenigstens ein original indianischer Wegweiser, hinter der ersten Hüttenreihe. Ich wusste zwar nicht, was die hier für Matratzen hatten, aber ich freute mich mittlerweile auf jede Art von Bett. Mir taten die Füße weh von der

Wanderung, und ich hätte nach diesem Spektakel jeden Ort der Ruhe sehr begrüßt.

Gonzales und Ramirez waren schon wieder weg.

Was trieben die eigentlich ständig?

Ich war neugierig.

Mir kam eine Idee.

»Papa, Lust auf Abenteuer?«

»Wie bitte?«

»So ein Vater-Sohn-Ding, dachte ich.«

Er sah mich skeptisch an. »Soll ich doch noch mal mit Chantal reden, oder brauchst du Geld?«

»Papa, ich bin siebenunddreißig ...«

»Na und? Als wäre das ein Grund. Soweit ich weiß klemmt es mit Linda, außerdem hast du deine Schreibblockade. Könnte doch sein, dass es langsam knapp wird.«

Ich atmete heftig aus und bemühte mich, entspannt zu bleiben. »Erstens habe ich noch Erspartes und die Wohnung in Frankfurt ...«

»Die aktuell nix bringt, sondern nur kostet, weil sie leer steht ...«

»Ich hab sie trotzdem! Und zweitens läuft es beruflich nicht übel. Danke, ich brauche kein Geld.«

»Also doch Sex mit Chantal? Guck nicht so, ist doch völlig okay, wenn du mich fragst. Ehrt mich auch irgendwie. Weißt du, Renate mag manchmal etwas, sagen wir mal, sonderbar sein, aber sie und ich ... Du kannst dir gar nicht vorstellen, was die mit mir in meinem Alter noch alles ...«

»Papa! Kommst du jetzt mit oder nicht?«

»Gut, meinetwegen. Worum geht es denn?«

»Ich will wissen, was Gonzales und Ramirez treiben.«

Wieder blickte mein Vater mich an. Diesmal verwundert. »Meinst du, die zwei gehen in den Dschungel, um im Verborgenen Dinge zu tun, die wider die Natur …«

»Sag mal, fällt dir eigentlich kein anderes Thema ein außer Sex?«

Er grinste. »Schon, aber keins, das dich so schön auf die Palme bringt. Los, komm!«

So ein Vater-Sohn-Ding hatte ich eigentlich nicht gemeint. Egal. Wir packten uns eine Flasche Wasser in meinen Rucksack und folgten dann dem Pfad, auf den kurz hinter dem Getränkeausschank ein gewiss viele hundert Jahre altes und wahrscheinlich mit Feindesblut geschriebenes, original indianisches Hinweisschild verwies. Es versprach: *Las tres lagunas místicas | The three mysterious lakes.* Ich mutmaßte, dass sich die beiden Männer genau dorthin begeben hatten, denn viele frisch abgeholzte Äste, Blätter und Zweige säumten den Wegesrand, und ich wusste ja, dass Gonzales sich gern und geübt der Machete bediente, um sich in Richtung seines Etappenzieles durch den Dschungel zu arbeiten.

Wir liefen den beiden hinterher, bekamen sie allerdings erst zu Gesicht, als sich der Trampelpfad nach etwa zehn schweißtreibenden Gehminuten weitete und den Blick auf einen See freigab. Es war eine Dschungellagune, wie man sie sich vorstellt. Auf der morastigen, undurchsichtigen Suppe, die dunkel und trüb wie Olivenpesto war, trieben familienpizzagroße Blätter und allerlei seltsame Blüten in diversen Farben. Bäume ließen ihre Äste weit über das unstete und fast konturlose Ufer hinausragen und tauchten zusammen mit Lianen und anderem Parasitengewächs, das sie als Rankhilfe nutzten, bis ins Wasser hinab.

Aus dem Pesto stiegen überall Luftblasen empor – ob

von Lebewesen, die ich lieber nicht kennenlernen wollte, oder aufgrund von Seeblähungen, wusste ich nicht zu sagen. Es roch nach Vergänglichkeit und Geburt gleichermaßen, wie eine Mischung aus vergammeltem Kompost und Frühlingswiese. Wenn irgendwo das Leben auf unserem Planeten begonnen hatte, dann war es hier gewesen, das spürte ich sofort. In diesem Moment zog mich eine Hand unsanft vom Pfad weg hinter einen umgestürzten Baumstumpf, der zugleich eine Blattschneiderameisenautobahn darstellte.

»Wenn du schon James Bond oder sonst wen spielen musst, dann versuch wenigstens, es einigermaßen richtig zu machen«, zischte mein Vater. »Die entdecken dich nämlich, wenn du da stehen bleibst und den Tümpel anglotzt. Ich frage mich zwar immer noch, was dieses alberne Versteckspiel überhaupt soll, aber jetzt sind wir hier und ziehen das anständig durch, klar?«

»*Oui, mon générale*«, sagte ich und lugte über die Baumrinde. Dort, nur etwa zweihundert Meter entfernt, direkt an einer seichten Uferstelle, standen Fernando und Ramon Ramirez und fummelten im Wasser herum. »Was machen die denn da?«

»Sieht aus wie eine Fischreuse, die sie da rausziehen«, mutmaßte mein Vater. »Super Geheimnis und eine tolle Geschichte: Zwei Männer angeln. So was hat die Welt ja noch nicht gesehen!«

»Ja, ja, ist ja gut«, gab ich entnervt zurück. Wahrscheinlich hatte mein nölender Vater recht, und die fischten bloß eine indianische Spezialität, die sie uns als Hauptgang während der anstehenden original costaricanisch-indianischen Tanzdarbietung zu kredenzen gedachten. Dann war die Reuse oben.

»Die haben was«, sagte mein Vater.

»Sieht aber gar nicht aus wie ein Fisch.«

»Nee, eher wie ein Krokodil.«

»Muss aber saulecker sein, so wie der sich aufführt, der Gonzales«, mutmaßte mein Vater.

In der Tat. Gonzales war außer sich vor Freude. Er jubelte und tanzte derart wild umher, dass kleine Papageien vom Uferrand aufstoben und in Schwärmen davonjagten. Immer wieder rief er: *»¡Un caimán! ¡Tenemos un caimán!«*

»Sie haben einen Kaiman«, stellte ich fest.

»Sagt er, ist aber totaler Quatsch. Der Typ wohnt hier, hat aber keine Ahnung.«

»Wieso das denn?«

»Hier gibt es keine Kaimane.«

»Wie bitte?«

»Gibt es nicht«, wiederholte mein Vater. »In ganz Mittelamerika nicht. Hier gibt es nur die sogenannten Krokodilkaimane, die gehören aber zu den Krokodilen und nicht zu den Echten Alligatoren.«

»Woher weißt du denn das?«

»*Ich* beschäftige mich halt im Gegensatz zu dir mit meinen Reisezielen, bevor ich irgendwo als blöder Tourist hinfahre. Du solltest ab und an mal in einen Reiseführer schauen oder ins Internet.«

»Werde ich mir merken«, murmelte ich verstimmt und dachte an die vielen Stunden, in denen ich mich mit diesem Reiseziel beschäftigt hatte. Anscheinend mit den falschen Themenschwerpunkten.

»Der komische Ramirez hat aber keine Lust aufs Krokodil. Dem scheint das egal zu sein.« Mein Vater nickte zum Ufer hin, wo Ramirez mit einem wissenden Blick

Gonzales beobachtete. Ja, er wirkte fast erzürnt und ungehalten.

Das fand ich seltsam. Gonzales kam doch auch von hier, also müsste er so ein Tier schon oft gesehen, vielleicht sogar gegessen haben. Langsam beruhigte sich der stämmige Mann mit den hässlichen Locken wieder, und jetzt erkannte ich auch, zu welchem Zweck die beiden die Pseudokühlbox mitgeschleppt hatten: Es war eine Art Reptilientragetasche. Dorthinein nämlich verfrachteten Gonzales und Ramirez das sich windende Tierchen, das allerhöchstens einen Männerarm lang war; entweder also eine ziemlich kleine Art oder aber ein Jungtier, vermutete ich. Dann wurde der Deckel geschlossen, und die beiden kamen auf uns zu, woraufhin mein Vater und ich uns tiefer in den Wald drückten und auf den Boden hockten, nur einen Fußbreit von den Ameisen entfernt, die mich schon angriffslustig beäugten. Als die Männer weg waren, stiegen wir aus unserem Versteck und warteten noch fünf Minuten, dann nahmen auch wir den Weg zurück zu den Indios.

Eigentlich hatte ich ja überhaupt keine Lust, ein putziges Babykrokodil zu verspeisen, aber probieren würde ich es schon.

TREINTA Y DÓS

Es dämmerte bereits, während wir auf das Dorf zuhielten, und da die Dämmerung in den Tropen nicht lange dauert, war es stockdunkel, als wir schließlich ankamen. Es war vor allem deshalb stockdunkel, weil der Mond nicht zu sehen war. Neumond. Nur die Sterne breiteten ihr strahlendes Netz über dem schwarzen Firmament aus. Ramirez und Gonzales, die beiden Krokodil- beziehungsweise Kaimanjäger, konnten wir nicht mehr ausmachen. Sie waren im Gewirr der Menschen verschwunden, die mittlerweile auf dem Dorfplatz am Flussufer herumtanzten und durcheinanderliefen. Es sah von weitem aus wie eine tolle Urwaldparty, und die Silhouetten der insgesamt knapp vierzig oder fünfundvierzig Menschen verschmolzen miteinander zu einem dunklen Brei, von Fackel- und Feuerschein beleuchtet und von übersteuerter Musik begleitet.

Es hatte etwas Geheimnisvolles, wie die Zusammenkunft einer Sekte oder Ähnliches, und wäre diese scheppernde Gitarrenmucke nicht gewesen, vielleicht sogar etwas Rituelles und Mystisches. So aber war es eben nur ein Haufen Touris, die inmitten der mehr oder minder authentischen Nachfahren der Chépuletzkalmotzekaka zu eher weniger authentischer Indianermusik fröhlich feierten. Als wir den Platz am Ufer schließlich erreichten, sahen wir, dass direkt am Wasser ein großer Grill aufgebaut worden war und uns von dort ein wohlriechender Duft entgegenströmte.

»Kein Reis und keine Bohnen«, stellte ich zufrieden fest. »Die kann man nicht grillen.«

»Und hoffentlich nichts, was man irgendwie noch freilassen kann«, grummelte mein Vater.

»Apropos, wo sind denn die anderen?«

»Bjørn tanzt dicht am Lagerfeuer mit seinen beiden Schwedenhummeln einen Bestäubungstanz«, bemerkte er trocken und deutete auf den Rand des brennenden Scheiterhaufens in der Mitte zwischen Ufer und Hütten, der die Umstehenden mit zuckendem Flammenschein grotesk beleuchtete.

»Ach, schau mal, da drüben stehen Rainer und Renate«, sagte ich, nachdem ich sie ebenfalls in der Nähe des Feuers entdeckt hatte. Irgendwie hatte ich das Gefühl, die guckten alle so entspannt. Waren die netten Eingeborenen immer so drauf, oder lag das an uns? Oder hatten die einfach schon etwas zu viel Tropenbier oder Cocktails im Kopf? Ganz gleich, warum, mich freute das, denn eines war klar: Der Abend würde sicher nicht so enden wie in einem hessischen Durchschnittsbierzelt, nämlich in einer hessischen Durchschnittsschlägerei!

Ich genoss die Rhythmen und nippte an meinem Bier, und auch mein Vater schien die mitreißende Stimmung zu spüren. »Imposant, das muss ich zugeben. Eine verflucht fröhliche Show, auch wenn es nur Mummenschanz für Touristen ist.«

Wir erreichten Rainer und Renate. Letztere stand mit geschlossenen Augen da und machte langsame, tranceartige Tanzbewegungen, aus die sie mein Vater durch einen dicken Kuss und einen gut hörbaren Klaps auf den

Hintern befreite. Rainer wippte und nickte mehr oder weniger im Takt, dass es eine Zier war.

»Hallöchen!«, rief er gegen die scheppernde, krächzende Musik an.

»Hallöchen«, grüßte ich und erkundigte mich: »Wie sind die denn drauf?«

»Irgendwie 'ne super Atmo, ne. Echt krass. Die waren alle total gelockert, vielleicht liegt das auch daran, dass Gonzales, dieser Unterdrückertyp vom Club, nicht dabei ist.«

»Seltsam«, dachte ich laut und kratzte mich am Kinn, während ich mich nach ihm umblickte. »Der war doch vor ein paar Minuten noch mit Ramirez unterwegs.« Letzteren machte ich am Rand des Festes vor einer großen Hütte aus, wo er mit zwei anderen Männern ins Gespräch vertieft dastand, gehüllt in einen wallenden Umhang. Unser Minipli-Reiseleiter jedoch war nirgendwo zu entdecken.

»Ist doch egal, warum der Heini weg ist. Vielleicht ist er auf dem Klo?«, mutmaßte mein Vater.

Plötzlich verstummte die Musik aus den unsichtbaren Lautsprechern. Dafür flötete es plötzlich, irdisch klingende Trommeln ertönten von weit her, aber kamen schnell näher. Kurz dachte ich an meine wirre Eingebung mit der Schalmei aus meinem linken Schienbein. Unruhig blickte ich zu Rainer. Er als Schrumpfkopf? Nein, das wäre einfach zu furchtbar.

Die Musik näherte sich immer mehr, und dann sahen wir auch den Quell dieser volkstümlichen Weisen – das Erste, was auf mich einen total und hundertprozentig costa-ricanisch-indianischen Eindruck machte, seitdem wir das Dorf der Chépuletzkalmotzekaka betreten hatten. Ich staunte nicht schlecht. Vorneweg lief ein höchst ansehnliches und überdies auch noch bezaubernd lächelndes Mädchen, deren anmutiger Körper im Spiel aus Schatten und zuckendem Lagerfeuerlicht besonders gut zur Geltung kam. Sie trug eine Art Tablett mit zwölf Kokosnussschalen vor sich her und wurde von zwei ebenso ansehnlichen und verflucht durchtrainierten Jünglingen eskortiert, die je eine Fackel in der Hand hielten. Die drei traten aus dem Dunkel der Hütten hinaus auf den Platz, gefolgt von einer ziemlich authentischen Indioband, bestehend aus einem Flötensolisten und zwei Schlagzeugern, die allerdings nur eine Art Snaredrum umgebunden hatten und diese statt mit Sticks mit Ästen bearbeiteten, an deren Ende eine buschige Kugel befestigt war. Für einen Schrumpfkopf zu groß. Ich atmete aus.

Doch dann hielt ich die Luft an. Nach der Kombo trat, ich fasste es nicht, ein Mann auf den Platz, der uns allen nur zu bekannt vorkam. Er trug keine wallenden Tücher mehr, sondern hatte seinen sehnigen Oberkörper entblößt, seine Füße mit Rasseln geschmückt und das Haupt mit einem riesigen Schmuck versehen, der an den Kopf eines Krokodils (oder Kaimans?) erinnerte: Ramirez.

»Krass«, sagte Rainer.

Im Takt der Musik, die eine ganz eigentümliche Wirkung auf mich hatte, tanzte das beeindruckende Grüppchen näher zu uns herüber, bis das Mädchen direkt vor mir stand. Die Musik verstummte, und Ramirez trat vor. Gute Güte, hatte der Typ eine Ausstrahlung! Dieser Teil der Touristenshow war bisher der beeindruckendste. Alles wirkte total echt. Im Hintergrund, nicht weit von uns entfernt, sah ich jetzt auch Gonzales, doch auch er war erstaunt und ergriffen, schien's. Seltsam, der müsste das doch kennen …

»*Amigos*«, hob Ramirez mit Ehrfurcht gebietender Stimme an, die meinen Geist durchdrang wie ein Finger einen Teller eingeweichter Kokosraspel.

Den anderen musste es ähnlich gehen.

Renate sagte: »Oh, der Kosmos berührt mich!«

Rainer sagte: »Krass, echt voll krass, ne.«

Mein Vater sagte: ausnahmsweise mal gar nichts.

Bjørn sagte: »So, so«, und die Zwillinge lächelten gequält und fast tonlos.

Kall-Hainz sagte: »Irschendwie interessant.«

Gerdda sagte: »Hab isch doch glai gesaacht.«

»Freunde«, wiederholte Ramirez. »Trinkt!«

Auch wenn man gar keinen Durst gehabt hätte, wäre man dieser Aufforderung fraglos nachgekommen. Ramirez wirkte nicht bedrohlich, aber zumindest so, als wollte man lieber nicht erfahren, ob er vielleicht bedrohlich wirken könnte, wenn man diese freundliche Einladung ausschlug. Vielleicht war dieser Trunk dem Kalumet der nordindianischen Urbevölkerung gleichzusetzen, und man kam an den Marterpfahl, wenn man ihn ausschlug. Meine mittelfristigen Pläne hatten keine Folter vorgesehen, aber gegen einen Indiococktail war nichts einzuwenden.

»*Gracias*«, bedankte ich mich, nahm eine der halb mit einer milchigen Flüssigkeit gefüllten Kokosnussschalen vom Tablett des Mädchens. Auch die anderen griffen sich ein Getränk, denn es schien ihnen zu gehen wie mir.

»*¿Tú también?*«, erkundigte sich Ramirez freundlich bei Gonzales, woraufhin dieser widerspruchslos und folgsam wie ein junger Dackel sich zu uns stellte und den letzten Naturbecher von der Dschungelschönheit entgegennahm. Er wirkte ziemlich beeindruckt und gleichzeitig abwesend, und stand da nicht sogar etwas wie ein Anflug von Angst und Unsicherheit in seinen Augen? Dabei hatte der doch ein Gewehr. Aber im Moment hatte er es nicht dabei. Vielleicht deshalb ...

»*¡Salud!*« Ramirez führte seinen Becher an die Lippen. Ich schaute neben mich. Alles setzte an und nippte vorsichtig daran. Na gut, dachte ich, was soll's?

Das Getränk war formidabel! Die Basis war Alkohol, aber Kokosnussmilch war auch dabei, bildete ich mir ein. Es war warm und kalt zugleich. War es Minze, die angenehm scharf durchkam? Und diese leichte Süße? Palmzucker? Zuckerrohr? Insektensaft? Korallenottermarmelade? Ich trank weiter.

Mit einem Mal begann die Musik wieder so fröhlich und abrupt zu spielen wie vor der Unterbrechung. Fast hätte ich vor Schreck meine halb volle Nussschale fallen lassen. Nach und nach leerten alle ihre Cocktails, woraufhin das leicht bekleidete Dschungelkellnertrio die Kokosnüsse wieder einsammelte, bevor es damit in der Hütte verschwand, aus der es gekommen war.

Alle begannen wieder zu tanzen, die Stimmung wurde immer ausgelassener, und selbst mein Vater, der sonst nie – zumindest konnte ich mich nicht daran erinnern – sein Tanzbein geschwungen hatte, legte mit Renate eine flotte Sohle aufs sandige Parkett. Rainer wippte ebenfalls immer wilder im Takt der Musik, und auch mich ließ diese Stimmung nicht kalt. Ach Mensch, wie gerne wäre ich mit Linda ums Lagerfeuer gewirbelt.

»Willst du auch was essen?«, fragte ich Rainer, aber der war so mit dem Wippen beschäftigt, dass er mich gar nicht hörte. Also ging ich allein zum Flussufer, wo zwei Dorfbewohner hinter einem ziemlich großen BBQ-

System standen, das aus zwei halben und rostigen Ölfässern gefertigt war. Sie lächelten fröhlich in ihrer Tracht und deuteten auf allerlei Grillgut, welches vor ihnen auf einem Gitterrost schmurgelte, der mich irgendwie an einen Autokühler erinnerte. Das roch alles lecker, aber erkennen konnte ich nicht, was mir da angeboten wurde, und nachfragen konnte ich auch nicht, denn mein Chépuletzkalmotzekakanisch war nicht ganz so gut. Das begriffen auch die Indios recht schnell und verlegten sich aufs Zeichenmachen, wobei sie sich prächtig amüsierten. Ich mich auch. Lustig, die Knaben, dachte ich bei mir.

Nachdem diverse Tierarten mehr oder minder nachvollziehbar dargeboten und durch entsprechende Laute imitiert worden waren – ein Kaiman oder ein Krokodil waren meiner Ansicht nach aber nicht dabei gewesen –, entschied ich mich für das Stück Fleisch, das der eine durch flügelschlagendes Jodeln, gepaart mit einbeinigem Hüpfen nachgemacht hatte. Vielleicht ein bekloppter Flamingo, vielleicht ein amputiertes Tropenhuhn? Egal. Bei Geflügel machte man sicher nichts falsch – Hauptsache, es war durchgebraten. Ich deutete darauf, und sofort bastelten sie mir eine Schale aus geflochtenen Bananenblättern, legten das Fleisch hinein und kleckerten ungefragt noch etwas von einer zähen, blutroten bis schokobraunen, aber ansonsten vollkommen undefinierbaren Soße aus einem gusseisernen Topf darüber.

Sie stießen sich an und lachten fröhlich weiter.

Ich roch daran. Wow! Voll lecker! Und: Keine Bohnen. Kein Reis.

Ich lachte auch, winkte und machte mich auf den Rückweg. Es roch richtig gut. Im Laufen zu essen ist zwar unschicklich, aber ich beschloss, dass diese Etikette im Dschungel nicht bindend war, und biss – vielleicht ein wenig zu gierig – ins Fleisch. Im nächsten Moment schrie ich laut auf, denn die Soße war nicht nur unfassbar scharf, sondern ich hatte mir außerdem die Zunge und die Lippen verbrannt. Ich spuckte das Fleisch des bekloppten Flamingos aus und presste mir die Hand gegen den Mund. Zum einen, um mein Fluchen zu unterdrücken, und zum anderen, weil es das Einzige war, was mir in dieser Situation einfiel. Dabei rutschte mir mein höllisch-heißer Imbiss aus seinem geflochtenen Bananenblatt und klatschte auf den Boden. Zum Glück stand ich etwas abseits. Niemand wurde Zeuge dieses peinlichen Vorgangs. Mit dem Fuß vergrub ich die Geflügelgrillade im Sand und ließ wie beiläufig das Blattgeflecht ebenfalls aus der Hand gleiten – umwelttechnisch vollkommen korrekt, da organisch abbaubar.

Ich besorgte mir sofort ein eiskaltes Bier und steckte mir den Flaschenhals in den Mund. Das tat gut! Zumindest meinen Lippen, meinem Image eventuell nicht, denn der indianische Bedienstete am Getränkestand sah mich etwas eigenartig an. Ich trank einen Schluck, zog die Flasche wieder heraus, lächelte fröhlich und winkte, bevor ich zu Rainer ging. Neben ihm stand noch immer Fernando Gonzales regungs- und ausdruckslos. Sehr eigenartig.

»Hast du auch getanzt? Du schwitzt so, ne und hast voll das rote Gesicht«, empfing mich Rainer und lachte glucksend.

»Ja, so eine Art oralen Veitstanz.«

Erst sah er mich fragend an, dann entschied er. »Genau, ne. Auch okay.«

»Wie lange wir schon hier?«

»Wie bitte?« Ich fuhr herum und starrte Gonzales an, als hätte ich mich verhört. Und das nicht nur, weil sein Deutsch etwas besser war als sein Aussehen und sein Benehmen, das er bisher an den Tag gelegt hatte. »Ich verstehe nicht …«

»Wie lange wir schon hier?« Gonzales' Blick wirkte noch immer eigenartig leer.

Rainer hatte den kleinen Dialog verfolgt und trat zu uns.

»Wie is'n der unterwegs?«, raunte er mir zu.

»Verwirrt, wie mir scheint«, raunte ich zurück.

»Genau, ne. Lass mich mal, ich hatte mal ein Kolloquium zum Thema Demenz als soziale Herausforderung.«

»Super Idee«, sagte ich und ließ Rainer auf Gonzales los.

»Alles klar bei dir, du?«, eröffnete Rainer seine ganz spezielle Gesprächstherapie.

Gonzales' Blick verbesserte sich keinen Meter, was mich allerdings kaum wunderte. Er drehte nur den Kopf und ließ seinen leeren Blick auf Rainer ruhen. »Wie lange schon?«

»Du, jetzt mal ehrlich, ne, Zeit ist total dehnbar und auch kein Fixum im Sein, ne. Lass mal los, ne.« Rainer war sensibel wie immer.

»Wie lange?«, hauchte Gonzales und kam kaum gegen die stampfende Musik und den Jubel der Partygäste an. Ich konnte Frida und Freja gut heraushören, die, wie ich aus den Augenwinkeln sah, gerade zusammen mit Bjørn ekstatisch und hüftschwingend auf die Hütte zutanzten, vor der Ramirez noch bis vor kurzem seinen Plausch mit den beiden anderen gehalten hatte.

»Der Frosch, der Frosch«, zischte Gonzales wütend, doch dann blickte er verunsichert auf mich und fragte verunsichert: »Oder nein?«

»Klar«, sagte ich beruhigend. »Es war ganz bestimmt Kermit, der Frosch.« Er begann, mir leidzutun. Aber nur ein wenig.

»Du, wenn das für dich wichtig ist, dann war das mal auf jeden Fall der Frosch, ne«, pflichtete mir nun Rainer bei und warf mir einen Seitenblick zu, der sogar bei ihm Ratlosigkeit offenbarte. Hinter vorgehaltener Hand flüsterte er mir zu: »Der ist echt krass behämmert. Man soll Leuten in ihrem Wahn nicht widersprechen, das kann Aggression bei den Betroffenen auslösen, ne.«

»Wird gemacht«, sagte ich und nickte Gonzales zu. »Der Frosch, der Frosch, ja, ja.«

Der weitere relativ ergebnisoffene Therapieverlauf an Gonzales' nicht eindeutig diagnostizierter, aber offensichtlicher Geistesschwäche wurde jedoch plötzlich durch ein lautes Johlen und Freudeschreien unterbrochen.

Frida und Freja kamen aus der Hütte, in die sie eben hineingetanzt waren, wieder heraus; mit ihnen zusammen: Bjørn. In den Händen hielten sie die Kühlbox, die Ramirez und der zu diesem Zeitpunkt noch nicht imbezile Gonzales am See dabeigehabt hatten. Ramirez musste sie wohl in der Hütte vor Unbefugten versteckt haben.

»Hurra, Hurra! Noch mehr leckere Dschungelcocktails!«, riefen die Schwedinnen vollkommen enthemmt. »Die wollten sie uns wohl vorenthalten, ha, ha!«

»Nein, nicht aufmachen!«, rief ich erschrocken über den Platz und eilte auf die Nordlichter zu, doch es war bereits zu spät. Die fröhlichen Zwillinge hatten die Box aufgerissen und waren in der nächsten Sekunde kreischend zurückgesprungen. Zu allem Überfluss ließ Frida (oder war es Freja?) im Affekt die Kiste fallen, sodass diese umstürzte und sich der Inhalt in einem Schwall auf den Dschungelboden ergoss.

Sofort verstummte alles. Die Musik ging schlagartig aus. Nur das Feuer knisterte weiter, als wäre nichts geschehen.

Dutzende Augenpaare starrten auf die Stelle, wo sich nun ein kleines Reptil in einer matschigen Lache räkelte.

Ich dachte, mich tritt ein Pferd. Meine Kinnlade fiel herunter. Ich hatte ja gewusst, dass sich in der Kiste noch immer das kleine Krokodil befinden musste, da es nicht auf dem Grill gelandet war, aber dass es so aussah …

»Das ist ja megaultraoberstkrass, ne«, stammelte Rainer, und Renate, die aus ihren tranceartigen Tanzbewegungen zurück in die Wirklichkeit gekommen zu sein schien, rief: »Der Kosmos ist ein Wunder, und ich bin hier.«

»Das gibt's doch nicht …«, stammelte mein Vater, und bis der mal stammelte, musste schon was passieren.

»Frosch«, stammelte Gonzales und fügte dann hinzu: »Kaiman.« Das war zwar inhaltlich schon korrekter, klang aber auch nicht wesentlich gesünder.

Mir brannten die Augen, so weit hatte ich sie aufgerissen, während ich auf den kleinen Kaiman starrte, den es hier eigentlich gar nicht geben dürfte. Nicht in Costa Rica. Bei näherem Hinsehen eigentlich nirgendwo.

Er war nämlich rot-gelb gestreift.

Das war doch absolut unmöglich! Oder? Jetzt fiel mir die Beschreibung aus dem costa-ricanischen Legendenbuch wieder ein, die Geschichte vom gelb-rot gestreiften Gandoca-Manzanillo-Kaiman. Sollte das alles wahr sein? Musste es wohl, denn genau dieses Tierchen räkelte sich gerade drei Schritte von mir entfernt im Sand. Oder hatten die Indios ihn als Teil der Show angemalt? Vorhin im Dschungel nämlich hatte dieses Tier noch ganz normal ausgesehen, war also eher grünlich-braun gewesen und hatte nicht die Farben eines Absperrbandes gehabt.

»Das ist der heilige Kaiman der Chépuletzkalmotzekaka!«, donnerte es plötzlich aus dem Dunkel der Nacht. Ramon Ramirez trat in die Mitte des Platzes. »Das ist der Körper unseres Totems, und ich bin Tezklomanekl, Schamane aller Chépuletzkalmotzekaka!«

In Frankfurt oder Leksand hätte ich alles darangesetzt, diesen Typen sofort und ohne über Los zu gehen, in eine Anstalt einweisen zu lassen. Es wäre nur zu seinem Besten gewesen und auch für die Öffentlichkeit ein echter Sicherheitsgewinn. Aber hier? Das dürfte eher schwierig werden. Ich hatte die Nummer der nächsten psychiatrischen Notfallambulanz nicht zur Hand.

Ramirez – oder besser gesagt Tezklomanekl, wie er offenbar eigentlich hieß, der mich durch flüssig vorgebrachte, längere und vor allem absolut akzentfreie Sätze wieder einmal mehr als überraschte – setzte das Tier nun behutsam zurück in sein Gefängnis und bedeutete den beiden Trägern, es in Sicherheit zu bringen. Dann erklärte er weiter. »In eurer Sprache bedeutet Chépuletzkalmotzekaka: die Hüter des Geheimnisses des heiligen Kaimans.« Er machte eine dramaturgische Pause, dann hob er ein braunes Ledersäckchen in die Höhe und brüllte: »Hier drin, in diesem Behältnis, befinden sich die Exkremente des heiligen Kaimans, dessen Kraft und Geheimnis nie gelüftet werden und nach außen dringen dürfen. Doch nun wisst ihr von ihm und müsst daher zum Schweigen gebracht werden. Für immer!«

»Hä?«, machte ich leise. »Kaimankacke?«

»Krass«, bemerkte Rainer.

»Die passen auf das possierliche Tierchen auf und auf den Mist, den es produziert«, fasste mein Vater zusammen. »Und deswegen wollen die uns abmurksen? Nicht mit mir! Nicht wegen eines so unwürdigen Schwachsinns. Kommt, denen zeigen wir's!«

Ich hörte, wie Bjørn einen Ex-Widerstandskämpferschrei ausstieß, sah meinen Vater, wie er vollkommen überraschend auf Ramirez zurannte, und gerade als ich selbst mich ihm anschließen wollte, hörte ich es mehfach zischen.

Irgendwas stach mich in den Arm.

Wieder mal ein Moskito?

Leider nein. Ich zog mir einen kleinen Pfeil aus dem Bizeps, doch nur eine Sekunde später wurde mir schwummerig. Curare oder was Ähnliches, schoss es mir durch den Kopf.

Mein Vater und Bjørn lagen schon am Boden, neben mir sagte Rainer noch: »Oberstkrasser Trip, ne«, dann fiel auch er um, direkt auf Renate, die bereits darniederlag.

Okay.

Es war so weit.

Logo.

Der Tod würde kommen.

Hier und jetzt.

Was sonst?

Verdammte Kaimankacke!

Linda, ich liebe dich und wünsche dir ein langes glückliches Leben! Wenn Olle trotzdem mit seinem blöden Schal irgendwo hängen bleibt und sich zufällig erdrosselt, wäre das aber okay für mich. Nur so am Rande.

Hätte ich Chantal vielleicht doch nicht von der Bettkante stoßen sollen?

Auf meinem Weg ins gleißende Licht des Jenseits sah ich Linda auf mich zukommen und in meine Arme laufen.

Dann war es vorbei.

TREINTA Y TRÉS

Als ich aufwachte, war Linda weg. Blödsinn, die war gar nicht da gewesen!, fiel mir ein. Ich war ja im Urwald irgendwo am grünsten und dichtest bewaldeten Arsch der Welt. Cool, dass ich überhaupt aufwachte, fand ich, hatte ich mich doch bereits bei den Englein gewähnt.

Ich sah mich etwas genauer um und bemerkte die Holzpfähle rund um den Dorfplatz, die während meiner geistigen Abwesenheit in den Boden gerammt worden waren. An einem von ihnen war ich ziemlich fest angebunden. Vielleicht würde ich die Englein ja doch bald noch zu sehen bekommen? Mühsam versuchte ich meinen Kopf zu heben. Das ging nicht so gut, denn er war schwer wie Blei.

Es musste dieses fiese Pfeilgift sein, das uns die Indios via Blasrohr injiziert hatten. Ich beschloss, das mit dem Kopfheben auf später zu verschieben, und drehte ihn nach beiden Seiten. Das ging auch nicht gut, aber wesentlich besser. Am Pfahl links neben mir hing Rainer, der noch nicht erwacht war, dem aber ein ziemlich unansehnlicher Speichelfaden aus dem Mund tropfte. Er nickte mit dem Kopf und brabbelte irgendwas in seinen Fisselbart. Vielleicht hatte er sich in seinen pfeilgiftbedingten Wahnvorstellungen mit einer der freigelassenen Langusten angefreundet und besuchte gerade mit ihr und ihrer Familie ein Unterwasserkolloquium. Das würde auch den Speichelfluss erklären.

Es war niemand der Bewohner zu sehen, das ganze Dorf war wie ausgestorben. Irgendwo meinte ich zwar, leise Stimmen zu vernehmen, aber das konnte auch der trügerische Klang meiner benebelten Sinne sein, die sich aus dem Plätschern des nahen Flusses und den nächtlichen Geräuschen des stockfinsteren Urwaldes etwas in meinem Gehirnstudio zusammenmixten.

Mein Vater auf der anderen Seite hingegen war schon wieder zurück aus dem Land der Träume und fluchte leise vor sich hin. Als er sah, dass ich ebenfalls erwacht war, sagte er: »Hätte ich mal auf dich gehört. Du hattest recht. Wir hätten diesen Idioten lieber gleich in den See geschmissen und an die Krokodile verfüttert und diesen unfreundlichen Clubdepp am besten gleich mit.« Er zerrte vergeblich an den Lederriemen. »Ich wollte ja nie in den Scheißdschungel auf diese Scheißexkursion, und das haben wir jetzt davon!«

»Rischtisch, isch wollt aach nie in de Wald hier, in den sumpfische Dreck hier!«, kam es von gegenüber. »Was is'n des übberhaupt für 'ne Unverschämtheit, misch un ma Fraa hier an de Baam ohne Blädder zu binne? Isch glaub, es hackt? Habbe die all en Dubbe, odder was? Isch hab voll die Hasskapp uff, das saach isch eusch. Die zeisch isch an, alle, die Dreggsäck, unn wann isch met dene ferddisch bin, dann …«

Ich zuckte zusammen. Nicht wegen der Schimpftiraden, die Kall-Hainz über das Dorf ausschüttete, sondern weil die Musik von vorhin wieder ertönte und mit einem Mal richtig Leben in die Bude kam. Die Dorfbewohner tauchten aus dem Schatten der Häuser auf und strömten auf dem Platz zusammen. Meinem Kopf ging es etwas besser. Ich hob ihn mühsam an und erkannte wieder Ramirez und die Band nebst ästhetischer Begleitung. Allerdings trug das Mädchen nun kein Tablett mehr, sondern eine Art Leinensack, in dem es, wie ich zu meinem großen Schrecken feststellen musste, ganz gewaltig zappelte.

Die Indianer, die mittlerweile gar nicht mehr freundlich blickten, trugen zwar größtenteils noch ihre Klamotten mit den Preisschildern dran, was in dieser Situation eher bizarr wirkte, aber Lust zu lachen hatte ich dennoch nicht – dafür fühlte ich mich einfach zu unwohl, so mitten im Wald hilflos an einen Pfahl gefesselt.

Was mich aber am meisten erstaunte, war, dass offenbar auch Fernando Gonzales nicht eingeweiht gewesen war, denn ihn hatte man, genau wie uns, gefangen gesetzt und an den Pfahl mir gegenüber gebunden – seine glänzenden Minipli-Schweinslöckchen waren nicht zu übersehen.

Plötzlich stimmten alle Einwohner einen leisen, seltsamen Singsang an, der durch Mark und Bein ging. Er schwoll an und ab, er war mal hoch, mal tief und lag in der Luft wie der Rauch des flackernden Feuers. Wie eine geisterhafte Erscheinung kam mit einem Mal wieder Ramirez auf die Platzmitte geschlurft, rief etwas auf Chépuletzkalmotzekakanisch (zumindest war es kein Spanisch, so viel konnte ich erkennen) und hob die Hand. Sofort wurde es wieder mucksmäuschenstill.

»Niemand stirbt!«, rief Ramirez jetzt laut und deutlich und sah jeden seiner Gefangenen ringsum an.

»Was soll das?«, rief ich mutig. Na, gut, nicht total mutig, denn er hatte ja schließlich gesagt, dass niemand sterben werde. »Warum tut ihr das, und wer bist du?«

Ramirez kam näher und baute sich vor mir auf. Ei der Daus, war der groß, und mit seiner seltsamen hohen Kaimankopfbedeckung noch größer. Ich schluckte meinen Mut versehentlich herunter, und in meinem Mund machte sich der Geschmack einer rostigen Fahrradkette breit.

»Ich bin Tezklomanekl, ein heiliger Mann, Schamane der Chépuletzkalmotzekaka und Hüter des Geheimnisses des heiligen Kaimans.«

So etwas Ähliches hatte er vorhin schon gesagt. Ich verzichtete in der aktuellen Situation allerdings lieber auf diesen Hinweis. »Verzeihung, aber das klingt ein wenig …« Ich suchte nach einem Adjektiv, das mein Leben nicht vermeidbar verkürzen würde. »… ein wenig … unwürdig.«

»Dieser Mann da«, damit deutete er auf den bereits schlafenden Gonzales, »dieser Mann da kommt hierher im Auftrag dieses Silberman.« Ramirez spuckte erbost in den Sand. »*¿Tú sabes porqué?* Weißt du, warum?«

Ich schüttelte den Kopf.

»Silberman, dieser ruchlose Hund, hat von der Legende des heiligen Kaimans gelesen und vom Geheimnis seiner Exkremente, deren Kraft man durch Fermentation erst freisetzen kann.«

»Fermentierte Kaimankacke?«

Ramirez nickte.

Klar, man konnte so gut wie alles fermentieren. Auch Heringe in Dosen, die in Schweden *surströmming* hießen und durch dieses Verfahren nur haltbar, keinesfalls jedoch genießbar gemacht wurden. Schlimmer als die konnte Kaimankacke auch nicht schmecken.

»Aber warum, um Himmels willen?«, fragte ich wieder.

»Eine ziemlich mächtige Medizin, um Kinder zu zeugen, mein junger Freund. Es verhält sich zu Viagra in seiner Wirksamkeit in etwa wie Viagra zu einem Gummibärchen«, antwortete Ramirez lachend und packte sich mit einer zwar eindeutigen, aber wenig würdevollen Geste in den Schritt.

»Der fermentierte Kot dieses gelb-roten Kaimans ist ein Potenzmittel? Und überhaupt, warum ist der eigentlich jetzt gelb-rot? Der war doch vorhin noch grün, so ähnlich wie ein Krokodil.« Ich fasste es nicht.

»Dieser Gandoca-Manzanillo-Kaiman, der gemeinhin als Fabelwesen und Hirngespinst angesehen wird, verändert sein Aussehen nur bei Neumond und wenn er paarungsbereit ist. Deswegen ist er auch so schwer zu entdecken. Und nur dann entfalten seine Exkremente ihre heilbringende Wirkung.«

»Nur bei Neumond? Also heute! Aha. Und Silberman ist auf der Jagd nach diesem besonderen Kaiman, damit er das Potenzmittel verkaufen und dadurch reich werden kann?«, dämmerte es mir.

Ramirez lächelte. »So sieht's mal aus. Du bist nicht dumm und ein guter Mensch obendrein. Dein Freund hier auch und auch die Freundin deines Vaters. Etwas verrückt, aber gute Menschen.« Er deutete auf Rainer und Renate. »Der auch, manchmal«, sagte er und zeigte auf meinen Vater. Der Zusatz »manchmal« freute mich. »*El viejo es una persona buena también.* Der alte Mann ist auch ein guter Mensch. Er besitzt viel Kraft und einen reinen Geist.« Bjørn schwieg und sah einfach ritterlich aus. Als Einziger von uns schien er dem Sensenmann mit einem verächtlichen Grinsen todesmutig entgegenzusehen. Ramirez deutete schließlich auf Frida und Freja. »Ihr redet zu viel und seid zu neugierig, aber … ihr seid auch okay.«

»Un isch? Isch bin net gut odder was?«

Ramirez fuhr herum. Zügig ging er zu Kall-Hainz hinüber. »Kann sein, dass du auch ein guter Mensch bist, Mann mit der lustigen Sprache, aber man hat kaum Gelegenheit, es herauszufinden, weil du immer redest, immer meckerst und nie zufrieden bist.«

Kall-Hainz verstummte.

»Siehste, des saach isch doch die ganze Zeit. Du bist nur am Meckern«, wetterte Gerdda los. »Wascheinlisch habbe die uns wesche dir hier angebunne, un jetzt müsse mer wesche deim Gemecker hier sterbbe.«

Ramirez schien kurz zu überlegen, ob er das Pärchen mit einem furchtbaren Fluch belegen sollte, doch dann ließ er die beiden einfach stehen. Stattdessen wandte er sich Gonzales zu, der mit versteinertem Gesicht am Pfahl stand und den Mann anschaute, von dem er wohl die ganze Zeit über gedacht hatte, er sei nichts weiter als ein Untergebener, den man nach Gutsherrenart herumkommandieren konnte.

»*Y tú eres un capullo grande.* Und du bist ein Riesenarschloch!«, sagte Ramirez und fügte zu meiner allergrößten Freude hinzu: »*Y tu peinado está mal parecido.* Und deine Haare sehen scheiße aus!«

Dann erst kam er zu mir zurück. Wieso verflucht noch mal gerade zu mir? Sollte ich der Erste sein, dessen Gesicht in den zappelnden Sack mit den tödlich giftigen Korallenottern getaucht wurde? Diese Menschen kannten den Unterschied zwischen der echten Korallenotter und ihrer harmlosen Verwandten bestimmt besser als ich. Wieder Fahrradkettengeschmack.

»Niemand wird sterben, ihr werdet nur für immer schweigen und vergessen!«, präzisierte Ramirez sein Vorhaben. Klang besser als weitere Curarepfeile im Körper, aber wie wollte er das anstellen? Ich fragte lieber nicht.

Eines jedoch wollte ich unbedingt noch wissen, bevor sich mein Gehirn durch einen fiesen Fluch oder eine bisher vollkommen unentdeckte Dschungelsubstanz in seine Einzelteile auflösen würde.

»Ramirez«, sprach ich ihn an. »Woher kannst du eigentlich so unerhört gut Deutsch, ich dachte die ganze Zeit, du würdest nur so ... na, du weißt schon.«

Ramirez lächelte. »Du meinst so ein klassisches Reiseführer-im-Ausland-Deutsch sprechen?«

»So in der Art.«

»Meine Mutter war deutsche Zoologin, und ich bin daher zweisprachig aufgewachsen.«

»Ach so«, antwortete ich mit offenem Mund. »Das erklärt einiges. Charles Bronson war ja in *Chatos Land* auch halb indianischer Herkunft. Bei Gonzo bin ich nicht ganz sicher.«

»Was? Wer?«

»Ach nichts«, entgegnete ich hastig.

»Gut. Doch nun genug der Worte«, sagte er und seine Gesichtszüge wurden ernst. Sehr ernst.

Ramirez hob die Hand, und der Singsang begann erneut. Dann kam das junge Mädchen wieder ins Spiel und lief mit dem zappelnden Sack von Pfahl zu Pfahl. Jedes Mal, wenn sie an einem von uns vorbeikam, blieb sie stehen, einer der männlichen Dorfbewohner eilte hinzu und holte etwas aus dem Sack, dann zog die Karawane weiter zum nächsten. Als sie endlich bei mir ankamen, sah ich auch, was sich in dem Behältnis befand.

Winzige Frösche.

In Maigrün und mit quittegelben Punkten.

Die Amphibien erinnerten mich an die Erdbeerfröschchen, von denen ich in meinem Reiseführer gelesen hatte. Diese Tierchen waren nicht immer rot, aber unabhängig von der Farbe sonderte ihre Haut als Schutz vor Fressfeinden und blassen Touristenhänden, die sie streicheln und angrabschen wollten, ein giftiges Sekret ab.

»Lecken!«, ordnete Ramirez an. »Das ist der Frosch des Vergessens.«

Alle sahen sich komplett entgeistert an. Die Meinungen über den weiteren Verlauf dieses Abends waren geteilt.

»Lecken kannst du mich auch mal!«, rief mein Vater, »aber woanders!«

Bjørn leistete keinen verbalen Widerstand. Er sah eher aus, als überlegte er, statt am Frosch zu lecken, diesen vielleicht einfach zu verschlucken.

Frida und Freja wanden sich in den Seilen vor Ekel.

Kall-Hainz rief: »Isch glaab, eusch brennt de Kittel! Isch leck doch an kaam Frosch, ihr Deppe!«

»Kannst de ruhisch mal mache. Dann haste endlich dei dämliche Grie Soß. Die kommt halt vom Froschrücke, aber was soll's? Vielleischt is dann mal Ruh. Die habbe uns bestimmt nur wesche deim ewische Gemecker gefange genomme«, schimpfte Gerdda.

»Hast rescht, isch leck dran. Frosch des Vergessens, ja? Gude Idee! Vielleischt vergess isch dann ja aach, was für a blöd Kiuh isch geheiratet hab!«, schoss Kall-Hainz zurück.

Renate sang: »Kosmos, oh Kosmos, nimm mich in dir auf.« Die Nachwirkungen des betäubenden Pfeilgiftes oder nur der ganz normale Wahnsinn? Ich wusste es nicht.

Rainer wandte ein: »Echt, ne, im Prinzip 'ne Suuuperidee, und ich bin echt megaoffen für diese kulturelle Integration, ne. Manche Völker verfügen ja über ähnliche Riten wie die Christen mit ihrem Kreuz und dem Abendmahl und so, ne. Ich würde das Ganze aber gern um den Moment der freien Entscheidung erweitern, ne. Vielleicht können wir vorher ein wenig über die Hintergründe reden, so diskussionsmäßig und …«

»Lecken! Jetzt!«, brüllte Ramirez und schnitt dem schwafelnden Rainer brüsk das Wort ab. Zeitgleich traten die mit Fröschen bewaffneten Dorfbewohner vor und streckten uns ihren kleinen grüngelben Kameraden entgegen. Ich sah, wie Renate als Erste mit der Zunge über den schleimigen Körper des winzigen Tiers fuhr und verzückt die Augen verdrehte. Wer nicht wollte und den Kopf wegdrehte, dem wurde kurzerhand das Fröschchen über die Lippen gezogen, was offenbar reichte, um den im Hautsekret befindlichen Stoff zur Wirkung zu bringen.

Ich hatte keine Lust auf Froschabschlabbern, aber wusste auch, dass Widerstand zwecklos war. War es so ein Frosch gewesen, der Gonzales in den Schlaf verholfen hatte? Ob Ramirez ihn vorhin schon einmal daran hatte lecken lassen, um den Fang des Kaimans zu vertuschen? Das würde auch Gonzales' amnesieartige Gedächtnislücken und sein Geschwafel von dieser ominösen Amphibie erklären.

Ich fragte mich, wie viel ich wohl vergessen würde. Meine Erlebnisse? Linda? Vielleicht keine so schlechte Variante? Ein letztes Mal dachte ich intensiv an sie, dann streckte ich meine Zunge heraus.

Ich hatte mit einem beißenden, schleimigen Saft gerechnet, aber meine Erwartungen wurden übertroffen. Der Saft war megaschleimig, brannte wie Chili auf der Zunge und hatte den zarten Geschmack eines Elches, der eine Woche lang tot in einem sommerlichen Wasserloch gelegen hatte. Ich musste mir Mühe geben, dieses eklige Zeug zu schlucken, und ich war nicht der Einzige, der wenig Gefallen an dieser Delikatesse fand.

Neben mir und um mich herum verebbten das Husten und das Würgen nur langsam. Nach und nach fielen alle in einen leisen Schlaf. Gleich würde es mich auch erwischen. Ich wartete auf das Eintreten der Symptome.

Pustekuchen.

Bei mir tat sich gar nichts.

Absolut nichts.

Komisch.

Nur meine verbrannten Mundpartien pochten ziemlich seltsam und wurden taub.

Ich schaute noch mal nach links und rechts, dann beschloss ich, die anderen einfach zu imitieren. Warum der Frosch des Vergessens gerade bei mir nicht wirkte, konnte ich mir beim besten Willen nicht erklären, aber dafür wäre auch noch später Zeit. Der Zauber des Schamanen zeigte keine Wirkung bei mir, zumindest nicht die von ihm erhoffte.

Ich schloss die Augen, tat so, als wäre ich ebenfalls k. o., und hoffte, man würde mir das abkaufen. Schien zu klappen, denn irgendwann band man uns los, und viele emsige Hände trugen uns in unsere Betten.

Wie dem auch war, ich schlief mit dem guten Gefühl ein, dass ich wenigstens einmal im Leben einen Medizinmann der Chépuletzkalmotzekaka überlistet hatte, weil ich ihm den Erfolg seines Naturpräparates nur vorgegaukelt hatte. Irgendwie freute ich mich auf morgen, denn ich war der Einzige, der noch alles wusste.

TREINTA Y CUATRO

Der nächste Tag begann recht spät für unsere sonstigen Exkursionsverhältnisse, nämlich erst, als die Sonne bereits einen Teil ihres täglichen Rundkurses absolviert hatte. Es war bereits nach zehn, als sich nach und nach alle Reiseteilnehmer beim Frühstück einfanden, das uns die lieben Chépuletzkalmotzekaka nahe des Flusses an einer langen Tafel reichten. Erfreutes Erstaunen über die nette Gastfreundschaft dieser einfachen Menschen und die von Obst und Gemüse überbordende Tafel vermengten sich mit verschiedenen Stadien der Amnesie und Ratlosigkeit.

Mein Vater und Renate gehörten zu denen, die als Letzte eintrafen, und setzten sich an den Tisch. Ich beobachtete alle über meinen Kaffee hinweg, den man uns hier netterweise auch gebraut hatte. Und ich erfreute mich an den Dialogen, die darauf schließen ließen, dass so ein grüner Frosch mit gelben Punkten es ganz schön in sich hatte.

»Ich fühl mich, als hätte ich gestern einen Kasten Bier getrunken«, sagte mein Vater und rieb sich den Nacken. »Hab ich aber nicht, oder?«

»Nö«, sagte ich. »Wir haben alle nur einen leckeren Cocktail aus einer Kokosnuss getrunken und sind nach der Tanzaufführung bald ins Bett gegangen.«

»Tanzaufführung?« Mein Vater schüttelte ratlos und sinnierend den Kopf. »Mir ist, als fehlten mir mindestens zwölf Stunden.«

»Ich habe gut geträumt«, merkte Renate an. »Irgendwie war ich einen Moment lang Teil der Natur und bin in den Armen von Gerd aufgewacht.« Sie drückte meinem Vater glückselig grinsend einen dicken Kuss auf die Wange und schob sich ein Stück Mango in den Mund.

»Genau«, sagte Rainer. »Ich hab auch oberstkrass geträumt, aber irgendwie von Fröschen und so. Und von einer Prinzessin, die halb nackt war, ne.« Er kicherte, vermutlich peinlich berührt. »Ich musste den Frosch küssen, und dann war sie da. Krass, oder?«

Rainer hatte anscheinend doch mehr mitbekommen, als ich erwartet hatte. Ich führte das auf eine Desensibilisierung gegen Frösche des Vergessens durch den jahrelangen und wenig gehemmten Genuss von bewusstseinserweiternden Substanzen in diversen Darreichungsformen zurück. »Ja, komisch, was man manchmal für Sachen träumt«, warf ich rasch ein.

»Ja, echt ultraoberstkrass. Was für'n Quatsch, ne?«, pflichtete mir Rainer zu meiner Erleichterung bei und nippte an seiner Tasse; seine Augen verschwanden für einen Moment hinter kaffeedampfvernebelten Glasbausteinen.

Gonzales saß mit seiner angedatschten Minipli-Haarfrisur am Ende des Tisches, etwas abseits von allen. Er schien schlecht gelaunt, ja sogar ziemlich enttäuscht zu sein. Ich schätzte, dass er noch irgendwelche gespeicherten Erlebnisfetzen vom gestrigen Fang des Kaimans im Hirn hatte, nach dem Aufstehen sofort freudig zur Kühlbox geeilt war, um sich den kleinen grünen Racker nochmals anzusehen, nur um festzustellen, dass in der Kiste gar nichts war außer warmer Tropenluft. Vielleicht aber hatte ihm das doppelte Froschlecken auch ein ordentliches Loch ins Gehirn gebrannt, und er dachte darüber nach, wie er hieß. Ich hoffte nur, er würde noch den Rückweg finden, aber zum Glück – zumindest in diesem Fall – hatten wir ja Ramirez dabei, der ohne seinen gestrigen Kaimankopfschmuck, an den ich mich ja bloß nicht erinnern durfte, heute Morgen einfach nur seltsam wie immer und nicht mehr schamanisch-bedrohlich aussah.

Nach dem Frühstück sollte es losgehen, doch als wir uns schon von den Ureinwohnern mit den vielen Preisschildern an den Klamotten verabschieden wollten, verfielen alle Damen der Reisegruppe noch einmal einem spontanen Kaufrausch. Ob der Frosch des Vergessens wohl auch als unlauteres Instrument zur Steigerung des Absatzes verwendet wurde? Wer wusste schon, ob die freundlichen Indios – sozusagen als Wiedergutmachung für den erlittenen Besuch nerviger Touristen – die bereits gekauften Kleidungsstücke der sedierten Feriengäste nachts wieder aus den Zimmern entfernten, nur um sie am Folgetag gleich noch mal feilzubieten?

Ich nutzte den Verkaufstrubel und entfernte mich von der Gruppe in Richtung Kaimanhütte. Im Gegensatz zu meinen Mitreisenden wusste ich ja noch, wo sie sich befand. Fünf Minuten später kam ich zurück. Niemand hatte bemerkt, dass ich kurz weg gewesen war. Mein Plan war aufgegangen, und ich freute mich auf eine gute Gelegenheit, die sich hoffentlich bald ergeben würde …

Zwei Dschungelwanderstunden später standen wir vor unseren Jeeps, und etwas mehr als eine Fahrtstunde später hielten wir vor dem Rezeptionsgebäude des Mucho Gusto. Gleich nach unserer Ankunft kam Clubchef David A. Silberman in seinem weißen, knittrigen Leinenanzug angestürmt und eilte sofort zu Gonzales.

Ich konnte mir schon denken, was der gerne von ihm wissen wollte. Und ich konnte mir auch denken, was Gonzales seinem Boss leider mitteilen musste. Ramirez warf mir einen skeptischen Blick zu, während er mit einem Gepäckstück an mir vorbeikam. Ahnte er etwas? War mein Schauspiel nicht professionell genug gewesen?

Dann verschwanden Rainer und ich bis zum Abend in unserer muffigen Hütte am Waldrand und holten etwas Schlaf nach, auch wenn ich wegen der irren Erlebnisse der letzten Nacht ab und zu nervös zur Tür blickte, sobald ich ein Geräusch vernahm. Auf gar keinen Fall wollte ich von Ramirez und einem Sack Schlummerfrösche oder Schlimmerem überrascht werden, falls er mir mein Verhalten doch nicht abgekauft haben sollte.

TREINTA Y CINCO

Es kam aber keiner mit Fröschen, und auch sonst blieben wir die nächste Zeit ungestört, von vereinzelten Stromausfällen einmal abgesehen. Ich hoffte dennoch, dass mir der Schamane Tezklomanekl alias Ramon Ramirez meine Unwissenheit abgekauft hatte, denn ansonsten würde er mich wohl bis ans Ende der Welt jagen, sollte er mir jemals auf die Schliche kommen. Sicher hatte er trotz seiner Zweisprachigkeit einen guten Draht zu alten Indiogeistern, die ihm meinen Standort im Rahmen einer ungezügelten Trance-Session preisgeben würden. Und ich müsste zur Strafe wegen meines Geheimnisverrats nacheinander am Leguan der Unfruchtbarkeit, an der Natter des Quasimodobuckels und am Chamäleon des Stotterns lecken, wenn er mich dann erwischte. Damit hätten sich die Themen Nachkommenschaft, fehlerfreie Texte schreiben und öffentliche Auftritte geben auf einmal erledigt, und das wollte ich keinesfalls riskieren.

Dann war es wieder Abend.

Freitagabend.

Die Nacht der großen Aufführung von *Der König der Kaimane*, in der Rainer eine tragende Rolle als Sumpfgrasbüschel spielen sollte. Das Abendessen wurde als Büfett in der Nähe der Bühne aufgebaut. Das Ganze erinnerte mich an das Konzept des Frankfurter Tigerpalastes: Essen und Gucken – Entertainment mit allen

Sinnen, auch wenn das Büfett im Tigerpalast sicher aus mehr als nur zwei Grundzutaten bestand …

Wie sehr ich an diesem Abend noch mit allen Sinnen unterhalten werden würde, ahnte ich noch nicht, als mein Vater, Renate, Bjørn und ich gegen halb acht eintrafen und uns an einem der Tische in unmittelbarer Nähe der Bühne niederließen. Nach und nach füllten sich die Teller mit Essen und die Plätze mit Menschen, sodass eine halbe Stunde später nahezu alles voll besetzt war.

Punkt acht war es so weit.

Laute und scheppernde Musik aus der Konserve ertönte, aber das gehörte für mich mittlerweile zu diesem Urlaub wie Reis und Bohnen. Die Akkorde erinnerten entfernt an den *König der Löwen*.

Die Show begann mit einem visuellen Schock der obersten Kategorie. Silberman hatte sich unter Missachtung aller Regeln des guten Tons die Hauptrolle unter den Nagel gerissen. Passend zur veränderten Kulisse verkörperte er nicht Simba, den Sohn des Löwenkönigs, sondern das Reptil Conga, und er war mit Sicherheit der fetteste Kaiman, der je auf der Bühne gestanden hatte. Das schäbige Kostüm platzte aus allen vulkanisierten Gumminähten, und Silberman lief der Schweiß über die grüne Schminke.

Dann ging es los. Erster Akt. Congas Papi, zugleich König aller Kaimane, wird von seinem hinterhältigen Bruder Cica – im Original hieß dieser Scar, glaubte ich mich zu erinnern – fortgelockt und ermordet. Passenderweise wurde Cica von Gonzales gespielt, der allerdings weniger böse, sondern eher wie ein total beklopptes Lockenkrokodil aussah – absolut lächerlich. Es war nicht zu übersehen, dass er kein bisschen Lust auf die ganze Show hatte. Wahrscheinlich hatte ihn Silberman zu dieser unwürdigen und bösen Rolle verdonnert, nachdem er wieder mal ohne Potenzkaiman aus dem Urwald zurückgekommen war.

Ich fand's total lustig und amüsierte mich prächtig.

Bis zum Schlussakt nach der Pause, der im Kulissenurwald spielte, wobei die Savanne des Originals durch eine Tümpelimitation ersetzt worden war.

»Jetzt kommt gleich mein Hasi, jetzt kommt gleich mein Hasi!«, rief Petra aufgeregt in Erwartung ihrer laienschauspielernden Tochter, kaum dass sich der Vorhang gehoben hatte und das Bühnenbild freigab. Auch ich war aufs Äußerste gespannt, denn endlich war Rainer auf der Bühne. Er machte nichts, außer dazustehen – für ein Sumpfgrasbüschel ja auch nicht weiter ungewöhnlich. Wahrscheinlich war er das einzige Sumpfgrasbüschel mit Brille, die aus seinem mit Gras beklebten Gesicht herausblitzte, sobald das Scheinwerferlicht darauf fiel. Haare und Bart waren ihm grün gefärbt worden, und er wäre auch als bizarre Comicfigur durchgegangen, zum Beispiel als der schreckliche Sumpf-Man oder der grausame Rasen-Man.

Vanessa-Electra flatterte als Schmetterling in einer eher unbedeutenden Nebenrolle auf der Bühne umher. Ich konnte mich nicht entsinnen, dass in der ursprünglichen Version des Stücks ein solches Insekt vorgekommen wäre, und ein Originalcharakter für diese Adaption wollte mir auch nicht einfallen. Ich versuchte mir die Handlung wieder in Erinnerung zu rufen. Immerhin war es schon ein paar Jährchen her, dass ich die Aufführung gesehen hatte.

Die Mucho-Gusto-Interpretation plätscherte etwas vor sich hin, und irgendwann war sie an der Stelle angelangt, als es im *König der Löwen* zum Kampf zwischen Löwinnen und Hyänen kommt – hier ersetzt durch ein Handgemenge von Kaimanweibchen (gespielt von ein paar Animateurinnen des Mucho Gusto) und Brüllaffen. Deren Anführer war wieder mal das Clubmaskottchen Brülli, der scheinbar seinen Arbeitsvertrag nicht gut genug gelesen hatte und deshalb für alles herhalten musste.

Im Original kam es auf dem Gipfel des Königsfelsens zum Showdown zwischen dem Helden und seinem bösen Onkel, doch es gab keinen Königsfelsen, sondern nur eine mit Ästen geschmückte, wacklige Bierbank, schätzungsweise die Königsbierbank. Ganz der Chronologie des Stückes folgend, baute sich nun David A. Silberman, der fette Kaiman, alias Held Conga, auf, um Gonzales, den Lockenkaiman, alias Bösewicht Cica, im Schlusskampf zu bezwingen.

Doch plötzlich kam Leben ins Sumpfgrasbüschel, das unvermittelt zur Bühnenmitte wanderte, die Faust in die Höhe reckte und schrie: »*¡Revolución o muerte!*«

Silberman und Gonzales unterbrachen völlig konsterniert ihren schlecht gespielten Ringkampf und hielten verdutzt inne.

Diesen kurzen Moment nutzte Vanessa-Elektra, um mit ihren an den Armen befestigten Schmetterlingsflügeln auf der Bühne auf und ab zu rennen und zu kreischen: »Ich kann tanzen! Ich werde Tänzerin bei Deutschland sucht den Superstar! Ich werde DSDS gewinnen!« Dabei streifte sie mit ihrem Kostüm einen Bühnenstrahler hinter Rainer, der daraufhin bedrohlich zu schwanken begann.

»Hach, mein Häschen ist ja sooo süß!«, rief Petra verzückt. Mein Vater hielt sich kopfschüttelnd die Hände vors Gesicht. Bjørn grinste und ich auch.

Gonzales und Silberman indes schienen beschlossen zu haben, der bedrohlichen Abweichung vom einstudierten Handlungsverlauf entgegenzuwirken, denn sie sprangen von der Königsbierbank, die dabei krachend umfiel, liefen auf Rainer zu und versuchten ihn zu packen. Der jedoch entwand sich ihrem Griff und rief: »Seht her, ne, so ist hier die freie Meinungsäußerung bedroht!« Dann begann er zum Vergnügen der Zuschauer lauthals zu singen: »Wehrt euch, leistet Widerstand …«

Weiter kam er nicht, denn das Minipli-Kroko erwischte ihn am Schlafittchen und wollte ihn eben in den Schwitzkasten nehmen, da sprangen Bjørn und mein Vater auf und riefen: »Lass die Finger von unserem Freund!«

Im nächsten Augenblick schoss Deutschlands neuer Superstar in einer eleganten Tanzrunde am Personenknäuel auf der Bühne vorbei, streifte den aufgestellten Bühnenstrahler erneut und schaffte es diesmal, dass er nicht nur schwankte, sondern auf Rainer und Gonzales stürzte. Letzterer ging am Kopf getroffen zu Boden. Der Scheinwerfer platzte, Funken flogen, das Licht erlosch, die Musik verstummte, und entsetzte Schreie kamen aus dem Publikum.

Rainer stand in Flammen. Das trockene organische Geflecht seines Kostüms musste Feuer gefangen haben. Ich sah, wie ein brennendes Grasbüschel auf der Bühne umherlief und nach und nach weitere Requisiten entzündete, während immer wieder ein hektisches »Oberstkrass!« aus dem Dunkeln ertönte.

Irgendjemand musste zu den Sicherungen geeilt sein,

denn plötzlich ging das Licht wieder an. Das Bühnenbild hatte sich deutlich zum Nachteil verändert. Der Tümpel aus blauen Wolldecken brannte, die Vorhänge brannten, und auch das Clubmaskottchen Brülli brannte und lief wehklagend auf der Suche nach löschendem Wasser umher. Der Lockenkaiman saß inmitten des Infernos und rieb sich den Schädel, während sein fetter Artgenosse dem brennenden Sumpfgrasbüschel hinterherwetzte, um es einzufangen. Vanessa-Elektra rief: »Coole Show!«, sprang von der Bühne und lief zu ihrer Mutter an den Tisch, die sie stolz und liebevoll in die Arme nahm. Wahrscheinlich dachte Petra noch immer, das alles sei geplant gewesen.

Plötzlich stand Rainer vor mir. Sein Grasbrand war zwar mittlerweile verloschen, doch um ihn herum stiegen Rauchschwaden auf. Sein Gesicht war geschwärzt, Bart und Haare leicht versengt, sein linkes Brillenglas hatte einen Sprung, doch er strahlte. »Du, Torsten, das war irgendwie total elementar. Echt 'ne ganz extreme Selbsterfahrung, ne!«

»Ja, na klar«, sagte ich nur.

Im Hintergrund hörte ich das unverwechselbare Fauchen von Feuerlöschern.

Bjørn klopfte Rainer auf die Schulter. »Du bist mutig und hast gut gekämpft, ha!«

Renate fragte: »Tut's weh?«, und mein Vater sagte nur: »Das ist doch der absolute Irrsinn! Ihr habt alle einen Knall!«

Dann kamen Silberman und Gonzales.

»Tomorrow morning you have to leave the club!«, schrie Silberman Rainer an. »Morgen fruh Sie verlasse meine Club! *Enough ist enough!* Und Sie werde bezahle

alle Schaden, *all and everything*! Zuerst die Langusten *and now this!* Und außerdem isse Ihre *cabina completely burnt down! You'll pay for that! And* wenn das die andere nicht passt, könne verschwinde meinetwege *all together!*«

Hoppla! Silberman hing offensichtlich nicht sonderlich an uns, und das mit Rainers Hütte hatte er also doch noch mitbekommen. Das Putzpersonal schien sich nicht immer an die Hinweise auf den Türklinkenschildern zu halten. Vielleicht war den Reinigungskräften auch eingefallen, dass sie eine Flasche hochprozentigen Rum bei Rainer vergessen hatten, und so war das Debakel aufgeflogen.

»Das war inhaltlich vollkommen anders motiviert!«, erklärte Rainer. »Zwei Paar Schuhe, ne. Das eine war ein Unfall und das andere ein Weckruf ans Volk. Das kann man nicht so easy zusammen in einen ideologischen Topf werfen, ne.«

Silberman kochte. *»Tomorrow morning!«*, brüllte er und marschierte zusammen mit Gonzales davon.

»Krass«, murmelte Rainer, »dann muss ich wohl gehen, ne.«

Der gemeinsame Urlaub hatte ein jähes Ende genommen, und vielleicht war das auch besser so, denn wer wusste schon, was noch alles geschehen würde, blieben wir noch länger hier. Man soll sein Schicksal ja nicht über Gebühr herausfordern.

»Ich fliege mit dir, Ehrensache. Auch wenn du ein unfassbarer Chaot bist – so viel Kurzweil wie mit dir hatte ich noch nie«, sagte ich.

»Wir sind auch dabei«, meinte mein Vater, und Renate nickte beipflichtend. »Ich kann die Scheißbohnen hier sowieso nicht mehr sehen.«

»Dass ich mitkomme, versteht sich von selbst!«, meldete sich nun auch Bjørn zackig zu Wort. »Einer für alle, alle für einen! Niemand wird zurückgelassen!«

»Ihr seid freundschaftsmäßig echt ganz weit vorn, ne«, sagte Rainer sichtlich gerührt.

Dann verzogen wir uns zusammen mit Frida und Freja, die nun auch verstanden hatten, dass dies der letzte Abend mit uns, insbesondere aber mit Bjørn sein würde, an die Hotelbar, um einen Absacker zu uns zu nehmen. Rainer hatte nach seinem mutigen Einsatz einen Höllendurst und war erst nach drei Costa-Rica-Pils wieder der Alte.

Eines blieb mir noch zu tun. Eine Art Testlauf eines bestimmten Naturheilmittels. Ich freute mich, dass ich überhaupt noch die Gelegenheit dazu hatte. In einem unbeobachteten Moment griff ich mir Bjørns Flasche und bröselte etwas von dem Substrat hinein, das ich in der Kaimanhütte des Indiodorfs entwendet hatte. Ich hatte mir erlaubt, aus dem braunen Ledersäckchen einige Krumen mitzunehmen.

Es verfehlte seine Wirkung nicht.

Kaum hatte der alte Norweger nämlich die Hälfte seines Bieres getrunken, war er wie verwandelt. Seine Augen strahlten seltsam jugendlich, seine Muskulatur schien sich auf wundersame Weise zu erhärten. Und anscheinend nicht nur die. Denn plötzlich sprang er auf, packte Frida und Freja und sagte: »Hej, *chicas*, die Nacht ist jung. Mitkommen!«

Damit zerrte er die ob seiner plötzlich entfachten Manneskraft fast wehrlos wirkenden Zwillinge, die zusammen bestimmt mehr als dreimal so viel wogen wie er selbst, durch die Hotelbar und verschwand mit ihnen in der Nacht. Ich ahnte, was jetzt passieren würde, und lächelte.

»Was ist denn in den gefahren?«, wunderte sich mein Vater.

»Heilige Kaimankacke«, sagte ich und nippte zufrieden lächelnd an meinem Bier.

»Alles ganz schön krass, irgendwie, ne.«

Wäre jetzt noch Linda dabei – dieser Moment wäre noch viel schöner gewesen.

TREINTA Y SÉIS

Ich saß nach einer tröpfelnden Dusche in meiner schäbigen *cabina* auf dem Bett und sinnierte. Nach nur etwas mehr als einer Woche war mein Urlaub vorbei. Silberman hatte Rainer und mich gestern Abend beim Verlassen der Bar abgepasst – er war noch immer aufgebracht wegen des kleinen Bühnenbrandes und der verlorenen Hütte – und uns wutschnaubend erklärt, er werde Rainer eine Rechnung zusammenstellen, die sich gewaschen habe. Rainer, emotional gefestigt durch drei Bier und vielleicht auch durch unseren Schulterschluss, begann eine Diskussion über Unterdrückung und Zeichen, die man als politisch aufgeklärter Mensch gegen Autoritäten setzen müsse, gefolgt von persönlichen Beleidigungen und wirren marxistischen Parolen, die er dem vor Zorn bebenden Clubchef an den Kopf warf.

Dieser fauchte daraufhin, dass gerne auch die costaricanischen Behörden die gesamten Vorfälle klären könnten, wenn Rainer nicht a) sofort die Klappe halte und b) den entstandenen Schaden morgen bezahle. Rainer holte tief Luft und wollte doch tatsächlich weiterpöbeln. Im Geiste sah ich ihn schon wegen seiner in einem erkauften Indizienprozess bewiesenen Schuld auf Jahrzehnte in einem mittelamerikanischen Gefängnis darben, einzig mit einem ganzkörpertätowierten Drogenschmuggler und geschätzten hundert *cucarachas* als Zellengenossen.

Da wollte ich ihn nicht besuchen müssen und zog ihn deshalb von Silberman weg, für den ich mir ohnehin noch eine kleine Überraschung ausgedacht hatte.

Der Urlaub war kurz, aber erlebnisreich gewesen, und trotz allen Wirrwarrs fühlte ich mich zwar nicht unbedingt erholt, aber doch sehr relaxed. Außerdem stimmte es mich versöhnlich, dass Silberman den gelb-rot gestreiften Potenzkaiman nie bekommen würde, zumindest nicht solange es Ramirez gab.

Meine Sachen hatte ich noch am Vorabend gepackt, direkt nach dem freundlichen Dialog zwischen Silberman und Rainer. Der war des Nachts noch einmal aus unserer Hütte geschlichen. Er wolle noch etwas im Internet nachrecherchieren, hatte er erklärt.

»Um diese Zeit?«, hatte ich verwundert gefragt.

»Ja«, hatte er geantwortet. »Wegen meinem Buch.«

»Diese komische *Edda?*«

»Genau, ne.«

»Okay«, hatte ich achselzuckend erwidert und ihn gutgläubig in die Empfangshalle des Clubs gehen lassen, wo sich zwei Internetterminals für die Gäste befanden. Ein Fehler, wie sich später herausstellen sollte.

Wir packten die restlichen Sachen zusammen, sahen überall in unserer *cabina* nach, ob wir auch wirklich nichts vergessen hatten, und traten mit unserem Gepäck vor die Tür. Ich verabschiedete mich noch durch ein lautes *»¡Adiós!«* in Richtung Außentoilette von Frau Dr. Schmidt-Heinemann. Die im selben Moment aus dem Klo tretende Putzfrau reagierte zunächst mit einem verstörten Blick, doch dann beschleunigte sie ihren Schritt und kam auf mich zu.

»¡Señor, Señor! ¿Podría usted esperar un momentito, por favor?«, rief sie und hielt mir einen transparenten Plastikbeutel entgegen. *»¿Es éste su teléfono móvil?«*

Sogar mein kaum existentes Spanisch genügte, um die Frage zu verstehen. Ja, es war mein Telefon, das in eher unappetitlichem Zustand im Zellophangewand steckte. Pfui Spinne! Ich hatte keine Ahnung, mit welcher costa-ricanischen Spezialtechnik man als kaum eins sechzig große, leicht untersetzte Putzfrau Handys aus den beengten Untiefen von Behelfstoiletten barg, aber vielleicht war das auch besser so.

Ohne weiter darüber nachzudenken, nahm ich die Tüte in Empfang. *»¡Muchas gracias!«*, sagte ich. Die kleine Frau in ihrer hellblauen Kittelschürze lachte (wahrscheinlich nicht nur aus Höflichkeit), winkte zum Abschied, und verschwand mit ihrem Putzwagen in unserer *cabina*.

Ich hielt die Luft an und versuchte, mir *nicht* vorzustellen, welche organischen Verbindungen an der Oberfläche meines Telefons hafteten und es mir schwer machten, die SIM-Karte aus seinem Inneren zu befreien. Auch dass Rainer einen Schritt zurücktrat und mit gerümpfter Nase: »Krass biomäßig!« sagte, half kaum weiter. Schließlich aber gelang es mir. Bevor ich die SIM-Karte in meinem Portemonnaie verstaute, ging ich noch mal kurz in die Hütte, wusch mir im Bad gründlich die Hände und entsorgte den Beutel mit seinem unansehnlichen Inhalt unbemerkt im Müllsack der Reinigungskraft. Dann endlich machten wir uns auf zu unserem letzten Mucho-Gusto-Frühstück.

Als wir an einer der vielen Wegkreuzungen vorbeikamen, dachte ich, mich trifft der Schlag. Auf einem Nebenarm der verzweigten Clubinfrastruktur nämlich entdeckte ich einen Mann und zwei Frauen. Mir stand zuerst der Mund offen, dann musste ich sehr an mich halten, um nicht loszuprusten. Jetzt begriff ich auch, warum Silberman so scharf auf den präparierten Kot des heiligen Kaimans war und warum Tezklomanekl alias Ramon Ramirez dieses Stammesgeheimnis hütete wie seinen Augapfel.

Mann, hatte das Zeug gewirkt!

»Wie sind denn die unterwegs?«, stammelte Rainer.

Bjørn Hakansen und die Schwedenzwillinge kamen uns entgegen. Der alte Norweger wirkte etwa zehn Zentimeter größer als sonst und strahlte, als hätte er gerade mehrere Guinness-Rekorde gleichzeitig und mühelos gebrochen. Frida und Freja hingegen sahen so strapaziert aus, als hätten sie in einem mehrere Stunden andauernden und hochdotierten Tennismatch zwar glücklich und verdient gesiegt, wären danach aber versehentlich vom Stadtbus überfahren worden. Ihre Haare hingen wirr umher, die Augen schimmerten übernächtigt, und sie schlurften mehr, als dass sie gingen. Zum Glück hatten sie ihren potenten Galan dabei, der sie beidseitig stützte, auch wenn er kaum seine Arme um die Hüften der beiden Moppelchen bekam.

»Guten Morgen!«, rief Bjørn mir schon von weitem kraftvoll zu. »Wie steht's?«

»Prima«, gab ich zurück. »Hattet ihr drei einen schönen Abend?«

»Aber hallo! Ha, ha, ha!«, sagte Bjørn und hieb den Zwillingen auf die drallen Hinterteile. Die Schwedinnen jauchzten verschmitzt und kicherten. »Ich kann die beiden jetzt unterscheiden! Ich weiß, wo das Muttermal sitzt!«

»Na, das ist doch ein schöner Abschluss«, sagte ich.

»Seit gestern Abend«, hob Bjørn an, »fühle ich mich irgendwie gestärkt. Ziemlich sogar.«

»Fein. Wenn es mal nachlassen sollte, dann melde dich bei mir.« Bjørn sah mich daraufhin etwas pikiert und verständnislos an. »Ich meine, dann trinken wir wieder ein Bier zusammen. Das scheint ja geholfen zu haben, oder?«

Jetzt lächelte er breit. »Hat es, mein Junge, hat es!«

Ich würde ihm niemals verraten, dass es nicht das Bier, sondern der ganz besondere Inhaltsstoff gewesen war, den ich dort hineingetan hatte. Und dass ich noch einen ordentlichen Rest des Dschungelviagras bedarfsweise für ihn aufgehoben hatte, behielt ich auch für mich.

Noch während des Frühstücks hatte ein Kellner uns die eilige Kunde überbracht, dass Herr Clubdirektor Silberman Rainer und mich in seinem Büro erwarte, da es noch etwas Finanzielles zu regeln gebe, wie sich der junge Angestellte vorsichtig ausdrückte. Unsere Abreise sei pünktlich für zehn Uhr geplant. Der Hotelshuttle werde uns, selbstredend gegen Bezahlung und nicht etwa gratis, nach San José zum Flughafen bringen, wo wir auf einen Flug warten könnten, wenn wir das wollten.

Petra, die Mutter des DSDS-Schmetterlings, der die Ursache des gestrigen Bühnenbrands gewesen war, saß mit ihrer Kleinen am Nebentisch und bekam das alles ganz genau mit. Sie sah aber peinlich berührt weg, wahrscheinlich, weil sie genau wusste, dass ihnen dasselbe blühen könnte. Nur Vanessa-Elektra selbst grinste frech zu mir herüber.

Es war erst kurz nach acht, als Rainer und ich David A. Silberman aufsuchten. Die Koffer ließen wir in der Rezeptionshalle bei meinem Vater, Renate und Bjørn zurück, der sich angeregt mit den Zwillingen unterhielt. Wahrscheinlich tauschten sie gerade Adressen aus.

Ich klopfte an, und wir betraten das Büro des Clubchefs.

Auf seinem thronartigen, etwas erhöht stehenden Chefsessel saß David A. Silberman und erwartete anscheinend Rainers devot vorgetragene Entschuldigung, vor allem aber das Geld für den entstandenen Schaden.

»*Good morning, Mister Netsnyder*«, begrüße er mich förmlich unter wiederholter Missachtung meines Namens.

Ich grüßte ebenso inkorrekt zurück: »*Good morning, Mister Silberfish.*«

Hä, hä, das hatte gesessen. Sein Auge zuckte leicht.

Dann wandte er sich an Rainer. »*Good morning, Mister Renner.* Isch habe *here* eine Reschnung fur alle *demolitions you made here* in die Club.« Er verzog verächtlich die Mundwinkel. »Die Summe belauft sisch auf neunzehntausend Dollar. Sie konne bezahle mit *credit card* oder *cash*. Un wenne nisch zahle Languste, die Sie und diese verruckte Frau habe in die Meer gebracht und die *cabina* und die *stage*, *which* sind total kaputt *now*, *I gonna call the police right now*!«

»Diese Herrschaften werden keinen Cent zahlen!«, tönte es plötzlich von hinten. Zuerst sah ich in Silbermans verdattertes Gesicht, dann drehte ich mich gleichzeitig mit Rainer um und schaute wahrscheinlich genauso überfordert aus der Wäsche wie der Clubchef selbst.

Petra und Töchterchen Vanessa-Elektra hatten den Raum betreten. Erstere trat beherzt vor und knallte Silberman ein ziemlich offiziell aussehendes Schreiben auf den Tisch, auf dem ich nur das Logo – einen lachenden

Papageien mit einer Lupe in der Kralle und einer Sherlock-Holmes-artigen Kopfbedeckung – und den Schriftzug *Parrot Hotel Testing Worldwide* erkennen konnte.

»*What the hell …?*«, stammelte Silberman und griff nach dem Dokument.

»Mein Name ist Petra Fieberg, und das hier ist meine Tochter Vanessa-Elektra. Ich bin Testerin im Auftrag von *PHTW*, und dieser Laden hier ist eine Unverschämtheit!«

Silbermans tropische Bräune wich der Farbe von Café au lait mit sehr viel Milch.

»Wir haben schon mehrere Beschwerden über diesen Club erhalten, und deswegen wurde ich geschickt, um der Sache nachzugehen. Das Essen ist eine Katastrophe, der Service stimmt vorn und hinten nicht, die Hütten sind zum Teil unzumutbar, im Swimmingpool halten sich lebensgefährliche Reptilien auf, und Ihr Umgangston vor den Gästen ist nicht tragbar – um nur die schwerwiegendsten Punkte zu nennen.«

»Guck mal einer an«, sagte ich zufrieden.

Rainer grinste und summte leise die Melodie von »Wehrt euch, leistet Widerstand«.

»Auf dieser Liste stehen alle Kritikpunkte. Sie haben eine Frist von zwei Wochen, um die Mängel zu beseitigen.« Damit nahm sie Silberman das *PHTW*-Dokument ab und legte ihm ein anderes hin. »Sollten Sie dem nicht nachkommen, werden wir allen Reisebüros und Veranstaltern die Empfehlung aussprechen, Ihren Club auf die schwarze Liste zu setzen, damit Sie keine weiteren Gäste mehr bekommen. So einfach ist das.«

»So einfach ist das«, wiederholte ich genüsslich und lächelte.

»Genau, ne«, kommentierte Rainer und nickte zufrieden. Ich empfand diese unverhoffte Wendung als hinreichende Genugtuung für meine miese Rabatt-*cabina*, die generelle Drittklassigkeit des Clubs bei Preisen wie für die erste Klasse und für Gonzales' furchtbare Frisur.

»Aber die *demolitions*, die Buhne, die *cabina*, *that burned down and so on* …«, stammelte der Clubdirektor in fast schon weinerlichem Ton.

»Nichts da«, schnitt ihm Clubtesterin Petra Fieberg das Wort ab. »Wenn Sie eine Minderjährige auf eine Bühne lassen, die derart miserabel abgesichert ist, ist das lebensgefährlich und eine versicherungstechnische Katastrophe. Für diese Kosten kommt niemand auf außer Sie selbst! Dasselbe gilt für den Brand in der Hütte, in der weder Brandmelder noch Feuerlöscher installiert sind. Das ist grob fahrlässig in Anbetracht des angeblichen Clubniveaus, mein lieber Freund.«

Mein lieber Freund? Ich lachte mich innerlich halb tot. Mittlerweile zuckten Silbermans Augen, als würde ein Rudel aufgeregter Kaulquappen darin herumtoben.

»Ich finde auch, dass es mir zu leicht gemacht wurde, an potenzielle Gefahrenquellen zu gelangen«, ergänzte Vanessa-Elektra die Worte ihrer Mutter.

Ich traute meinen Ohren nicht. Das Kind konnte ja ganz handzahm sein und sich auch noch sehr gewählt ausdrücken.

»Wie bist du denn auf einmal unterwegs?«, erkundigte sich auch Rainer sichtlich überrascht.

»Ich bin eigentlich sehr nett«, erklärte Vanessa-Elektra und lächelte honigsüß.

»Sie muss immer die verzogene Göre spielen, wenn ich als Testerin unterwegs bin«, erklärte Petra, »und ich die Mutter, die niemand im Urlaub dabeihaben will. Alles

Tarnung.« Dann wandte sie sich wieder an Silberman. »Wir haben uns verstanden? Keine Rechnung für diese Herrschaften – und die Liste wird abgearbeitet, solange ich mit meiner Tochter noch vor Ort bin. Am Schluss mache ich eine Endkontrolle, andernfalls schicke ich meine Testergebnisse noch heute an meine Zentrale.«

Silbermans Mund stand sperrangelweit offen.

»Sie müssen übrigens gar nicht abreisen«, wandte sich Frau Fieberg an Rainer und mich. »Er kann Sie nicht einfach vor die Tür setzen.«

»Och, das ist schon okay, wir haben genug Urlaub gehabt.«

»Und die zwischenmenschlichen Vibrations hier sind auch irgendwie nicht mehr so locker, ne«, führte Rainer aus.

»Gut, wie Sie meinen. Ich werde aber dafür sorgen, dass man Ihnen den Differenzbetrag zurücküberweist.«

»Boah, echt total nett von Ihnen, ne!«, freute sich Rainer.

»Ja, wirklich. Vielen Dank für alles!«, ergänzte ich, und wir schüttelten ihr und Vanessa-Elektra die Hand. Petra Fieberg warf Silberman noch einen vernichtenden Blick zu, dann ging sie mit ihrer Tochter hoch erhobenen Hauptes davon.

Kaum waren sie verschwunden, griff ich in meinen Rucksack und holte zwei Päckchen heraus, die ich vor den Clubchef auf den Tisch legte. Sie waren in überteuertes Geschenkpapier mit Vogelmotiven aus dem Mucho-Gusto-Shop eingewickelt. Nun glotzte mich Silberman so fassungslos an, als trüge ich ein Baströckchen mit passendem Kokosnussschalentop.

»Ein kleines Abschiedsgeschenk für Sie und Señor

Gonzales, auch wenn es nicht meine Schuld war, was hier passiert ist.«

Silbermans überraschtes Gesicht würde ich nicht so schnell vergessen, und auch wenn die anderen, insbesondere mein Vater, kaum glauben konnten, dass Rainer dermaßen günstig davongekommen war, so musste *ich* noch immer heimlich grinsen, als wir einige Stunden später mit dem Shuttle von Ramirez den Flughafen von San José erreichten.

Nachdem der Inkognitoschamane uns die Koffer und Taschen aus dem Auto gehoben hatte, machte sich meine übrige Reisegruppe schon auf in Richtung Flughafengebäude. Doch als ich mich von ihm verabschieden wollte, fixierte mich Ramirez mit seinem Blick. Lang und intensiv. Himmel, schaute der mir in die Seele? Ahnte er etwas? Schließlich fasste er mich an der Schulter und sagte mit ruhiger Stimme: »Ich weiß, dass du noch alles weißt. Verrate uns nicht!«

»Wie? Was? Woher?«

»*Ya lo sé.* Ich weiß es«, erklärte Ramirez. »Der Frosch des Vergessens wirkt bei manchen Menschen nicht, die sich kurz zuvor die Zunge an Chilisoße verbrannt haben. Ist dir das vielleicht passiert?«

Richtig, der höllisch heiße Flamingo vom Grill mit der teuflisch scharfen Soße! So erklärte sich endlich meine Resistenz gegen den Frosch des Vergessens. Ich wusste auch, dass ich dem Schamanen nichts vorzumachen brauchte. Er hatte mich durchschaut.

»Okay. Ich werde nichts verraten. Versprochen!«

»Du bist ein guter Mensch, sag ich doch. Außerdem: *Ich* glaube dir, aber wer würde das sonst tun? Eher würde man dich einliefern, oder?« Er schenkte mir ein breites Grinsen. »*Pura vida, mae. ¡Adios!*«

Wir mussten noch einen halben Tag am Airport verbringen, weil unser Flug erst am Abend gehen sollte. Immerhin hatten wir so kurzfristig noch fünf Plätze bekommen.

Obwohl wir eine lustige und erlebnisreiche Zeit in Costa Rica verbracht hatten und obendrein auch noch wohlbehalten aus der Sache herausgekommen waren, hatte ich doch noch einige Wünsche ans Schicksal. Ich hoffte, dass es mich nicht für unverschämt hielt.

Natürlich hoffte ich, dass das Geheimnis der Chépuletzkalmotzekaka gewahrt blieb und dass Ramirez und seine Indiokumpels für den Rest ihrer Tage ein gutes Leben führen konnten.

Ich ärgerte mich eigentlich nur noch darüber, dass ich, wie mir die Dame an der Rezeption des Mucho Gusto zum Abschluss netterweise noch mitgeteilt hatte, vier Anrufe erhalten, mich aber niemand darüber informiert hatte. Vielleicht war es Frau Dr. Schmidt-Heinemann gewesen. Oder Linda? Ob Silberman davon gewusst hatte? Jedenfalls hatte er mir nichts davon verraten. Aber wer zuletzt lacht …, dachte ich und wünschte mir, dass Silberman und Gonzales bitte, bitte, irgendwann einmal, wenn der Strand richtig proppenvoll von Gästen war, die Badehosen von Easy Seashore, *dem* Label für Strandmode aus Hawaii, ausprobieren würden, die ich ihnen zum Abschied geschenkt hatte. Die waren nämlich sauteuer und ziemlich *leisure*. Dieser Verwendungszweck sagte mir doch wesentlich mehr zu als das Versenken im Dschungel-Dixi-Klo.

Vor allem aber fragte ich mich, ob ich Linda jemals für mich gewinnen würde. Oder hatte ich sie bereits an Lappland-Olle verloren?

SIEBENUNDDREISSIG

»Rainer ist weg«, sagte mein Vater aufgeregt und rüttelte an mir herum.

»Wie bitte? Weg? Was heißt weg?«, erkundigte ich mich schlaftrunken. Neben mir auf den Kunstledersesseln im Wartebereich des Frankfurter Flughafens saßen Renate und Bjørn und schliefen. Mein Vater und Renate hatten sich netterweise bereit erklärt, mit uns zu warten, bis unsere Anschlussflüge in den hohen Norden gingen – meiner nach Göteborg und Bjørns nach Oslo.

»Soll ich dir erklären, was weg bedeutet, oder was?«, fragte mein Vater entnervt.

»Das sagt man doch nur so, Papa«, grummelte ich, rieb mir die Augen und setzte mich auf. »Könntest du mir freundlicherweise die konkreten Hintergründe dieser Feststellung erläutern?«

»Na, er ist weg. Verschwunden. Sein Gepäck ist auch weg.«

»Vielleicht ist er nur mal aufs Klo gegangen?«, mutmaßte ich.

»Nö. Guck mal.« Mein Vater hielt mir einen Zettel hin. »Das habe ich von der Frau am Infoschalter bekommen, als ich Rainer ausrufen lassen wollte.«

Ich faltete den Zettel auseinander. Darauf stand in Schreibschrift:

Hallöchen!
Macht Euch mal keine Gedanken, ich bin schon mal vorgeflogen, allerdings noch ein bissi weiter nördlich, weil ich einen schwedischen Kultur- und Sprachkurs in Lappland machen will. Hab ich im Internet gefunden, noch in Costa Rica, und von da aus schon mal gebucht. Ich fühle mich zu den alten Göttern hingezogen und glaube, dass darin viel Ursprüngliches verborgen liegt, was mich als Individuum total weiterbringen kann. Außerdem habe ich noch Zeit, bis mein Urlaubssemester rum ist, und will das kulturell und integrativ nutzen, weil ich auch darüber nachdenke, ob ich nicht eine Zeit lang in Schweden leben sollte. Ich meld mich, wenn ich angekommen bin, ne.
Bleibt locker und: ¡Revolución o muerte!
Rainer

»Alte Götter in Lappland. Der hat sie doch nicht alle«, sagte mein Vater.

»Stimmt«, sagte ich. »Das war die bekloppte *Edda.*«

»Wer?«

»Darum wollte er gestern Abend noch mal zum Internetterminal im Club«, dämmerte es mir.

»Was?«

»Vergiss es.«

»Und jetzt?«

»Wenn ich Ende Januar mein Buch fertig habe, fahre ich da vielleicht mal hoch.«

»Du? Nach Lappland?«

»Klar. Ich glaube, ich habe da eh noch was zu klären.«

»In Lappland?«

»Yep.«

»Was klärt man in Lappland?«

»Linda.«

»Linda? Was macht die denn da? Egal. Schnapp sie dir! Eine Klassefrau!«

»Stimmt, und ich werd's versuchen, Papa. Aber erst wenn ich ausgeschlafen habe und wir wieder in Schweden sind. Rainer bringe ich bei der Gelegenheit auch von Lappland mit nach Hause.«

»Schaffst du das überhaupt alleine?«

»Warum denn nicht?«

»Du kriegst es ja nicht einmal hin, dich im Urlaub ohne meine Hilfe zu erholen.«

»Oh ja, klar, das hätte ich fast vergessen.«

»Ich hab übrigens Chantals Nummer. Falls du doch noch …«

»Nein danke! War das der Grund, warum du mich im Club dabeihaben wolltest?«

»Was?«

»Dass du glaubst, ich bekäme das nicht alleine hin, mich zu erholen?«

Er zögerte. »Blödsinn.«

»Und Rainer? Das stimmte doch auch nicht. Der ist ja gar nicht wesentlich irrer gewesen als sonst, oder?«

Mein Vater schwieg. Zu lange.

»Ich hab dir gefehlt. Ist es das?«, fragte ich zögerlich.

»Red keinen Stuss und schlaf lieber.«

Ich dich auch, dachte ich, dann schlummerte ich wieder ein.

ENDE

EPILOG

»So, das hätten wir!« Der junge Mann sah zufrieden aus. »Kaum zu glauben, die SIM hat nichts abbekommen. Oft sind die auch hin, wenn einem das Handy in eine schlammige Pfütze fällt. Kurzschluss.«

»Ja, da habe ich echt Glück gehabt«, sagte ich, zahlte und nahm mein neues Telefon entgegen.

Ich war gleich am Tag nach meiner Ankunft in Schweden nach Leksand in einen Telefonladen gegangen, um herauszufinden, ob meine SIM-Karte noch intakt war. War sie, wie ich erfreut feststellte, als ich meine PIN eingab. Das neue Handy roch auch bedeutend besser als das alte und sah appetitlicher aus. Auch das freute mich.

Auf der Liste standen sechs entgangene Anrufe, eine Sprachnachricht und vier SMS, alles von Linda. Nur eine SMS kam von Frau Dr. Schmidt-Heinemann. Kurz und prägnant: *Habe Ihren Anruf erhalten. Trotzdem bitte umgehend melden wegen Buch! Gruß, Dr. S-H.*

Natürlich würde ich mich bei ihr melden.

Aber erst wollte ich die Message von Linda abhören. Ich war echt aufgeregt und freute mich darauf, ihre Stimme zu hören. Hoffentlich war sie nicht sauer, dass ich mich nicht gemeldet hatte. Noch beim Verlassen des Telefonladens wählte ich meine Mailbox an.

»Du har ett nytt meddelande«, behauptete die Com-

puterfrau meines Providers. Sie haben eine neue Nachricht.

Piep.

»Torsten? Ich erreiche dich nicht. Hab's schon viermal im Club versucht … *brztffp* … bei Olle, aber du fehlst mir … *frtprztffft* … *frtfrtff* … Projekt ist eigenartig. Hier stimmt was … *frtzpft* … nicht. Mist, ich würde gerne … *flrtzp.*«

Piep.

Ende.

Sie hatte viermal im Club angerufen? Dann waren es also tatsächlich Lindas Anrufe gewesen, von denen die Rezeptionistin gesprochen und die mir Silberman verschwiegen hatte. Ich hoffte, er stieg gerade mit Fernando Gonzales in seiner neuen Easy-Seashore-Badehose in den Pool. Doch diese Vorstellung erheiterte und beruhigte mich nur kurz, denn was Linda da erzählte, klang irgendwie zu befremdlich. Dass ich ihr fehlte, ehrte mich und erfreute mein Herz, sehr sogar, aber der Rest klang dafür umso seltsamer.

Und was genau war eigenartig und stimmte nicht? Was meinte sie damit? Ich beschloss, die SMS zu lesen. Eine davon war vor der Sprachnachricht verfasst worden, die beiden anderen danach.

Hallo, Torsten! Wollte mich nur mal gemeldet haben. Liebe Grüße, Linda. Das war Nummer eins. Klang nett, mehr nicht.

Nummer zwei: *Bist du sauer? Bitte nicht. Olle ist komisch. Und das Projekt ist auch total seltsam … Denk an Dich. Schreib mal oder ruf an! Liebe Grüße, Deine Linda.*

Ha, ha! Olle ist komisch. Ach, was, ehrlich? Wie überraschend. Aber immerhin war sie jetzt schon *meine* Linda.

Nummer drei, nur zwei Stunden später: *Hallo, Torsten. Alles bestens hier. Melde mich, wenn ich wieder da bin. Kann aber dauern. Viele Grüße, Linda.*

Ratlos ließ ich das Telefon sinken. Das klang nicht nach ihr. Komisch. Und dann solche Stimmungsschwankungen innerhalb kürzester Zeit?

Ich versuchte sofort, sie anzurufen. Mehrmals. Erfolglos. Niemand nahm ab. *»The person you have called is temporarily not available. Please try again later.«*

Nervös tippelte ich mit den Fingern auf dem Handy herum.

Lappland.

Rainer und Edda.

Linda und Olle.

Alles echt seltsam.

Ich sollte mal hoch zu den Rentieren fahren und nach dem Rechten sehen …

ENTSCHULDIGUNGEN

Ich möchte mich diesmal eigentlich bei niemandem entschuldigen, nur bei der Wahrheit. Es existiert nämlich weder ein Club namens Mucho Gusto noch ein Ort namens Santa Dolores, zumindest nicht am Rande des Gandoca-Manzanillo-Nationalparks im Bundesland Limón (den es allerdings tatsächlich gibt!). Ich habe den Ort der Handlung an ungefähr die Stelle von Costa Rica verlagert, wo das Örtchen Punta Mona liegt, also etwa zwanzig bis dreißig Kilometer von der panamaischen Grenze entfernt.

Natürlich gibt es auch keinen Indianerstamm namens Chépuletzkalmotzekaka. Folglich existieren auch keine gelb-rot gestreiften Gandoca-Manzanillo-Kaimane – wobei in Mittelamerika ja ohnehin keine Kaimane leben, weil die nicht zu den Echten Alligatoren zählen, aber das hatten wir ja schon ... Logischerweise gibt es auch kein aus fermentiertem Kaimankot gewonnenes oberstkrasspotentes Potenzmittel. (Anmerken möchte ich an dieser Stelle, dass in früheren Zeiten Krokodilkot als Verhütungsmittel eingesetzt wurde. Ich kann mir auch gut vorstellen, dass das funktioniert, denn wer will schon eine Frau küssen, die vorher ... aber lassen wir das.)

Ausdrücklich *nicht* entschuldigen möchte ich mich bei kleinen, verzogenen Mädchen, die es leider recht häufig gibt, und auch nicht bei Müttern, die das durch eine pädagogisch wertlose Komplettbetreuung fördern und das Kind zum Mittelpunkt des Kosmos machen. Das sähe Renate übrigens auch so. Noch ausdrücklicher *nicht* entschuldigen möchte ich mich für die Schilderungen des Cluburlaubs. Viele der in *Kaimankacke* erzählten Dinge sind mir wirklich passiert. Zwar nicht in Mittelamerika, sondern in Nordafrika, und nicht im Mucho Gusto, sondern im … da schweigt des Sängers Höflichkeit. Clubchef Silberman und sein Stellvertreter Fernando »Minipli« Gonzales sind mir unter anderen Namen wirklich begegnet. Leider kein Witz. Der Urlaub war teuer und einer der miesesten, den ich jemals hatte. Ich glaube sogar, dass das Essen im Mucho Gusto noch besser war. Trotzdem: Vielen Dank für die Inspiration!

Übrigens war ich vor einigen Jahren tatsächlich mehrere Wochen mit dem Auto in Costa Rica unterwegs, weshalb ich auf eigene Erfahrungen zurückgreifen konnte, etwa bei der Schilderung der Natur und des landestypischen Essens. Sollten andere Menschen andere Erfahrungen gemacht haben, geht das aber in Ordnung.

Die ultimative CD-Empfehlung als Hintergrundmusik für dieses Buch: *Clandestino* von Manu Chao.

Pura vida!

DAS KLEINE KAIMANKACKE-SPANISCH-KOMPENDIUM

Das Kompendium enthält die spanischen Sätze und Vokabeln, die man zum Verständnis dieser Geschichte braucht, in der Reihenfolge ihres Auftretens im Text. Manches wurde bereits im Roman übersetzt, aber hier kommt sicherheitshalber noch mal alles zusammen. Die mit * versehenen Ausdrücke und Begriffe werden vornehmlich oder ausschließlich in Süd- und Mittelamerika verwendet.

Spanisch	**Deutsch**
siete	sieben
¡Hasta luego!	Tschüs! Auf Wiedersehen!
Tenemos un problema.	Wir haben ein Problem.
¡Muy bien!	Sehr gut!
Muchas gracias.	Vielen Dank.
*Con mucho gusto.**	Gern geschehen.
*Pura vida.**	Sehr frei übersetzt: Alles okay. Wird als Gruß verwendet oder als Antwort auf die Frage, wie es einem geht.
*mae**	Freund/Kumpel
ocho	acht

gallo pinto	wörtl.: gefleckter Hahn, trad. Gericht aus weißem Reis und schwarzen Bohnen
casado	wörtl.: verheiratet, trad. Gericht aus Reis und schwarzen Bohnen mit Fleisch und Salat
¡Buenos días!	Guten Tag!
compañeros	Kumpel (pl.)
nueve	neun
¡Revolución o muerte!	Revolution oder Tod!
diez	zehn
¡Bienvenido al Club Mucho Gusto!	Willkommen im Club Mucho Gusto!
Casa Bellavista, Casa del Silencio	Haus schöne Aussicht, Haus der Ruhe
cabinas	Hütten (pl.)
¡Salud!	Prost!
once	elf
*tico/tica**	Bezeichnung für männliche bzw. weibliche Costa-Ricaner
el corazón del bosque	das Herz des Waldes
doce	zwölf
el sueño tropical	Tropentraum
¡Aquí!	Hier!
trece	dreizehn

catorce	vierzehn
quince	fünfzehn
dieciséis	sechzehn
diecisiete	siebzehn
dieciocho	achtzehn
¡No molestar!	Nicht stören!
ahora	jetzt
diecinueve	neunzehn
veinte	zwanzig
besos de las estrellas	Sternenküsse
política y cultura	Politik und Kultur
naturaleza	Natur
veintiuno	einundzwanzig
veintidós	zweiundzwanzig
veintitrés	dreiundzwanzig
veinticuatro	vierundzwanzig
veinticinco	fünfundzwanzig
veintiséis	sechsundzwanzig
veintisiete	siebenundzwanzig
veintiocho	achtundzwanzig
veintinueve	neunundzwanzig
¡No, déjalo, por favor!	Nein, lass das bitte!
¡Es muy, muy peligroso!	Das ist sehr, sehr gefährlich!
¿Comprende?	Verstehen Sie?
¡Tres horas! ¡Vamos!	Drei Stunden! Gehen wir!
¡No, no, no!	Nein, nein, nein!

treinta	dreißig
treinta y uno	einunddreißig
las tres lagunas místicas	die drei mystischen Seen
¡Un caimán! ¡Tenemos un caimán!	Ein Kaiman! Wir haben einen Kaiman!
treinta y dós	zweiunddreißig
amigos	Freunde (pl.)
¿Tú también?	Du auch?
treinta y trés	dreiunddreißig
¿Tú sabes porqué?	Weißt du, warum?
El viejo es una persona buena también.	Der Alte ist auch ein freundlicher Mensch.
Y tú eres un capullo grande.	Und du bist ein Riesenarschloch.
Y tu peinado está mal parecido.	Und deine Frisur sieht furchtbar aus.
treinta y cuatro	vierunddreißig
treinta y cinco	fünfunddreißig
chicas	Mädchen/Mädels (pl.)
treinta y séis	sechsunddreißig
cucarachas	Kakerlaken (pl.)
¡Adiós!	Auf Wiedersehen!
¡Señor, Señor! ¿Podría usted esperar un momentito, por favor?	Mein Herr, mein Herr! Könnten Sie bitte ein Momentchen warten?
¿Es éste su teléfono móvil?	Ist das Ihr Handy?
Ya lo sé.	Ich weiß (das).